COLLECTION FOLIO

Yoann Barbereau

Dans les geôles de Sibérie

Gallimard

Après des études de philosophie, Yoann Barbereau a enseigné et travaillé près de dix ans en Russie, où il a notamment dirigé l'Alliance française d'Irkoutsk. Il a publié des textes en revue (*artpress*, *Revue d'esthétique*…) et une traduction du *Journal de prison* du poète russe Igor Gouberman (Joca Seria, 2020).

Aux prisonniers
Aux fous
À ceux qui prirent ma défense
Aux loups et aux golomyankas

I

Prélude : le syndrome du Baïkal

Il est un chant, célèbre dans toute la Russie, qui dit les pensées d'un fugitif. Il a échappé aux balles, il a échappé aux bêtes de la forêt. Il vogue dans un tonneau sur un lac fabuleux. Ça commence un peu comme une dévotion païenne :

« Ô mer glorieuse, ô Baïkal sacré ! »

Tiens, des mots bruissent dans ma tête de taulard.

Une voix dit :

« Il l'ignore, pourtant, celui qui n'a pas senti le gel prendre sur sa peau n'est que l'ébauche d'un homme. »

La formule est un peu sèche, un peu raide, sentencieuse. Sortie de la bouche d'Alexandre, ce jour-là, elle était juste. Elle sonnait. Nous étions au bord du lac, dans une cabane qui aurait pu être un décor de cinéma. Température extérieure : – 41 °C. Le poêle réchauffait les corps à l'excès. J'étais en nage.

J'étais en forme. Viktor me servit une goutte de vodka dans un gobelet en argent dont il était très fier. Alexandre fit l'impasse. Il y avait la cabane, les bûches sagement empilées près du poêle, quelques flammèches, l'odeur du bois, du poisson, les petits gobelets et la fenêtre qui nous happait. Pris entre les falaises, la forêt et le lac glacés, nous goûtions une forme de félicité au milieu de nulle part – aucune route et pas âme qui vive à moins de dix heures de marche. Le gel est entré dans la conversation, je m'en souviens. Alexandre était cramoisi, mais des phrases limpides sortaient de sa barbe poivre et sel. Je les entends du fond de ma geôle.

« L'expérience du gel est une mise en question. C'est la mise à l'épreuve de ce qu'un homme sait du fait d'être. »

Nous étions prêts. Nous avons avalé les derniers morceaux de poisson fumé et pris la direction du lac. Trois moujiks déterminés sur la glace du Baïkal. Le ciel était d'un bleu catégorique, la lumière finement ajustée. Tout concourait à rendre notre expédition théâtrale. Les petits gobelets d'argent avaient leur part, sans doute.

Il y avait surtout le lac.

En Sibérie, quand l'humidité est suffisante, quand les températures sont très basses, on peut voir apparaître dans l'air comme une poudre de diamant. La vapeur d'eau qui nous entoure, invisible d'ordinaire, se transforme en une infinité de cristaux de glace. Le monde scintille. Quelque chose s'ouvre et veut nous ceindre.

Parfois, la langue cristallise elle aussi. Appelons cela le syndrome du Baïkal. Les mots s'évaporent et peu à peu se figent comme glace. Le phénomène s'observe n'importe où, à n'importe quelle heure. C'est là son raffinement. La glace prend sous toutes les latitudes. Nous choisissons de creuser ou d'esquiver, mais nous sommes tous un jour les jouets du Baïkal. Je veux le croire.

Nous marchions sur le lac, nos corps étaient à sa merci, agités par les rigolades franches et le son d'un tambour que je tenais d'un ami chaman. Nous dansions, je frappais, avec dans la main gauche l'objet rituel – une peau de chèvre cousue sur un cadre en bois de mélèze –, et dans la droite un battoir orné de fourrure de loup. Près de la rive, on distinguait le fond rocheux jusqu'à peut-être dix ou vingt mètres sous nos pieds, puis la glace perdait sa transparence miraculeuse, l'image devenait trouble, bientôt plus rien qu'un entrelacs de fêlures sur fond de ténèbres, avec de-ci de-là des colonnes de bulles blanches immobiles. On entendait parfois des explosions sourdes, des borborygmes gloutons et malicieux. Ils nous rappelaient qu'il y avait là, juste en dessous, une grande masse intraitable que nos gesticulations pourraient irriter.

« La plus grande patinoire du monde ! » s'était écrié Viktor en glissant sur un pied – une patinoire grande comme la Belgique, avais-je lu quelque part.

Nous étions seuls à peu près, loin des jacasseries du monde. Nous arrivâmes finalement au trou. Viktor l'avait creusé le matin même à l'aide d'une tronçonneuse. Par lubie, il avait réalisé son ouvrage à plus d'un kilomètre de la rive ; et pour la beauté, pour l'âme, pour la tradition, il avait sculpté une croix orthodoxe dans la glace. Elle était posée, là, à proximité du trou.

Lorsque les mots furent en passe d'être pris dans le gel, et lorsque, au même instant, je vis dans l'air le poudroiement d'une infinité de cristaux de glace, lorsque j'aperçus autour des visages de mes acolytes comme un halo se former, et même, disons-le, une évidente auréole, je compris. Le lieu donnait son assentiment, le lac nous accordait la sainteté. Qu'il nous avalât la minute d'après était chose possible, mais, pour l'heure, les histrions prenaient place sur l'icône. Voilà ce que disaient les quelques mots qui affleurèrent avant le grand silence de glace. Nous sommes tous plus ou moins fous.

C'était un 19 janvier.

Comme tous les ans, on célébrait un peu partout en Russie le baptême du Christ dans le Jourdain, c'est-à-dire que l'on perçait consciencieusement la glace des rivières, des fleuves et des lacs, on y plongeait son corps trois fois dans le but de se purifier, on pensait renaître lavé de tout. Des autorités spirituelles peu audibles avaient averti, depuis des lustres, qu'il n'y avait là que foutaises authentiques, hérésie ou paganisme, et, dans le pire des cas, diablerie. Pourtant, les popes bénissaient volontiers les eaux, on les voyait se presser au bord des trous, à côté des secouristes et des organisateurs, certains condamnaient, mais sans trop insister, l'Église nourrissait le doute, des illuminés défendaient fougueusement la *tradition*, d'autres l'entretenaient en athlètes rigolards, si bien que, dans la foule indémêlable des impies, des bateleurs, sportifs et croyants, chacun ignorait s'il plongeait comme un orthodoxe des plus orthodoxes, ou comme le plus païen des sagouins. C'était très bien ainsi.

À notre manière, nous participions à la fête, loin de la foule. Viktor devint sérieux, presque protocolaire. Il se déshabilla. Il fit un signe de croix. « Allons-y doucement, prenons garde, les gars, de ne pas glisser sous la couche de glace. Ardu de retrouver la sortie, après ça… » Il entra dans l'eau, sa bouche se déforma, le visage s'ahurit. Il plongea trois fois, se signa. « Sors maintenant ! gueula Alexandre. Ne fais pas l'abruti ! Dans une flotte comme celle-là, ton espérance de vie, c'est en minutes qu'elle se compte. » Viktor se hissa hors de l'eau : « Tu exagères toujours, on ne crève pas si vite, pas moi. » Alexandre : « Tes doigts tomberaient en moins de dix minutes. » Un médecin que j'interrogeai un jour estima que les plus solides pouvaient espérer survivre une heure tout au plus.

Alexandre se déshabilla, plongea, le visage s'ahurit. Il ressortit. Il cria, vit passer dans le ciel un aigle impérial. C'était impossible en cette saison. On le lui dit. Mais il le vit. Mon tour vint. J'imitai mes acolytes. L'eau à 0 °C n'est qu'une étape, une entrée en matière. L'expérience véritable survient au sortir du trou. Le petit thermomètre que Viktor trimballait partout affichait désormais – 44 °C.

Le froid et le gel sont deux mondes. Viktor était intarissable sur le sujet, il avait sa théorie. On peut la formuler simplement : la férocité, la cruauté et l'extrême sont le domaine du gel. Il y a certes un gel *modéré*, celui que l'humanité connaît en général, mais tout commence vraiment à partir de – 12 °C. On parle alors de gel *significatif.* À – 25 °C, le gel devient *fort* ; on peut sentir les cristaux de glace jouer dans les narines. Il est dit *sévère* ou *cruel* autour de – 35 °C ; il tanne, brûle la peau. L'*extrême* se présente à – 44 °C ; et avec lui une autre manière de respirer.

– 44 °C. Je sors du trou.

L'espace d'un instant, je sens sur mes épaules des cristaux de glace se former. Mes pieds et mes orteils sont des cailloux, à peine connectés au reste du corps. Aux commissures des yeux, les larmes hésitent, elles se solidifient et se liquéfient en un va-et-vient perpétuel. Mes doigts sont paralysés. Le sang s'est replié vers les organes vitaux. Je suis incapable de me rhabiller, pantalon et chaussettes me filent entre les mains. La scène est comique et belle. J'appelle Alexandre à la rescousse. Je suis sous le coup d'une formidable décharge d'adrénaline. La chaleur revient. Je ne sais plus où sont les mots. Dans la glace, au fond du lac ou ailleurs. Peu importe. Au diable mes pauvres palabres. Le chemin du retour est cavalcade. La lumière est bonne, les rires sont une grâce, notre joie glisse sur le lac gelé.

Le monde était simple. Devant moi, il y avait l'humanité chaude et minuscule, celle qui fend le cœur.

J'étais venu en Sibérie pour ça. Je le croyais.

II

L'arrestation

La première fois, j'ai lu Soljenitsyne chez mon grand-père. L'Archipel du Goulag *traînait parmi des livres d'histoire, j'avais vingt ans, j'étais là pour les vendanges. C'était sur les bords de la Loire. Je suis parti avec le livre. Je ne l'ai jamais rendu. Je me souviens d'avoir été étonné par la théâtralité du premier chapitre, il traitait des réflexes naïfs de l'homme saisi par l'arbitraire. Il y avait cette phrase :*

« Et rien, vous ne trouvez toujours r-r-rien à répondre que ce bêlement d'agneau : "Moi ?? Pourquoi ??" »

Et plus loin :

« Dans votre désespoir scintille encore devant vos yeux, tel un jouet, la lumière d'une lune de cirque : "C'est une erreur ! On va tirer les choses au clair !" »

J'avais vingt ans, et j'étais ingénu ; je ne comprenais pas.

Trois semaines plus tard. C'était un 11 février, un mercredi. Soleil d'hiver exemplaire. – 20 °C. La température était de nouveau plus clémente. Il était 9 heures. J'étais de retour en ville. Diane, cinq ans, pêchait de petites boules qui flottaient dans un bol de lait. Elle me fit signe de manger quelque chose, me tendit sa cuillère.

« Tu veux goûter mes céréales papa ? Elles sont très très bonnes… »

Nous attendions Margot qui revenait de Paris, à sept mille kilomètres de là.

Tel un sultan ou une odalisque, noir comme la suie, un chat énorme était affalé sur le canapé. Il se prénommait Béhémoth, minaudait, jouait avec ses moustaches démesurées tout en se riant ouvertement de mon accoutrement. C'est que je portais pour dormir – et ce matin-là – un T-shirt rouge offert par une amie passionnée d'héraldique, avec sur le cœur le dessin très fin d'une créature bicéphale, au plumage noir, armée, becquée et couronnée d'or. À gauche, on reconnaissait la tête d'un aigle, à droite celle d'un coq, un glaive dans une patte, et dans l'autre un sceptre qui pouvait être aussi un porte-plume. La figure ne représentait aucun empire connu. J'aimais cet emblème de rien.

Les armoiries sont porteuses d'une puissance comique qui n'échappe pas à l'œil attentif. L'aigle et le coq, de profil, vomissaient chacun une langue improbable. Les têtes paradaient sur un corps unique qui exhibait ses muscles, ses griffes et ses jouets. La couronne faisait un chapeau ridicule, elle créait le malaise, et soudain on voyait la bête double vivre une détresse flagrante, les pattes raides, elle semblait à la torture, pétrifiée peut-être ou électrocutée, elle avait tout de la volaille sur le point d'être plumée.

Lorsque Margot est arrivée en taxi, j'ai vite enfilé des bottes, une chapka (une oreille est restée en l'air, l'autre s'est rabattue vers le bas), et j'ai dévalé ainsi les escaliers en pantalon de jogging, avec toujours mon volatile azimuté sur la poitrine. Je ressemblais au héros chahuté d'une comédie soviétique. Le persiflage de Béhémoth était parfaitement fondé – c'est ce que je me suis dit en croisant mon reflet dans le miroir.

J'ai ouvert la portière de la voiture, j'ai à peine volé un baiser à Margot. J'ai sorti deux lourdes valises du coffre, puis entrepris de remonter aussi sec. Arrivé au quatrième étage, j'étais essoufflé. J'ai ouvert la porte, Diane chantonnait. J'ai déposé les deux valises dans le vestibule. Là, je me suis dit, quand même, que malgré ma dégaine, malgré le froid dehors, malgré le froid entre nous, je me suis dit que j'étais un sot, que j'aurais dû la prendre dans mes bras. Quand même. Oui, je vais entourer Margot de mes bras, ai-je songé, peut-être murmuré, en lâchant les valises.

Elle m'appelle. Sa voix est étrange.

Ta voix était étrange, Margot.

Je me retourne. Deux hommes me font face, je ne comprends pas. Je leur barre le passage, Diane est dans mon dos. Ils se saisissent de moi, me poussent violemment hors de l'appartement.

« Papa !... Pa... »

En quelques secondes, je suis dans le couloir, plaqué contre un mur, menotté dans le dos. Je tourne la tête, huit, peut-être dix hommes sont là, certains cagoulés. L'un d'eux filme la scène. Elle sera diffusée sur une chaîne locale quelques jours plus tard. Sur les images, curieusement, personne ne remarquera le chat courroucé qui se faufile entre une forêt de jambes, un chat gros comme un pourceau, s'excusant et insultant sans compter.

Je demande : « Qui êtes-vous ? » Une voix rauque répond : « Ce n'est pas la question. » Une autre, avec satisfaction : « Tu as peur ? » Moi : « Oui. Bien sûr. Qui êtes-vous ? » La voix : « On verra ça plus tard. »

Quelqu'un apporte mon blouson, on me retire les menottes. On m'écrase contre le mur, on attrape mes bras. Je suis un polichinelle au bout de son fil, on me manipule, on m'habille. Un sac en tissu noir passe de main en main pour finir sur ma tête. Les menottes claquent sur mes poignets. Je descends les escaliers à l'aveugle, conduit et tenu ferme, presque soulevé de chaque côté par des bras puissants. On me fait monter dans ce que je devine être un petit camion, la marche est haute.

J'ai le souffle court. Le silence est la meilleure option. La seule en réalité. Il m'est difficile de trouver une respiration normale à travers le tissu. Je tente de comprendre. Ai-je été enlevé par un groupe mafieux ? Arrêté par des flics ? Aucun ne portait un uniforme.

C'est une erreur… On va tirer les choses au clair !

Je n'ai rien pu relever. Pas le moindre signe. Les cagoulés ressemblaient peut-être à des membres des forces spéciales… Je divague. Les forces spéciales… Pour moi ?!? Pourquoi ? Moi ?? N'importe quoi.

Que diable allais-je foutre dans cette galère ? On m'emmènerait en forêt pour un petit exercice d'intimidation ? Pour m'exécuter ? Mais pour quelle raison ? Au nom de quelle religion obsolète ?

Au nom de quels intérêts supérieurs ? Ou alors il s'agirait d'un enlèvement… Ils vont réclamer une rançon ? Improbable. Quelle énorme connerie aurais-je faite ? Oui, une belle connerie, une sacrée connerie… C'est certain. Quel con, mais quel con ! Mais quelle connerie ? Qui aurais-je pu offenser récemment ?… Personne… Un politique ? Mais non. Peut-être… Je ne vois pas.

C'est une erreur… On va tirer les choses au clair !

Quel merdier !… Et Diane ? Diane, Diane… Merde. Se concentrer. Et Béhémoth ? Il m'a peut-être suivi. Il est certainement là dans le fourgon. Je ne le sens pas.

Pourquoi ? J'ai forcément merdé à un moment. Mais quand, mais où ? Et Margot, Margot… Pourquoi ne t'ai-je pas aperçue, Margot, lorsqu'ils m'ont jeté dehors ? Tu étais derrière moi, tu me suivais… Où étais-tu Margot ? Que se passe-t-il ? Mais quel con, quel merdier !… Comment ai-je fait pour attirer à moi de pareils salopards ? Des salopards organisés…

III

L'entrée dans le monde

Je l'avais entendu énoncé, mais jamais je n'avais repris à mon compte ce proverbe russe :

« Nul n'est à l'abri ni de la prison ni de la besace du vagabond. »

J'aurais pu être millionnaire. Avec piscine et vue sur la mer. Mais je suis dans la merde, et je vous emmerde !

Étrange, les paroles de cette chanson sont venues trotter dans ma tête.

Le voyage est long. Je tente de conserver une notion du temps. Trente minutes déjà que nous sommes en route – c'est ce que j'imagine. Le véhicule s'arrête. Je suis serein à présent, dans un état somnambulique ; je comprends que la journée va être longue. Il n'est pas mauvais d'être détendu. C'est ce que je me dis. Je suis concentré.

Je rejoins ma citadelle intérieure.

Je traverse ce que je devine être un parking, on me pousse dans un bâtiment, deux portes successives, je monte trois étages, on me colle sur une chaise. L'interrogatoire commence. Je suis toujours aveugle, les menottes me scient les poignets, je comprends que nous sommes dans une petite pièce sombre. Lent crissement d'une grille. Une voix de basse me somme d'avouer. Je réponds de manière évasive, avec des bêlements d'agneau qui ne produisent aucun effet. Et j'aggrave mon cas, je prétends ne pas maîtriser la langue russe. Les coups pleuvent très logiquement.

Je promets de coopérer, histoire de quelque peu calmer les dogues. Mais que pourrais-je avouer ? Il faudrait qu'ils m'aident… Nouvelles sommations. Nouvelle rouste.

Je suis satisfait de moi, je me dis que je fais plutôt bonne figure. Puis, mon cerveau malmené vacille. Mes tempes sont boxées, harcelées, le crâne croit exploser sous les coups qui redoublent. Mon corps n'est pas loin d'opter pour l'évanouissement. Je vomis finalement un peu de bile.

Je suis dans la merde et je vous emmerde.

On me laisse mariner. Puis, on revient à la charge. Les choses s'installent. Le manège dure plusieurs heures. J'ai le droit au tarif ordinaire, j'imagine, au traitement qu'administrent à leurs patients les flics et barbouzes se sachant libres de tambouriner. Ils cognent mais dans les règles, c'est-à-dire sans laisser de traces – du moins rien de trop évident. Ils ont la méthode, ils me préparent, c'est ce que je comprends depuis le tréfonds du somnambulisme dans lequel je suis confortablement installé. Ils sont au travail. Ils tentent d'agir sur ma volonté, me dis-je, c'est dans l'ordre.

Et ils se lassent. Ou plutôt : ils passent à la suite.

On ôte le sac noir de ma tête, je recouvre la vue. On me montre des photos. J'en reconnais certaines. Elles m'appartiennent. Mes yeux mettent un temps à s'adapter à la lumière. Je suis tout bellement sonné. Les types en face de moi sont d'une cocasserie ineffable. Un Pantagruel rit, sue à grosses gouttes, c'est lui qui, à l'instant, posait les questions, je reconnais sa voix. Il me toise, ajuste son sourire à ma qualité de marionnette insignifiante. Son œil gauche est très noir, le droit est vert (je n'invente rien), sa bouche béante laisse voir quelques dents en or. L'air débile, un deuxième prend des notes et vocifère, c'est son rôle, derrière de toutes petites lunettes rondes. Il doit dépasser les deux mètres. Ses épaules sont exagérément étroites. Mon œil reste longuement accroché à la pointe de salive qui luit au coin de ses lèvres – des lèvres sonores qui remuent continûment et lui donnent des airs de mérou. Le troisième est à mes côtés. Sous la cagoule, j'aperçois une gueule et des yeux âpres à la proie, la bête est excitée – c'est elle qui boxait, à l'évidence.

La plaisante équipe me propose enfin des pistes. Il s'agirait de me reconnaître pédophile.

Pédophile.

Tout s'accélère. Je proteste. C'est inutile, c'est entendu, une longue dégringolade commence ; je ne saisis que des bribes : « … pornographie infantile… perversion européenne… directeur, mon cul !… ton intérêt serait de collaborer… sagesse… »

Le grand échalas fait tourner avec plaisir les pages d'un code pénal : « … diffusion de matériel pornographique… mineurs de moins de quatorze ans… avec utilisation des médias de masse… ayant pour but de s'opposer à la société et de dédaigner les normes morales universellement admises… dix ans, quinze ans de prison… »

La scène dépasse toutes mes attentes. J'argumente, je me défends, ils surenchérissent. J'aurais pu violer ma fille. On pourrait le soupçonner. « Es-tu l'auteur de cette photo où elle apparaît nue ? insiste la brute bedonnante. Il faudrait parler maintenant. Si tu signes deux ou trois trucs, on peut s'arranger. »

Vous qui dégringolez ici, abandonnez tout bon sens.

Aucun doute, on voulait ma tête. Tout était permis. Derrière cette mise en scène maladroite et parfaite, il y avait quelqu'un de déterminé. Il ne s'agissait pas d'intimidation. Il ne s'agissait pas de racket. C'était sans retour, on me le fit bien voir, et cela venait de haut, c'était donc sans aucune tenue. Ils auraient ma peau.

Ils l'avaient.

Je poursuivis cependant mes protestations d'agnelet face aux questions en enfilade :

« Et sur cette photo, c'est bien ta femme là en train de se malaxer la chatte ? Ha ! Ha ! C'est tordu de mettre ça en ligne, non ?… Ha ! Ha !

— Mais, mais… Je n'ai jamais…

— C'est de la magie alors ?…

— Mais…

— Inutile de discuter. Nous avons toutes les preuves.

— …

— C'est ton adresse IP.

— …

— Mis en ligne depuis chez toi sur le site journaldesmamans.ru.

— Mais, mais… C'est absurde. Pourquoi aurais-je fait ça ?!

— Mauvaise manip peut-être ? Tiens, là aussi, malaxage de chatte. Ha ! Ha ! Regarde.

— Vous rigolez ? Ces images ont été volées, à l'évidence, mais, mais…

— Mais ta gueule ! Et ici, la deuxième fille, c'est qui ? Tu l'as baisée aussi ?

— Mais, mais… Je suis accusé de quoi là ?

— De diffuser de la pornographie sur Internet.

— Mais…

— Et de la pornographie infantile aussi, on te l'a dit ! Regarde ça !… Aï-aï-aï… Dégénéré !… Et elle suce bien sinon ta femme ?

— Attendez, c'est quoi ça ?

— Des anus d'enfants dilatés, d'après les expertises.

— D'après… ? Quoi ?…

— Aï-aï-aï… Ça va être compliqué devant un

juge, petit gars… Et sinon là, c'est ta bite ? On ne peut pas savoir, c'est chiant. Et puis là aussi, sur cette photo, regarde, en toute franchise, tu as l'air d'une tafiole, non ? Regarde ! Mais regarde !… »

Je baigne désormais dans un cloaque achevé.

« Une tafiole ? dis-je. Pardonnez-moi, vous entendez par là un suceur de queue, c'est bien ça ? Un homme qui prend ou qui met des bites au cul. J'ai bien compris ? »

Hilarité générale. Je tente quelque chose, l'antique méthode qui consiste à surprendre et à sympathiser avec les pourritures. Mon accent m'aide.

« Vous faites fausse route, les gars ! Le côté du derrière, non, ce n'est pas mon truc. »

Les types sont interloqués. Non pas décontenancés, n'exagérons rien – je ne suis qu'un zigoto attaché sur une chaise, je reste un jouet en pleine déconfiture. Mais il y a là une petite brèche chimérique, celle dans laquelle s'engouffre n'importe quel bestion dérisoire sur le point de se faire aplatir. Pendant quelques instants d'ingénuité, je pense pouvoir m'en sortir. Du tabassage en règle à la blague entre mâles d'une espèce que je crois connaître, il n'y a parfois qu'un pas, me souffle un génie intérieur. Tout pourrait encore se retourner.

Quiconque a vécu en Russie au début du XXIe siècle, au début ou peut-être un peu avant, longtemps avant, peut-être longtemps après, celui-là s'est trouvé dans ces situations à la fois rocambolesques et attendues, lorsqu'un flic laisse entendre que, oui, quelques billets feront l'affaire et permettront au voyageur de poursuivre sa route sans anicroche, ou lorsque l'infinie folie bureaucratique prend de telles proportions qu'on n'en trouve plus aucun équivalent nulle part, ni chez Gogol, ni chez Kafka, lorsque l'on est mis en présence de tels pantins, prisonniers de logiques aussi parfaites qu'aberrantes, tellement burlesques, tellement talentueux, tellement butés que les personnages de Beckett en deviennent sans surprise, ou encore lorsque les éléments de ce folklore foutraque se combinent – paperasserie absurde, flicaille gauche et gourmande, chefaillons lunaires, guichetiers aussi enivrés que créatifs, malices, farces et attrapes – pour créer des situations telles que, pendant de longues semaines, des mois voire des années, on en fait des récits loufoques et proverbiaux, on se les répète entre amis, on se les transmet comme des paraboles, des recettes culinaires ou des viatiques pour temps d'orage.

J'avais vu et connu tout cela, et si ma situation relevait cette fois-ci d'un tout autre registre, si j'avais conscience d'avoir déjà valdingué bien au-delà de la barrière – celle qui sépare la corruption et le Grand-Guignol quotidiens de l'authentique machine à broyer –, à cet instant précis, alors que s'esclaffait l'aimable bande qui exécutait les ordres venus d'en haut, je croyais encore pouvoir faire retour de l'autre côté.

Tout irait bien.

À la fin de l'algarade, on insista, on me répéta qu'il était dans mon intérêt de coopérer. Je fus transporté en voiture, yeux bandés, vers un nouveau bâtiment. La procédure officielle s'engagea. Changement de visages. Apparition d'un chef de l'enquête, qui d'emblée me rappela un acteur comique. Appelons-le Pierre Richard, avec ses frisettes blondes et ses airs dégingandés. La viande était attendrie, on avait dépêché le petit Richard pour tirer bénéfice des prolégomènes matinaux, mais cette fois-ci en jouant le jeu du droit prétendument, avec procès-verbaux en bonne et due forme, témoins, traducteur, avocat commis d'office… Tout était en place. Je ne pouvais en rien influer sur le déroulement de la pièce abjecte écrite pour moi. Tout contact avec l'extérieur m'était interdit.

J'étais assis dans un commissariat, ce 11 février, au milieu de la Sibérie, il était peut-être 14 heures, 15 heures, la faim se faisait à peine sentir. J'étais face au chef de l'enquête, poignets de plus en plus entaillés par les menottes, et toujours sous la surveillance du sbire en cagoule qui, depuis les premières baffes, ne m'avait pas quitté. Il faisait le trait d'union entre un monde occulte – cette matinée sans témoin, qui officiellement n'avait pas existé – et le monde visible du « droit » qui sous mes yeux déjà déployait ses merveilles ; c'était le seul personnage capable, derrière son masque, de passer d'un univers à l'autre.

J'offris quelque vaine résistance, disposai mes grains de sable dans la machine. Je fus finalement happé par le dispositif et de violents maux de tête. Je devais me rendre à l'évidence, me rendre enfin. À un moment, j'ai entendu la voix de Margot dans le couloir, puis celle de Diane qui répétait en russe : « Où est mon papa ? Où est mon papa ? Où est mon papa ?… » J'ai voulu crier, crier à Margot de se méfier, lui dire que j'étais piégé, que j'avais le FSB sur le dos, lui dire de parler le moins possible.

Le moins possible. Nous avons le FSB sur le dos. Tu m'entends Margot ? Le moins possible.

Je me suis tu. Quelqu'un en moi parlait, mais je me suis tu, parce que Margot savait, elle avait compris aussi bien que moi, c'était évident. Il était inutile d'effrayer Diane encore davantage. Inutile d'exciter le dogue cagoulé qui n'attendait qu'un prétexte pour mordre en toute légalité.

Le soir, la machine bien huilée allait son train. La garde à vue se prolongea, je fus placé dans une cellule bétonnée, crasseuse, sans fenêtre, avec dans un angle le trou puant destiné aux besoins élémentaires. Dehors, les chiens hurlaient. Un gardien jovial m'accueillit et fut heureux de rencontrer un Français. Alors que je me déshabillais pour la fouille réglementaire, il s'inquiéta des ecchymoses qui parcouraient mon dos et décida de les signaler dans son registre – les dogues, semblait-il, avaient laissé quelques traces malgré leurs précautions.

« Je le note, c'est peu visible, mais je ne veux pas être accusé. Au cas où… »

Je souris. L'homme était débonnaire. Il m'offrit un matelas et des draps avec une politesse sourcilleuse. J'étais au cœur d'un système humain accompli, là où chacun se tient sur ses gardes. On entretient les apparences *au cas où*, car on sait que dans certaines situations et pour certains clients le vent peut tourner. Alors, on cultive un code de prudence, la façade fraternelle ; on est affable tout en servant avec zèle le grand pilon à écraser la chair des hommes.

Je partageais mes appartements avec un tuberculeux malingre et un petit homme stoïque qui exhalait une bonté presque surnaturelle. Il était torse nu, il m'offrit une cigarette. C'était un habitué, un haut gradé parmi les bandits que signalait l'étoile à huit branches tatouée au niveau de chacune de ses clavicules. Le réel dépassait toutes mes espérances. Je fus peu causant. Mon sommeil fut léger.

Le lendemain, après une nouvelle rencontre avec un Pierre Richard en grande forme, je passai devant le juge. Un passage rapide. Le protocole fut impeccable. La justice passa. Chacun tint merveilleusement son rôle. La salle d'audience était petite, encombrée de meubles et de chaises. Une énorme et singulière lampe m'intrigua. L'objet était destiné à tuer les bacilles tuberculeux, je reçus cette explication de l'interprète. J'étais dans une cage, selon le rituel, face à une juge rondouillette qui menait les débats dans un mélange de lassitude et d'énervement. Il était tard, elle voulait rentrer chez elle, on l'avait vraisemblablement réquisitionnée pour une énième mascarade.

Je t'attends Margot. Je pressens que tu vas débouler dans la salle d'audience, tu vas hurler sur la juge grassouillette, cracher sur l'uniforme du petit Pierre Richard, cracher au visage du substitut du procureur, tu en es capable, et tu vas aussi insulter l'avocat commis d'office, lui botter les fesses, le foutre dehors et lui dire qu'il n'est qu'un blondinet misérable, un couillon châtré, ce seront tes mots, tu en utiliseras de pires encore, tu ne laisseras pas la petite pièce sordide se jouer sous la lampe désinfectante.

Il n'y eut ni cri ni crachat. Margot ne vint jamais.

J'entends encore les mots couperets : « La citoyenne Margot B. a affirmé hier lors de son audition se sentir en danger, ainsi que sa fille, elle demande la protection des autorités en qualité de témoin et l'incarcération de son mari, Yoann B., qui la menace. »

Je fis mon entrée dans la prison centrale d'Irkoutsk au début de la nuit. On me soumit à un vague test psychologique, destiné sans doute à déceler les appétences pour le suicide. Parmi les couleurs que l'on me proposa, je plaçai en premier le rose, et en dernier le noir, signe, on peut le deviner, d'un irréfragable optimisme. Malgré ce succès et la démonstration d'une santé mentale exemplaire, on me subtilisa ceinture et lacets. On découpa puis retira de mon manteau tout ce qui pouvait faire un embryon de corde ou de ficelle, on visita mes chaussures puis, une fois dénudé, le moindre repli de mon corps.

Je me rhabillai.

Depuis le matin de mon arrestation, je portais le même T-shirt. La puissance comique de ma couronne était décuplée en ces lieux.

Tout allait bien.

Liesse des matons. On me rasa le crâne.

« Voilà, le voilà, voilà un vrai Français ! Tu es beaucoup plus beau comme ça, tu vois… »

Voilà.

On me prit en photo selon le rituel. Les empreintes.

On me mit sous une douche froide avec un morceau de savon brunâtre. J'eus la naïveté de demander une serviette.

Je me rhabillai.

On me colla un paquetage de bienvenue entre les mains – draps, gamelle et cuillère en aluminium, rouleau de papier toilette. Je passai de multiples portes et grilles avec un gardien rigolard, nous traversâmes plusieurs couloirs baignés d'une lumière jaune moutarde, le lieu était immense. Après différents arrêts et palabres entre matons, mon paquetage s'enrichit de nouveaux présents offerts par l'administration du lieu – une brosse à dents, un tube de dentifrice, un savon et un curieux rasoir émoussé.

Cueilli impréparé, j'étais de ces taulards qui font leur entrée dans le monde sans aucun effet personnel.

IV

Les trois sœurs

Mes amies cosaques citent souvent ces vers de Constantin Batiouchkov :

« Ô mémoire du cœur ! Tu es plus forte
Que mémoire triste de la raison.
Souvent ton charme et ta douceur ressortent
Dans les pays aux lointains horizons. »

Rien n'arrive au hasard, paraît-il. Peut-être ai-je finalement trouvé ce que j'étais venu chercher en Russie ? J'ai gagné ma place en taule, ce fut un adoubement – c'est le mot qui m'est venu plus tard, non sans une pointe d'orgueil et de pitrerie. J'avais réussi mon coup, je m'étais fondu dans le paysage. J'étais devenu un moujik comme un autre, un moujik parmi les moujiks, un moujik qu'on pouvait arbitrairement jeter en taule comme n'importe quel moujik.

En somme, mon intégration était achevée. Je pouvais être fier.

Oui, ce genre de considération m'a traversé l'esprit. La vérité : je n'en menais pas large. Tout indiquait que Margot avait trempé dans le coup. Peut-être même l'avait-elle imaginé et organisé. La dégringolade promettait d'être longue encore, bien longue et bien douloureuse.

Mon histoire d'amour avec la Russie avait si joliment commencé… C'était au début du XXIe siècle, elle s'extirpait péniblement du chaos des années 1990 et moi de l'adolescence. J'avais débarqué un peu par hasard à Rostov-sur-le-Don, au pays des Cosaques, sous un soleil de plomb. Il ne s'agissait pas de voyage, mais pour un temps de s'établir ailleurs. Installer un campement loin de ses manies et routines, fuir ses impasses, en inventer de nouvelles, voilà un exercice vivifiant, me disais-je. L'alphabet cyrillique m'était inconnu. Tout semblait possible.

La Russie demeurait pour moi un empire, une divagation au long cours qui avait donné le bon docteur Tchekhov, Lénine et Staline, messieurs Kalachnikov et Gagarine, c'était Catherine la Grande, l'amie des philosophes, c'était le profil de la chienne Laïka, imprimé sur un timbre en héroïne, c'étaient les duellistes Lermontov et Pouchkine, la princesse Maria Volkonskaïa, les yeux fous du tsar Terrible, ceux de Grigori Raspoutine, la longue barbe d'Alexandre Soljenitsyne, c'était l'enfance, la comtesse de Ségur, née Rostoptchina, Marina Tsvetaeva, Anna Akhmatova dans Leningrad assiégé, Boris Pasternak en casquette bolchevique, et coiffé d'un melon Ossip Mandelstam, Vassili Grossman, Emma Goldman rendant visite au camarade Kropotkine, Essénine pendu, Michel Bakounine, Mikhaïl Bakhtine, Mikhaïl Cholokhov, mais surtout le diable Boulgakov, l'enfer de Varlam Chalamov, Lev Chestov, et jouant au tennis Vladimir Nabokov, Vladimir Maïakovski composant une dernière lettre, Maxime Gorki, Joseph Brodsky, Fiodor Dostoïevski, j'allais l'oublier, avec Lev Tolstoï en coutil de paysan – j'y tenais moins qu'à

Nikolaï Gogol, moins qu'au bon docteur Tchekhov. C'était cette volée d'oiseaux que j'avais à l'esprit en arrivant à Rostov, ces oiseaux-là et quelques autres encore, mais pour l'essentiel la petite ribambelle de scribes qui avait fait de la littérature russe un empire, en un rien de temps, un empire, avec ses splendeurs violentes, ses bouffonneries supérieures qui vous tirent des larmes, ses extases fanatiques et ses fragilités excessives qui percent, comme par magie, les frontières de la traduction.

J'étais prêt à en découdre.

Ce n'est pas un film, et pourtant, je le rejoue. Le frisson revient. Je crois n'avoir jamais été aussi heureux qu'à Rostov-sur-le-Don. Le fleuve en majesté qui filait vers la mer d'Azov était promesse de joies. Je ne parlais pas un mot de la langue de Pouchkine. Je m'attendais à en baver, au moins au départ, au moins un peu. À l'aéroport, Olga Sergueïevna ne m'en laissa pas l'occasion, elle prit les choses en main dès les premières minutes. Après avoir écarté d'un revers les chauffeurs de taxi qui chassaient en meute le pigeon, elle m'installa chez Macha, sa sœur cadette. Irina, la benjamine, nous rejoignit bientôt.

Olga avait l'âge de la retraite. Sa pension était dérisoire. Comme tant de retraités, elle travaillait : une trentaine d'heures par semaine, à l'université. Son salaire était dérisoire. Comme tant d'universitaires, elle le complétait : une trentaine d'heures de cours particuliers, à domicile.

Nos quarante ans de différence n'y firent rien, je devins son confident, elle devint ma confidente.

Je passais à l'improviste, elle congédiait gentiment un élève, et nos colloques commençaient, arrosés d'un thé très noir, de champagne soviétique ou de cognac du Daghestan, selon l'heure, selon l'humeur. Nous passions des soirées entières à porter des toasts, à parler musique et poésie, à parler de ses petits-enfants, de l'art d'accommoder les écrevisses du Don, du malentendu persistant entre femmes et hommes, des mérites et vertus du fromage français. Olga déroulait parfois quelques-uns des 5 523 vers d'*Eugène Onéguine* qu'elle connaissait par cœur. Parfois, nous regardions un chef-d'œuvre du cinéma soviétique à la télévision – elle restait allumée en permanence. Parfois, c'était une apparition présidentielle qui réclamait nos commentaires. Vladimir P. était en place déjà, et déjà il se démultipliait sur les écrans : « *Oï, gadki Poutionok,* lançait Olga Sergueïevna, revoilà notre vilain Pouti-canard ! Quelle gentille fourberie va sortir de cette méchante bouche aujourd'hui ? » Souvent, les bizarreries syntaxiques de la langue française nous accaparaient, nous traduisions, plongions dans les grammaires et les dictionnaires. Souvent, nous nous inquiétions de l'état de santé d'Irina, mélancolique et hypocondriaque depuis la mort de son mari.

Il avait traversé le parc qui séparait leur appartement du magasin de vins et spiritueux, il était tombé sur un soldat à cran, la bête et malheureuse rencontre, le gars rentrait tout juste de Tchétchénie, il l'avait poignardé pour s'emparer d'une bouteille ; un coup de couteau sec et sauvage, avait raconté Irina, le geste sûr d'un professionnel, de haut en bas, la lame avait déchiré le poumon droit, l'aorte et le cœur. Il était mort seul, on l'avait retrouvé allongé sur le dos, les yeux révoltés, les lèvres entrouvertes formant un O. C'était un corps figé dans la douleur et la consternation. Près de lui, une bouteille de champagne brisée répandait ses effluves. C'était le jour de leur anniversaire de mariage.

Depuis lors, Irina s'était retirée, elle aussi, dans la douleur et la consternation. « Je suis tel un cadavre solitaire », m'a-t-elle dit un jour en riant, car elle riait toujours.

J'ai souvent été ému en Russie, jamais autant que lors de mes colloques avec les trois sœurs, lorsque s'entrelaçaient le russe et le français, Pouchkine et Molière, c'était une grande valse tempétueuse, c'est là que j'ai appris et traduit les vers célèbres de Batiouchkov, ceux qui parlent de la mémoire du cœur.

Toutes trois étaient veuves. Olga Sergueïevna avait perdu son cher Kolia dans un accident de voiture, au début des années 1980. Macha, la cadette, avait un Kolia elle aussi. Évaporé au moment de la chute de l'Union soviétique. Il n'était pas mort, mais c'était tout comme. « Mon

Kolia a été fauché par une voiture allemande, le tien s'est effondré avec le mur de Berlin, on n'en aura jamais fini avec les Fritz ! » répétait Olga à sa sœur. Ils étaient quelques-uns, les effondrés du début des années 1990... On en trouvait quantité parmi les scientifiques, les enseignants, les éducateurs et les artistes, ils n'avaient pas tenu le choc, la fin de l'idéal, ils n'étaient plus rien, du jour au lendemain, plus de salaire et retour aux tickets de rationnement, aggravation des pénuries, tout cela pour voir l'alliance des *siloviki* et des mafias faire main basse sur le pays, installer leur joug, pire que les Tatars, et les voilà tous se bâfrant, la justice aux mains des intérêts privés, la vilenie capitaliste prenant ses aises en toute quiétude, avec en son sommet les anciens apparatchiks, les anciens KGBistes, oui, le voilà, martelait Olga, le voilà le grand capital de la grande et nouvelle Russie : petits escrocs, bandits confirmés, flics, mafieux et hauts fonctionnaires tous ensemble réunis !

Kolia n'avait pas supporté. Macha n'y pouvait rien. Elle n'avait pu retenir la chute. Kolia le physicien, le chercheur brillant, Kolia son amour, Kolia le poète, son Kolia avait sombré. Il avait fini par quitter l'appartement pour vivre à plein son addiction, ruinant en lui tout ce qui s'opposait à la ruine. Il s'était mué en ombre constamment imbibée de mauvaise vodka, comme beaucoup des ombres qui sillonnent cette vaste plaine ensorcelante, imperturbable et tyrannique, que l'on nomme aujourd'hui Fédération de Russie. Je l'ai surpris un jour dans la cuisine. Sous mes yeux, il a ponctionné dans le frigo un demi-saucisson, une tomate, il a attrapé deux tranches de pain noir sur la table, puis il est reparti aussi sec, en dissimulant son visage tuméfié sous une capuche. Macha lui avait laissé une clé. Elle tolérait ces menues rapines, elle lui prêtait de l'argent parfois. Elle ne le revoyait jamais.

Macha n'est que bonté, elle est de ces êtres incapables de médisance, toujours fidèles au poste et à l'humanité. Je l'entends me dire : « Yoanntchik, il faut te reposer à présent, fais de jolis rêves et à demain. »

Dans les geôles de Sibérie, la voix de Macha vient me consoler, c'est un miel.

J'ai pris des leçons auprès des femmes russes. C'était attendu. Elles m'ont instruit : Olga, Macha, Irina et beaucoup d'autres encore. Me voilà en taule pour parfaire mon éducation. C'est dans l'ordre. Tout se déroule comme prévu. Un roman d'apprentissage russe comporte ses figures imposées.

Les trois sœurs travaillaient à l'université pédagogique, elles formaient les futurs enseignants de français. C'est là que, moi aussi, je devais dispenser quelques heures de cours et monter une troupe de théâtre. Un peu comme le reste du pays, la chaire de langue française tenait debout grâce à l'opiniâtreté de quelques courageuses.

Un poème célèbre fait l'éloge des femmes russes, capables d'arrêter un cheval en pleine course, écrit Nikolaï Nekrassov, capables d'entrer dans une isba en feu. En Russie, la parole d'une tablée obéit à certaines règles, le deuxième toast doit être prononcé en l'honneur des femmes. Les hommes se lèvent. Le verre est avalé d'une traite. Alors qu'il s'y collait, un soir de célébration universitaire, déroulant de pompeux poncifs selon son habitude, le bon Arseni jugea utile de citer Nekrassov. Olga n'y tenait plus : « Oui, nous sommes belles, nous sommes extraordinaires, mais merde, dis-moi Arseni, quand nos bonshommes vont-ils enfin dessoûler et tenir bien droit sur le cheval ?! Et quand vont-ils cesser de foutre le feu aux isbas ?! Merde ! Parce que la femme russe en a ras le pompon, Arseni ! Ras le pompon de rattraper les chevaux et d'éteindre les incendies !... La femme russe... Merde alors ! Yoanntchik, remplis les verres, buvons ! »

Mes amis les plus chers m'appellent Yoanntchik. Le suffixe est affectueux. Lorsque Macha l'utilisa pour la première fois, je fus électrisé. La langue russe est habile comme jamais lorsqu'elle déroule ses chuintantes et ses hypocoristiques. Je devins tout autre par la grâce de quelques lettres.

C'est un ravissement enfantin chaque fois que j'entends prononcer : Yo-Ann-Tchik. Ou plutôt : I-O-Ann-Tchik. Avec la diphtongue. Comme une vaguelette qui pousse les lèvres à prendre de l'élan pour s'ouvrir et avancer : I. O. Ann. Tchik.

Quelqu'un dans cette geôle pourrait-il m'appeler par mon prénom ?

V

La malédiction du rameau

« L'impossible est tout ce que j'aime », *écrit le bien nommé Innokenti Annenski. Je tiens cette citation de Marina Tsvetaeva, poétesse de tous les amours.*

Comment faire le portrait de Margot depuis cette cage au fond de laquelle peut-être elle m'a précipité ? Il me faut y voir clair.

Je ne suis plus exactement dans les geôles de Sibérie au moment où j'écris ces lignes, et pourtant j'y suis. Je n'en sortirai que lorsque le dernier mot aura été posé, extrait de ma peau et tracé enfin sur une dernière page.

Ne pas rire, ni pleurer, ni haïr, mais comprendre.

Alors que la dégringolade commençait, je me répétais cette formule comme un mantra. C'était une médication, une préparation verbale que je m'administrais à l'aube, lorsque les matons nous tiraient du lit.

Non ridere, non lugere, neque detestari, sed intelligere.

Souvenir de mes études de philosophie.

Il y a des fils à démêler, des écheveaux à dérouler. Il y a quelque chose à comprendre depuis le fond de cette taule. Comment atterrit-on dans la prison centrale n° 1, à Irkoutsk, Sibérie ? Il faudrait que Margot parle, il faudrait que je parle de Margot. Il faudrait pouvoir dire quelque chose de cette histoire, la nôtre.

Mais voilà, quiconque veut écrire ses amours s'expose à la catastrophe. Il a devant lui les chausse-trapes de la péroraison, de la colère parfois, il risque toujours la cécité.

C'est ce que j'appelle la malédiction du rameau.

Une branche d'arbre rabougrie, effeuillée par l'hiver, passe quelques mois dans les profondeurs abandonnées d'une mine de sel. On l'en sort, elle est couverte d'une myriade de cristaux étincelants. Le rameau primitif a été magnifié par son séjour, il est méconnaissable.

On parle parfois de cristallisation amoureuse. On recouvre l'être aimé de mille qualités aussi éblouissantes que chimériques.

On parle plus rarement de cette cristallisation étrange qui vient mordre sur les écrivains. Celui qui prétend donner lecture de son histoire d'amour descend toujours en quelque manière au fond d'une mine de sel. Le risque est grand.

Il attrape un rameau qui traîne par terre, il le presse contre sa poitrine. Il ne le voit pas, il ne le sent pas : son corps cristallise et disparaît bientôt sous une pellicule diamantine. Il ouvre la bouche, chaque mot articulé sonne comme un mensonge, une ruse, une fiction. Comment dire ses amours dès lors que l'on ressemble à une branchette de théâtre satisfaite de son brillant ?

La bibliothèque mondiale est remplie de ces récits usant de la langue fausse et aveugle du rameau. On la trouve aussi chez de vieux philosophes ratiocineurs d'universel. C'est une malédiction. Chaque amoureux peut se muer en statue de sel, les phrases sont exposées, et comme les affects, elles s'appesantissent sous le cristal tape-à-l'œil.

Parfois, c'est une lamentation, on l'a tous entendue sinon entonnée, c'est la langue du dernier soupir, l'amant perdu traîne sa vieille complainte : « Dire que j'ai gâché des années de ma vie, que j'ai voulu mourir, que j'ai eu mon plus grand amour pour une femme qui ne me plaisait pas, qui n'était pas mon genre ! »

La règle générale veut que l'amour soit mort pour pouvoir paraître dans un livre. Mais si l'amour est mort, la parole est douteuse, les mots sont défectueux.

Je ne voudrais pas me dérober. Je ne veux pas mentir.

Si je crains le rameau, si je crains la langue fausse, la langue aveugle et la langue morte, j'ai peur surtout de ce que je vais trouver au fond de ma geôle. J'ai peur de certaines voix qui reviennent. Alors, je tergiverse. Je fais lanterner, espérant que ce chapitre s'achèvera avant d'avoir commencé. Peut-être vais-je me réveiller ? Il n'y aura plus de taule, plus de livre. Et Diane et Margot seront auprès de moi.

VI

Margot

Dans les années 1930, Mikhaïl Boulgakov jette toutes ses forces dans un livre qui finira par avoir sa peau. Lorsque vient l'histoire d'amour diabolique, il écrit :

« Mon lecteur, suis-moi, moi et nul autre, et je te le montrerai cet amour ! »

Elle est entrée en scène, comme une évidence. La canicule était tombée sur Rostov. Je mélancolisais. L'heure était venue pour moi de quitter le pays des Cosaques. Elle était danseuse et mathématicienne. Cet été-là, j'enseignais. Mon public se préparait à partir en France pour une année d'études. Margot en était.

Entre nous aurait pu débuter la vieille et familière aventure, celle qui réunit sur les mêmes couches, depuis la nuit des temps, ceux qui professent et ceux qui étudient.

Voyons, voyons, c'était autre chose. Autre chose.

« Avant même de te rencontrer, je savais que c'était toi, m'avoua-t-elle quelques mois plus tard, je t'attendais ; je ne te connaissais pas, mais je savais, quelque chose m'avait avertie, non pas quelqu'un, mais quelque chose ; mon amour allait entrer dans cette salle, c'était un rendez-vous ; tu serais là, nous allions nous trouver, et nous nous aimerions. »

Les tourtereaux se racontent des histoires. On me dira que Margot cherchait quelqu'un à aimer, voilà tout, et que j'étais dans le même état d'âme. C'est vrai, mais pourtant c'était autre chose. Sans jamais lui en parler, j'avais senti comme elle. Ce n'était pas un vague pressentiment. Pas une espérance. C'était la certitude d'une apparition imminente. J'ai conscience de tout ce que cette déclaration a d'aberrant, je vois ce qu'il y a de loufoque et de suspect à sentir l'amour approcher à des kilomètres à la ronde. Je ne me l'explique pas. Je n'en tire aucune conclusion. Je garde en moi cette sensation d'un savoir physique, lumineux mais indéchiffrable, et Margot aussi, je crois.

Alors, c'est arrivé. Un très léger effleurement des lèvres pour commencer, la pression fugace de ses seins contre mon torse, et tout son être qui monte sur la pointe des pieds pour s'agriffer, ou pour s'abandonner, c'est la même chose. La joie toute cristalline des amours débutantes en somme, les colloques passionnés sur les pavés de la rue Pouchkine, les étreintes impudiques, la griserie des nuits sans fin, la beauté des matins paresseux et lascifs.

À la fin du cours, elle était venue vers moi. Sous le prétexte d'une question grammaticale épineuse, elle a engagé ce qu'elle savait être bien autre chose qu'une conversation. J'ai proposé de poursuivre dans un bar, non loin de l'université. Nous avons bu du vin géorgien et avalé quelques zakouski faits d'aubergine, de fromage, d'herbes et d'épices caucasiennes. La volupté des mots s'est installée très vite entre nous. Après cette mise en bouche, Margot m'a entraîné en direction d'un restaurant japonais – du moins, c'est ce que suggérait l'enseigne à l'entrée. Le lieu baignait dans une lumière rouge. On pouvait être dans une maison de plaisir, dans un sous-marin, au beau milieu d'un antique banquet grec, c'était indécidable. Assis sur des nattes ou allongé dans la pénombre, on y mangeait du poisson cru, arrosé de cocktails au whisky ou à la vodka. Certains fumaient du tabac à la pomme dans d'imposants narguilés. Des écrans disposés un peu partout crachaient les clips du moment. J'ai toujours affectionné ces endroits farfelus et baroques qui fleurissaient en Russie au début du XXIe siècle. La vie y battait plus fort, l'ivresse et les joies y étaient plus cuisantes.

J'ai aimé d'abord cette manière qu'avait Margot d'être libre et impérieuse. Rien ne paraissait pouvoir lui en imposer, ni les convenances du milieu privilégié dans lequel elle avait grandi, ni la faune des fiers-à-bras qui l'entourait. Elle avait la force de celles qui reviennent de loin, d'une maladie qui deux ans auparavant aurait pu l'emporter. Elle avait vingt ans. De nous deux, j'étais l'ingénu.

Elle connaissait quatre langues, elle faisait des mots ses armes. Dans la même phrase, sa bouche mêlait une perle et une délicate obscénité. Nous avons devisé longuement, passé en revue les essentiels, avant qu'elle me demande si j'avais avec moi ces petites redingotes en latex dont usent les amants. Certains les appelaient condoms ou capotes, elle préférait le terme de redingote, ajoutant qu'elle plaignait le prisonnier qui sous mon pantalon semblait se débattre.

Par plaisir et par jeu, nous avons différé le moment. Dehors, nous nous sommes embrassés pour la première fois. J'ai raccompagné Margot chez elle, à pied, elle habitait avec ses parents. Une force ou une folie s'était emparée de nous. Nos corps s'appelaient férocement, ils se reconnaissaient, se multipliaient : il en naissait un de chacun de nos baisers.

Elle me poussa finalement dans la cage d'escalier du 118 de la rue Stanislavski. La lourde porte s'est refermée sur nous. Une main glissa dans sa culotte, l'autre remonta jusqu'à sa poitrine. Je l'ai longuement caressée. Elle me tendit une petite redingote, sans un mot, en me transperçant du regard. Je suis entré en elle. Elle m'enveloppa. Nous avons joui debout, enlacés contre un mur.

Tout cela avait été empressé, nous fûmes maladroits. C'est le lot ordinaire des amours qui commencent par la foudre. Nous avons reconnu notre erreur le lendemain, et tout repris depuis le début. Nous nous sommes promis de ne plus nous quitter.

Mon visa expirait, j'ai dû laisser Rostov derrière moi au milieu de l'été. Margot m'a rejoint à Paris au début du mois de septembre. Nous nous sommes installés rue d'Hauteville, dans le

10e arrondissement, à quelques mètres de la cité Paradis.

Je l'avais retrouvée à Roissy, dans ce terminal 2C dont je connais aujourd'hui les moindres recoins. J'étais en retard. Elle m'attendait devant une immense baie vitrée, se maquillait en maintenant très haut un petit miroir. Ses mains sculptaient dans la lumière irréelle de l'aéroport. Elle était sur talons la droiture incarnée, une ligne parfaite des reins jusqu'à la nuque. J'ai pris mon temps, je l'ai regardée avant de la rejoindre. Margot est fétichiste. Je connaissais cette robe, celle-là même qu'elle portait le jour où mes yeux pour la première fois déchiffraient les siens. L'émoi fit monter sur mon visage un sourire et ce curieux chatouillis sensuel qui prend des maxillaires jusqu'à l'occipital.

On dit que l'araignée *Cupiennius* aromatise son fil pour attirer le mâle. Margot est une araignée *Cupiennius*, une araignée ou toute autre bête qui porte en son regard le plaisir vif de la morsure, ou bien une sorcière, si les sorcières sont bien ces créatures dansantes, sauvages et lunaires, riantes, libres et gonflées de désirs qui sont des colères irrécupérables ; elle pouvait être brune ou blonde, noir corbeau, miel ou platine ; parfois, quand elle dansait, c'était un félin, venu d'Afrique ou des Caraïbes, elle dansait avec science, c'était un office, elle se faisait prêtresse, sumérienne ce jour-là, c'est ce que disent les amulettes qu'elle porte aux oreilles et qui viennent caresser ses joues lorsqu'elle tourne la tête, deux boucles d'or au bout desquelles se balance Inanna, la déesse de l'amour, la déesse qui conduit les batailles les plus féroces, les jouissances du corps comme les saccages de la guerre, Inanna et sa poitrine nue, accueillante mais fatale, incrustée ici de deux pierres minuscules, une pour chaque téton irradiant en éclairs adamantins. Margot préparait ses entrées, elle faisait irruption en conscience. Elle affichait ses attributs avec flamme et avec aplomb.

Margarita est son prénom. La langue russe distribue généreusement les diminutifs affectueux. Margarita peut se dire Margot par exemple, ou plus exactement Margote. On fait sonner le T. Devenant française, elle a mué. Elle a fait le trajet inverse au mien.

Yoann est une forme ancienne du prénom Ivan. Ivan, ou Vania, Vanka, Vanechka, Ivanouchka. Ou Yoanntchik, ce cadeau offert par mes amis.

Margarita, ou Rita, Ritoulia, Margocha, Margote, Margot, Margaux… Un jour, je l'ai appelée Marguerite.

Je pouvais être slave, elle pouvait être française.

Je crois à la force des rituels. Nous voulions une cérémonie. Nous nous sommes mis en quête d'un lieu. La tâche fut ardue. L'église du quartier nous semblait fade, le prêtre un baratineur soporifique : les païens de notre espèce devaient chercher plus loin. Sumer était hors de portée. Nous optâmes pour une île. Danseuse et sorcière, Margot avait quelques liens avec Cuba. Là-bas, un *santero* nommé Juan Esteban nous initia à la *Regla de Ocha* avant de nous unir dans un sanctuaire bariolé. Je me souviens des tambours excessifs, d'un long cri du fond des entrailles qui devint un poème, ça cognait et ça lançait des éclairs, c'était une arène, ça dansait. Alors vinrent la transe, le sang chaud et le miel répandus sur nos mains entrelacées. Après la cérémonie, un chat noir nous prit en filature. Il entra dans notre chambre et s'installa confortablement entre deux coussins. Durant la nuit, je me suis réveillé, il dormait sur ma tête. C'était suffisant. Nous l'avons adopté – à supposer que l'on pût adopter pareille créature –, ou plus exactement il nous trouva, et nous l'avons reconnu. C'était Béhémoth, le bon gros chat farceur du roman de Boulgakov, le compagnon du diable qui avec sa bande révèle la folie burlesque des hommes, dans le Moscou des années 1930. Il protège les amants véritables.

Béhémoth serait le gardien de notre amour.

Nous sommes rentrés à Paris avec un chat satisfait. Il grandit avec nous. Il prit de l'embonpoint.

Un jour, Diane est née. C'était à Nantes.

Deux ans plus tard, nous sommes partis pour la Sibérie.

Ajoutons encore trois années, et voilà que l'on me fait les honneurs de la taule.

Pourquoi cette sensation d'avoir connu avec Margot une histoire longue d'un siècle ?

VII

Sibériade

Dans son premier article écrit en français, Édouard Limonov fait l'éloge de la Sibérie. Il conclut :

« Les metteurs en scène soviétiques qui parcourent l'Europe et les États-Unis en quête de sujets sont vraiment cons ! »

Certains vont chercher la vérité à l'Ouest. Je partis à l'Est. J'ai emprunté le chemin de la Sibérie. C'est là que me portait mon désir.

Notre départ annoncé suscitait parmi nos amis des réactions inconciliables. Comme nous, certains rêvaient. Comme le bon docteur Tchekhov, ils se représentaient un pays *aux millions de paysages*, avec le faste des steppes glacées, les fleuves puissants, les rivières, les montagnes et les forêts inexplorées. Les autres parlaient de goulag. « Non, non, je n'ai pas été condamné à la relégation ! » devais-je parfois répondre, en forçant un peu le rire quand venaient les plaisanteries.

À l'époque soviétique, « Sibérie » est devenu un autre nom du goulag. Les tsars avaient déporté déjà, les Soviets instaurèrent le royaume des camps. Et si la Sibérie est autre chose, naturellement, le mot *goulag* lui colle aux basques. Il y a les livres de Soljenitsyne, de Chalamov et de Guinzbourg. Il y a la boxe rigoureuse et résolue d'Alexandre, la claque sèche et décharnée de Varlam, la frappe directe et grave d'Evguénia. Ces trois-là ont cogné des textes dont on ne sort pas indemne. Et tant mieux.

J'entendis un jour cette tirade étonnante :

« Le goulag, c'est pas nous. La *Journée d'Ivan Denissovitch* a été conçue au Kazakhstan. La Kolyma de Chalamov et de Guinzbourg, c'est l'Extrême-Orient russe, pas la Sibérie, soyons juste, soyons exact, pas la Sibérie ! »

C'était une conférence. On y discutait de l'« attractivité » des régions sibériennes et de leur « mise en valeur », comme on dit. Le petit fonctionnaire au pupitre, très satisfait de son intervention, se fit chahuter par un historien, c'était Alexandre – je le rencontrais pour la première fois. Il rappela, sur un ton goguenard et professoral, que l'essentiel des goulags avait positivement été implanté en Sibérie, et donc l'essentiel des cadavres aussi. Le fonctionnaire se mit à louvoyer. Quelques collègues l'épaulèrent pour porter la charge contre « l'historien démoralisateur ». Les camps de Staline n'avaient-ils pas contribué à mettre au jour les richesses du territoire ?

Avant de quitter la partie avec fracas, Alexandre envoya une dernière réplique : « Finalement, je suis d'accord avec vous, messieurs. Lorsque la planète crèvera de chaleur, le monde entier viendra ici se rafraîchir. Alors, charmons le touriste ! Il faut faire vivre nos attractions les plus pittoresques.

Exploitons notre potentiel d'abomination et de ravissement ! Pourquoi pas un nouveau genre de fête foraine, avec un train fantôme sur la route des goulags ? Nous traiterions par là même notre amnésie, nous éduquerions nos politiciens ignares ! Et après ça, piscine pour tout le monde ! Tous au Baïkal ! Encore un effort, on finira bien par massacrer le lac aussi. »

La porte claqua.

Nous avons très vite sympathisé. Alexandre était un homme de la taïga, avec inscrit en lui le besoin des arbres, du gel et de l'immensité. On l'entendait souvent dire : « La Sibérie, c'est le grand large sur terre. »

Parmi les écrivains que nous lisons, rares sont ceux qui en parlent. Peu y sont nés, peu y ont mis les pieds.

La grande prose de Sibérie reste à inventer.

Un jour, quelqu'un osera peut-être des mots couleur tchernoziom, des mots lumineux et crus, gelés mais brûlants, de grands blocs de glace furieux qui diront le conquérant Ermak et son ennemi, le clownesque khan Koutchoum, ils diront la neige rouge du sang des Cosaques égorgés, la neige gluante du boyau des vaincus, ils diront les rochers, les arbres, les plantes et les bêtes, ils nommeront parmi d'autres *Pusa sibirica,* le phoque de Sibérie qu'on appelle communément *nerpa,* et qui est gros, gras, la grâce même lorsqu'il tourneboule dans l'eau, ils nommeront les vents *sarma, koultouk* et *bargouzine*, ces souffles insanes qui débarquent sur le Baïkal sans crier gare, et qui font monter des vagues de six mètres par-dessus les pêcheurs, et puis l'hiver, ils feront descendre du Grand Nord des hommes tirés par des rennes, on se perdra dans la géographie, la légende, il y aura les histoires des Tchouktches, des Évènes, des Bouriates et des Iakoutes, et des Mansis, et des Khantys, et de tous les autres encore, il y aura un chemin de fer magistral sur plus de neuf mille kilomètres, et des villages entiers s'engouffrant dans le Transsibérien, dans la joie, pour migrer vers la libre et riche terre de Sibérie, celle qui jamais ne connut le servage, on s'y égarera, on entendra le tambour et les transes des chamans, la fièvre et le râle des chercheurs d'or, la fièvre et l'agonie des zeks, des exilés, on croisera l'œil sauvage des chasseurs de zibeline, l'œil définitif des commissaires rouges, et les vieux croyants, et les ermites, et les assassins, tous engloutis dans la fabuleuse masse végétale, ce sera âpre et chaud, un thé très noir dans une hutte cernée par le gel, ce sera doux et bleu crépuscule, un ciel plus haut que nulle part ailleurs, ce sera ignoble et glorieux, l'humanité chétive en son chaos mortel.

VIII

Irkoutsk via Saint-Germain-des-Prés

Anton Tchekhov sur la route de Sakhaline :

« De toutes les villes de Sibérie, Irkoutsk est la meilleure. »

L'avion se pose sur une piste gelée, dans la nuit noire. Je me revois atterrir à Irkoutsk, capitale de la Sibérie orientale, un mois de janvier. Je vois la température affichée à la sortie de l'aéroport : – 24 °C. Je vois Margot, vaguement inquiète, et je peux voir aussi mon excitation. Je m'entends expliquer à Diane, deux ans, qu'elle est russe et française, française et russe, et que maintenant nous allons vivre ici, près d'un lac gelé en hiver, un lac grand comme un pays.

Youri nous attendait dans le hall des arrivées. Il était président du conseil d'administration de l'Alliance française locale. J'étais son nouveau directeur, envoyé par le ministère des Affaires étrangères. En France, j'avais navigué bon an mal an, j'étais un de ces mercenaires produits par l'époque. Ce contrat de deux ans signé au Quai d'Orsay, c'était une chance, un coup de poker. On m'offrait deux années en Sibérie, à Irkoutsk, cela pouvait aller jusqu'à cinq si je donnais satisfaction. Youri était soulagé de me voir arriver, il avait craint un moment que le précieux visa de travail ne fût jamais délivré. La bataille contre l'invraisemblable machine administrative franco-russe avait duré des mois. Les papiers et les autorisations s'étaient empilés, tout cela avait lanterné. Me voilà, enfin.

Nous avons traversé la ville dans son 4×4. J'étais dans cet état étrange, lorsque le corps ne comprend plus tout à fait où il en est. Le voyage avait été long, les sept heures de décalage horaire agissaient. Les perceptions sont exacerbées, et dans le même temps l'attention se dérègle. On décroche, on se laisse porter. Il était 6 heures du matin, un dimanche. La ville était prise dans la glace, baignée de lumières douces et cinématographiques. La neige fine était du lait ou de l'albâtre qui crissait sous les pneus. Sur les façades qui défilaient, j'ai vu du blanc-bleu, du blanc lunaire et ce vert opaline que l'on croise partout en Russie. Il y avait aussi des maisons faites de rondins massifs, certaines somptueuses, parées de dentelle de bois, d'autres touchantes de nudité ; toutes sortaient d'un livre de contes. Anciennes ou nouvelles, elles étaient souvent colorées, il y avait des volets turquoise, blanc de plomb, vert d'eau, azurins. Les ocres étaient admirables. « Quelle science de la couleur ici ! » s'est émerveillée Margot. Sur la place centrale, autour de laquelle nous avons tourné pour le plaisir, un sapin illuminé dominait : quinze mètres de haut, avec à son pied des sculptures et un toboggan ciselés dans la glace. Au bout de la rue Lénine, sur son piédestal, un Lénine déterminé montrait le chemin. Rue Karl-Marx, des ruines gréco-soviétiques jouxtaient des vitrines faites de ce luxe exorbitant qu'on exhibe dans toutes les grandes capitales. Dans les commerces et les cafés, le folklore d'antan se mêlait au kitsch moderne. Il y avait aussi un marché central en plein air, autrement dit, en cette saison, un congélateur à ciel ouvert, avec fruits, légumes et poissons, tout cela dur comme pierre. À proximité, le marché chinois était un dédale fantastique et le royaume de la pacotille, nécessaire à tous, on le sait, clients comme exploiteurs. Nous sommes passés finalement à côté d'un club où l'on buvait des whiskies millésimés, m'a renseigné Youri, dans des fauteuils en cuir, sous un éclairage cuivré. C'était un entrelacs baroque, toute la beauté funambulesque d'une ville sibérienne au milieu de la taïga, au début du XXIe siècle. C'est ce que j'étais venu chercher : un autre monde où tout semblait possible.

Dans l'après-midi, tandis que Diane et Margot se reposaient à l'hôtel, Youri poursuivit avec moi l'excursion. Il me montra les théâtres, les musées, les salles de concert. Il me renseigna sur les responsables culturels de la ville, dressa pour moi le portrait du maire, puis du gouverneur de la région d'Irkoutsk, avec lequel il entretenait les meilleurs rapports. C'est lui, Youri, qui allait dans les premiers temps m'introduire auprès de cette société. Nous sommes passés devant la flamme éternelle qui honore les victimes de la Grande Guerre patriotique (1941-1945). Nous avons fini notre promenade au pied d'un monument fraîchement édifié, une statue de Jacob Pokhabov, le

Cosaque glorieux qui fonda la ville d'Irkoutsk en 1661. Nous étions au bord de la rivière Angara. Elle n'était pas gelée. Des masses de vapeur d'eau s'en échappaient, c'était beau comme de la sorcellerie. « Jamais la glace ne prendra ici, même par – 40 °C, l'Angara est trop rapide et trop fière pour plier face au gel. »

Youri prit congé, il me laissa avec cette phrase et un livre qu'il me colla entre les mains : un exemplaire de la première traduction en russe de *Michel Strogoff*. Une femme d'Irkoutsk était à l'origine de la réimpression, elle s'appelait Marina Alexandrovna, elle pouvait nous être utile, il me la présenterait. Je suis rentré à pied à l'hôtel. Je suis passé par le toboggan de glace, il y avait foule. Je me suis offert ma première descente. Cette nuit-là, je dormis comme une pierre.

Le lendemain, je sortis de l'hôtel sous une lumière éblouissante. – 20 °C. Le froid était aimable et sec. Marchant, j'ai songé à l'imbroglio des causes et des circonstances qui avait porté mes pas jusqu'ici, en Sibérie orientale, sur le trottoir gelé de la rue Rossiskaïa. On remonte le fil absurde des événements, on voit que l'histoire aurait pu prendre un autre tour. On peut se figurer des désirs et même si l'on veut un destin, mais on sent surtout les hasards essentiels. C'est un vertige, c'est hors de portée, ça finit en général dans un rire. Par jeu, on prend n'importe quelle scène et on divague. On s'imagine ailleurs, on se voit dans une autre peau. Je tenais dans mon gant l'exemplaire russe de *Michel Strogoff*. J'ai pensé à Jules Verne. Il n'était pas tout à fait étranger à cette plaque apposée, parmi d'autres, sur la façade devant laquelle je venais de m'arrêter :

ALLIANCE FRANÇAISE

Je suis au 215 du boulevard Saint-Germain, à Paris. L'année 1884. C'est une assemblée de barbes fluviales, de favoris, d'impériales et de moustaches en guidon. Seul un homme est rasé de frais, il est plus petit, plus épais, plus voûté et à l'époque plus admiré que tous les autres. Il y a des diplomates, des universitaires, des hommes de science, un missionnaire catholique, l'éditeur Armand Colin et Jules Verne. Ils sont huit. On sait que Verne est arrivé en retard ce lundi 10 mars. On sait pourquoi : il redoutait le gros visage glabre d'Ernest Renan, et son regard sec. Il y avait un autre regard aussi, incisif et aérien, celui de Louis Pasteur.

Un an auparavant, le premier avait reçu le second à l'Académie française. Un fauteuil s'était libéré, celui d'Émile Littré, l'auteur du *Dictionnaire de la langue française*. Le fauteuil du Littré. Ce n'est pas rien. Jules s'était porté candidat, ce n'était pas la première fois, et comme à chaque fois, Alexandre Dumas fils l'avait soutenu, et comme toujours, Jules Verne avait été écarté. On avait élu Louis Pasteur, qui a rendu à la science et à l'humanité les plus grands services, avait dit l'Académie, et elle avait raison, s'était dit Verne, mais crénom ! un physicien et un chimiste à l'Académie française, alors que lui avait installé le capitaine Nemo, Phileas Fogg et Michel Strogoff sur les étagères des bibliothèques, dans les rayonnages et dans les esprits, on pouvait le dire, il imprimait les esprits, lui, Verne, et on le tenait depuis toujours à distance de l'Académie. Injustice. Il vendait jusque dans l'Empire russe, et il vendait très bien, son éditeur l'assurait, on le lisait jusqu'au Kamtchatka. Pourtant, il ne comptait pas. Ses pairs le lui faisaient bien voir. L'idée que jamais peut-être il ne porterait une épée d'académicien l'attristait. Jules Verne respectait le bicorne et l'habit vert.

Voilà pourquoi, ce 10 mars, après avoir croisé le regard sec de la littérature et le regard aérien de la science, Verne participa peu aux discussions. Ernest Renan fut fort en rhétorique, selon son habitude. Chacun l'écouta avec déférence. Verne l'admira. On a parlé patrie, nation et race, on a parlé philologie, on a parlé œuvre civilisatrice et conquête linguistique. Imprimer les esprits, songea Jules Verne. C'est cela : coloniser les esprits. Le petit comité fonda officiellement l'Alliance française, soit l'« association nationale pour la propagation de la langue française dans les colonies et à l'étranger ». Le 10 mars 1884, au 215 du boulevard Saint-Germain.

Un peu plus d'un siècle s'écoule. Je remonte à pied le même boulevard, je dépasse le 215. Je sors tout juste du Quai d'Orsay. J'ai signé mon contrat, les formalités sont réglées. Voilà le boulevard Raspail, où est installée la fondation Alliance française.

J'entre dans une petite salle. Nous sommes une poignée à partir aux quatre coins du monde. On nous offre deux jours de formation. Je me souviens du discours de clôture, délivré sur un ton docte et doux, et rehaussé de ces images cocasses qu'adoptent souvent les tempéraments littéraires embarqués dans les aventures de la haute administration : nous étions des preux de France. De belles batailles et de grandes victoires nous attendaient. Nous allions participer au rayonnement de la langue et de la culture françaises. Nos moyens seraient dérisoires, peu importe, nous porterions le panache des braves. Le secrétaire général de la fondation plaça quelques citations, c'était le moment. Il finit par une phrase qui disait que la solitude, dans la nuit sombre et froide, est une peine qu'allège la certitude de se savoir doué de sens et d'une mission. Du courage preux de France ! Vous parlerez et partagerez la langue dans laquelle pour la première fois ont été écrits les droits de l'homme !

À Moscou, où j'ai passé quelques jours avant de m'envoler pour Irkoutsk, j'ai rencontré Mireille, qui s'échinait à coordonner le réseau indisciplinable des Alliances françaises de Russie. Je l'avais croisée quelques années auparavant, lors de mon séjour chez les Cosaques. On aperçoit souvent les mêmes têtes dans les couloirs de l'ambassade de France, rue Bolchaïa-Yakimanka. Je suis arrivé au beau milieu de la grande réunion annuelle, baptisée COS en ce temps-là. Le conseil d'orientation stratégique réunissait l'armée des preux de France engagée sur le front russe. Sous l'égide d'un petit sénéchal nommé COCAC (conseiller de coopération et d'action culturelle), toutes sortes de chevaliers discutaient plans et conquêtes. On les appelait le plus souvent « attachés ». Il y avait l'attaché audiovisuel, l'attaché de coopération scientifique, des attachés de coopération pour le français, quelques autres encore, accompagnés de leurs pages et de leurs écuyers. En ces lieux où les aigrefins n'étaient pas rares, où les chevaliers se faisaient aussi courtisans pour briguer les faveurs du seigneur de la maison, Son Excellence Monsieur l'Ambassadeur, on servait autant que l'on se servait, comme j'allais vite le constater. Les crocs-en-jambe et les disgrâces rythmaient le quotidien. Vivant et travaillant dans les régions, loin du persiflage de la cour, les braves des Alliances françaises faisaient figure de libres zigotos au sein de la maison. Ils débarquaient dans la capitale pour le COS annuel. On les traitait tantôt avec indifférence, tantôt avec une méfiance hautaine, et plus rarement avec une forme d'égard, celle très finement calibrée que les diplomates ou les attachés savent dispenser quand leurs intérêts l'ordonnent. Les preux des Alliances n'appartenaient pas à la cour. Ils n'étaient pas loin d'être des gueux, mais ils possédaient les clés de régions vastes comme des pays, autrement dit les clés de l'Empire. Les plus avisés l'avaient compris. Les autres s'imaginaient tout régenter depuis l'ambassade et les réceptions moscovites.

Il existait alors douze Alliances françaises pour couvrir l'immense territoire russe. C'était peu, c'était passionnant, c'était éreintant. C'est ce que

Mireille m'expliqua dans son bureau, depuis lequel elle tentait de coordonner et soutenir les douze structures qui subissaient, chaque jour ou presque, les attaques de la bureaucratie russe, avec ses accès de paranoïa et d'agressivité autocratique. On ramait, mais les directeurs bénéficiaient de la francophilie immodérée que l'on rencontrait à peu près partout en Russie. Le terrain était à la fois conquis et rendu impraticable. À Irkoutsk, m'avertit Mireille, l'association faisait face à d'importantes difficultés financières, elle n'était pas loin de mettre la clé sous la porte. La moitié du personnel avait démissionné. Le gouverneur de la région était un proche du maître du Kremlin, un homme du premier cercle. Le maire était un opposant, élu avec le soutien des communistes quelques mois auparavant. La politique locale était peu lisible depuis Moscou, presque plus opaque que le panier de crabes de l'ambassade de France.

« Mais c'est assez de rire, conclut Mireille, l'Alliance française d'Irkoutsk n'a que quelques mois pour sortir du gouffre, et je préfère être franche, j'ignore si un succès est encore possible. » Ma mission consisterait soit à relever la moribonde, soit à conduire sa liquidation. Le succès ou la mort. À moi de trouver sur place les soutiens et les fonds nécessaires. Un homme solide m'y aiderait, Youri, qui présidait le conseil d'administration de l'Alliance.

J'aurais pu être douché par ce tableau, il n'en fut rien. Je me dis : le contexte est parfait. Mes prédécesseurs avaient échoué, la voie était ouverte. Ce pourrait être une épopée glorieuse, pensai-je, une belle histoire de preux qui deviendrait légendaire parmi les preux. L'orgueil du grand bêta se confondait avec la joie ardente du conquistador qui pose une botte dans le Nouveau Monde.

Avant de quitter l'ambassade, le maître des lieux, Son Excellence, me gratifia d'un court entretien. Nous parlâmes météo, politique locale et rayonnement culturel. Il lança avec conviction quelques lieux communs sur la vie en Sibérie, avant de me rappeler l'essentiel : si les Alliances étaient des associations autonomes, si je devais composer avec un conseil d'administration russe, je serais toute la durée de mon contrat un employé du ministère des Affaires étrangères. Ne jamais l'oublier. J'étais ici pour servir, on comptait sur moi. Les Alliances constituaient des outils stratégiques. Mon boulot désormais : la diplomatie culturelle et l'influence. Bonne chance. Et bonne route !

Au n° 20 de la rue Rossiskaïa, l'Alliance française d'Irkoutsk occupait le dernier étage d'une bibliothèque. Au rez-de-chaussée, on trouvait un local du Parti communiste, encombré de hautes piles de documents, avec sur la porte une affiche de Staline prodiguant quelques conseils pour conduire sa vie – probablement de l'humour. J'ai gravi les lourds escaliers de pierre qui menaient au quatrième. J'y ai trouvé deux salles de cours, antiques et poussiéreuses, avec au mur les photos d'un Paris en noir et blanc qui n'existait plus depuis au moins un siècle, peut-être deux. Il y avait encore une salle dévolue aux livres et des rayonnages en nombre. La présence humaine y était rare. Olga trônait seule dans la grande pièce silencieuse. Elle était l'unique rescapée parmi le personnel en fuite, je m'empressai d'en faire mon bras droit. Le lieu s'animait entre 12 et 13 heures. C'était soudain un véritable défilé, au premier abord inexplicable. Je compris rapidement : les bibliothécaires des étages inférieurs – toutes des femmes – prenaient ici leur pause. L'endroit était calme et équipé. Au fond de la salle, on poussait quelques gros dictionnaires, on écartait les anthologies des poètes parnassiens et on faisait apparaître un micro-ondes. Chacune repartait avec son bol fumant, à pas comptés afin de ne rien renverser. La salle se chargeait alors d'effluves de pommes de terre, de poisson, de viande bouillie. L'Alliance française remplissait au moins cette fonction, un public fidèle se présentait chaque jour à l'heure du déjeuner. C'est ce que j'écrivis à Mireille lorsqu'elle me demanda un premier état des lieux. Dans le bureau que l'on me proposait d'occuper : un fatras innommable et un cliché encadré. Quelqu'un avait cru bon, il y avait longtemps, de mettre au mur l'image célèbre d'une locomotive fichée dans le sol. C'était un fait divers lointain devenu l'icône d'on ne savait trop quoi. Sous la photographie, on pouvait lire : *L'accident de la gare Montparnasse, survenu le 22 octobre 1895.* J'ai médité un temps devant la locomotive, sa bascule dans le vide, son étreinte rugueuse avec le pavé. Le lendemain, je l'ai décrochée. Olga a tenu à la conserver dans une armoire.

Dehors, je peux m'en faire quelque idée aujourd'hui, des hommes de l'ombre m'observaient. Ils prenaient les premiers relevés, depuis un fourgon ou dans une simple voiture aux vitres fumées. Ils collectaient avec un IMSI-catcher. Ils aspiraient, captaient, écoutaient. D'autres fouillaient en mon absence notre chambre d'hôtel, et bientôt notre appartement. Ils étaient au travail.

IX

La Sibérie est une fête

Vassili Golovanov au milieu d'un Éloge des voyages insensés *:*

« Au cours du XIXe siècle, la Russie et la France n'ont cessé de s'affronter dans de sanglantes batailles mais, à aucun moment, il n'y eut d'animosité entre les deux peuples. »

Je vois à mon cou un nœud papillon argenté. Je revois Youri et son large sourire. J'affiche le même ce soir-là. Je m'entends réciter un discours soigné mais espiègle. Devant moi : un parterre de responsables politiques et culturels, des recteurs d'université, des hommes et des femmes d'affaires en tenue de gala. Il y a aussi les étudiants, les professeurs et les amis, il y a mes compères Alexandre et Viktor, et il y a Olga, fidèle au poste, et Margot bien sûr, et Diane qui court entre les jambes des invités. Je dis des mots choisis célébrant l'amitié franco-russe. Je parle de fraternité, je crois, c'est là mon moindre défaut, j'y reviens toujours.

C'était deux années après mon arrivée dans la nuit sibérienne. Nous inaugurions de nouveaux locaux et célébrions les dix années d'existence de l'Alliance française d'Irkoutsk. Des cuisiniers savoyards avaient servi un buffet et des vins approuvés par tous, un sponsor avait arrosé l'assistance de grands verres de cognac aux arômes de miel et de pain grillé. L'ambassadeur s'était déplacé avec quelques courtisans. Il avait la mine satisfaite des beaux jours, Mireille me l'a fait remarquer. Elle est venue vers moi tandis qu'il louangeait au micro les autorités locales, mignotant l'assistance à sa façon avec un bavardage que je connaissais bien, je l'avais écrit pour lui.

« Ta petite entreprise est florissante, m'a-t-elle glissé à l'oreille, bravo ! Personne n'aurait misé sur Irkoutsk il y a deux ans… Et quel bonheur pour moi de retourner au Baïkal demain. J'espère que tu nous emmènes patiner ! »

J'ai observé Margot qui papillonnait au milieu des invités. Elle distribuait embrassades et cajoleries, elle charmait. Avec les fous, elle folâtrait. Avec les austères, elle devisait gravement. Elle était au travail. Elle m'épaulait. Nous menions des opérations pour la langue et pour les arts, pour la culture et pour la beauté. C'était un spectacle. La main de Margot s'est posée sur l'épaule nue de Marina Alexandrovna, l'épouse du maire de la ville. Celle-ci s'est inclinée et a présenté son meilleur sourire sans dévoiler aucune dent. La sorcellerie redoutable de mon équipière opérait. Marina était devenue notre alliée.

C'était un roman qu'ensemble nous nous racontions, et dans lequel nous vivions. J'avais créé mon personnage et Margot le sien. C'était un jeu. C'était sérieux. Nous infiltrions méthodiquement quelques-unes des *toussovka* influentes de la ville.

Le mot *toussovka* manque à la langue française. Il est apparu en Russie à la fin du XXe siècle, vraisemblablement dans les milieux criminels. Il est employé par tous aujourd'hui pour désigner une société d'hommes ou de femmes partageant des manières d'être, des centres d'intérêt, une profession, des idées politiques, et parfois tout cela en même temps. À Irkoutsk, il y avait une remarquable *toussovka* de femmes d'affaires, elles tenaient salon, attiraient à elles les philanthropes et les mécènes ; il y avait une *toussovka* rassemblant les jeunes chefs d'entreprise amateurs de vins, de spiritueux hors d'âge et de barbes savamment taillées ; il y avait la *toussovka* des opposants politiques, soit une poignée de journalistes, d'artistes et de blogueurs contestataires ; certaines *toussovka* charriaient derrière elles des contes sordides, comme celle impénétrable qui mêlait quelques banquiers bidouilleurs et les fortunes du commerce gazier, ou encore la *toussovka* des entrepreneurs patriotes, engagée auprès du gouverneur et dans les manigances les plus tordues. Les petits cercles, nombreux, entraient parfois en concurrence, parfois en connivence. L'indifférence le plus souvent prévalait. Ma tâche consistait à débusquer les alliés, à séduire l'argent, à le faire ruisseler en direction des projets de l'Alliance française. La vérité : le ruisseau était tout au plus une rigole. Il autorisait la survie. Contre l'avancée partout déprédatrice des industries culturelles, la protestation est vaine et symbolique, mais de temps à autre on parvient à faire voir quelques beautés intempestives, on capte une oreille, un regard, on organise sa petite *toussovka.* C'est souvent risible. On échoue, on se trompe, on vend son âme. Parfois, c'est une grâce.

Dans un pays où, de Moscou à Magadan, n'importe quel café affiche sur sa carte un gâteau nommé « Napoléon », les *toussovka* sont nombreuses à partager la culture française, et pas seulement autour d'une table, lorsque ritualisant avec boissons et victuailles les âmes sœurs se reconnaissent. L'amour de la France prend place en Russie parmi les invariants, il est inscrit dans la langue de Pouchkine, donc dans les corps. J'en fis l'expérience jusque dans un hôpital psychiatrique. Après la prison, je fus interné durant vingt jours, avec sous mes yeux déployée toute la violence du monde. À la fin de la première semaine, un des résidents s'est rapproché de moi. Le séjour de Génia s'achevait, il m'avait à peine adressé la parole jusque-là. Il m'a conté son histoire : une chute banale et cruelle. Il perdit sa mère et son boulot le même jour. Impossible soudain de tenir son rôle. Il n'était plus le pilier, le père et l'épaule sécurisante. Des douleurs étaient remontées crûment, l'angoisse lui était tombée « sur la viande », c'était sa formule. Avec l'effondrement vint l'idée du suicide. Il échoua à deux reprises. À la seconde, sa fille de huit ans le trouva évanoui, ivre et gavé de benzodiazépines, avec sur la tête un sac en plastique. La méthode était bonne. L'enfant n'aurait pas dû être là. Les secours en doutaient lorsqu'on lui posa un masque à oxygène sur le visage, mais il respirait encore. Ensuite, il devint fou. Il parvint à s'infliger une profonde entaille longue de vingt centimètres au milieu du dos, personne ne sait comment. On l'interna. Six mois plus tard, nous devisions ensemble en compagnie de naufragés et de frappadingues. Il avait les traits qui reviennent de loin, la médication accentuait son allure de colosse fragile. Il allait mieux. Il sortirait dans quelques heures. Il voulait un cadeau pour Tania, son amour. Elle avait tout porté à bout de bras, lui le colosse chancelant et tout le reste – les crédits, les dettes, leur fille, le regard des autres. Elle méritait le plus beau des présents. Voilà pourquoi Génia vint vers moi avec son histoire et une requête. Je passais mes journées à lire et à noircir un petit carnet, j'étais l'homme de la situation, il le croyait, il me demandait d'écrire sur une feuille un poème en français. Un poème fort, avec une écriture élégante. Sa question timide laissait poindre son anxiété. Comme si un refus avait été plausible.

Ce jour-là, j'ai réalisé avec consternation que je ne connaissais plus un seul poème d'amour en entier. Je possédais quelques bribes tout au plus, et rien ne collait, rien ne sortait qu'une bouillie lamentable : *L'absence est à l'amour ce qu'est au feu le vent, Il éteint le petit, il allume le grand, Mon enfant, ma sœur, songe à la douceur d'aller là-bas vivre ensemble, Aimer à loisir, aimer et mourir au pays qui te ressemble, Il n'y a pas d'amour heureux, Et tant je t'aime que j'en tremble, Aussi longtemps que tu voudras, Nous dormirons ensemble, Et j'irai loin, bien loin, comme un bohémien, Par la Nature, – heureux comme avec une femme, Oh ! nos os sont revêtus d'un nouveau corps amoureux, Amour, amour quand tu nous tiens, On peut bien dire « Adieu prudence ! », Mignonne, allons voir si la rose...*

Pas un poème. Un fatras. Et largement hors sujet. Tout cela en disait long sur mes manquements. Pas un seul petit morceau de littérature amoureuse fixé correctement dans ma mémoire.

Il n'aurait fallu
Qu'un moment de plus
Pour que la mort vienne
Mais une main nue
Alors est venue
Qui a pris la mienne

J'avais ce début, un legs de Louis Aragon. Une main secourable, l'amour qui arrache à la mort. C'était simple et parfait. Je ne connaissais pas la suite. Alors, je l'ai écrite, pour Génia. Il avait besoin de ce mantra, il l'exigeait. Bien sûr, il ne parlait pas, ne lisait pas un mot de français, mais ce poème lui était nécessaire. Ce bout de papier resterait pour lui et Tania un symbole essentiel, il a insisté, il me revenait de le fabriquer. J'avais deux heures, peut-être trois. Je me suis appliqué.

Tania est entrée dans le service, au milieu de notre bande d'hurluberlus. Elle a remercié les docteurs et tout le personnel. Il y avait de grands sourires émus. Génia se tenait droit, nerveux, presque au garde-à-vous avec dans la main un sac en plastique délavé qui contenait quelques affaires. Il a glissé un mot de remerciement pour son camarade

Napoléon – c'était pour tous mon identité en ces lieux. Il a présenté à Tania la feuille de papier, et j'ai tenté d'expliquer avec gaucherie ce qu'il y avait dessus. Et j'ai lu. J'ai pris mon temps, j'ai détaché chaque syllabe. Je baignais depuis des mois dans la fange, on m'y avait plongé, mais j'étais ce jour-là aux côtés de Génia, de Tania et des autres, à ma place. Lisant, j'ai constaté que ma voix était haute. Je me suis laissé aller à cette scène qui nous dépassait tous. Je déclamais pour les fous, pour ceux qui les comprennent et les rassurent, pour les suicidés, pour les effarés, pour ce frisson qui courait dans mon dos, pour ceux qui aiment, pour ceux qui n'aiment pas et pour ceux qui n'y comprennent rien. Tania m'a fixé intensément, de grosses larmes silencieuses ont commencé à tomber sur ses bottines usées. Je crois que Génia s'y est mis, lui aussi, je ne distinguais plus rien. Il m'a serré dans ses bras en m'envoyant de grandes tapes dans le dos. Ils sont partis avec le morceau de papier. Un infirmier a posé la main sur mon épaule. Il a dit à son collègue ces mots qui s'adressaient à moi : « *Eto nash tcheloviek.* »

« C'est l'un des nôtres. »

Certaines histoires nous appellent, on finit toujours par les entendre. Certaines scènes sont faites pour nous, il est rare d'y bien tenir son rôle. J'étais à ma place sur la nef des fous.

Le suis-je au milieu de la fête qui bat son plein pour les dix ans de l'Alliance française ? Les discours et les caresses publiques sont terminés, les DJ secondés par les alcools ont pris le contrôle du lieu. Les invités dansent dans la grande salle. J'attrape un verre de cognac, je rejoins Margot et Marina Alexandrovna dans le petit salon. Nous trinquons.

« À Michel Strogoff, le courrier du tsar qui nous a réunis ! »

Michel Strogoff est l'une de ces mythologies un peu désuètes que d'aucuns se racontent au moment de se mettre en chemin. Aujourd'hui encore, on la trouve à l'occasion dans la tête du voyageur tenté par la Sibérie. Jules Verne n'a jamais posé le pied en Russie, mais on peut mettre ses pas dans ceux du courrier du tsar, Michel Strogoff, l'homme qui joue sa vie sur la route périlleuse de Moscou à Irkoutsk. Je n'ai jamais vraiment lu ce livre, je le confesse. Enfant, je crois avoir vu une adaptation télévisée, je n'en suis pas certain. Cette histoire n'a joué aucun rôle pour moi. C'est un autre livre qui m'a fait sentir très tôt la Russie : *Le Général Dourakine*, le chef-d'œuvre de la comtesse de Ségur. Pour complaire à Marina Alexandrovna, j'avais adopté cependant la mythologie Strogoff. Elle a souri et posé délicatement ses lèvres dans le champagne. Son époux était retenu à l'hôtel de ville, elle s'en est excusée.

Ce couple était un mystère.

Avec sa frange candide et son masque de poupon, le maire n'en imposait pas. Il avait pourtant démontré avec éclat son adaptation à ce monde. Né fils de cheminot dans un village de la région, il était sorti du traquenard des années 1990 riche et vivant, avec bien ajusté sur les épaules un costume d'homme d'affaires qui depuis longtemps et partout était aussi celui des politiciens. Un peu avant mon arrivée, il avait gagné la mairie d'Irkoutsk avec le soutien des communistes. Sa victoire contre le candidat de Moscou avait surpris. Lui le premier en était resté interdit – il me le confia lors d'une des rares discussions que j'eus avec lui. Pour apaiser la colère des vaincus, pour les dissuader de lui coller un contrat sur la tête et pour éviter la prison, le maire avait intégré à son équipe quelques hommes influents parmi ses adversaires. Il était inexpérimenté, ne disposait d'aucun conseiller fiable, il ne fit que joindre l'utile au vital. Trois mois après son élection, on n'est jamais trop prudent, il avait adhéré au parti présidentiel. Simple mesure prophylactique, on a beau vouloir bousculer le système, on n'en est pas moins amoureux de la vie, et on tient à sa petite entreprise. Opposant et soutien indéfectible du président, le businessman communiste savait y faire.

Marina Alexandrovna était plus remarquable encore. Sa voix lunaire de souricette ahurie, ses poses de *barynia* et ses manières bigotes avaient gagné non seulement le cœur de l'homme d'affaires, mais aussi les organes de presse du parti et pour finir la ville entière. Elle venait d'accoucher d'un troisième enfant, on la voyait courir les mondanités. Le soir, elle organisait des galas de charité, ici un bal, là une vente aux enchères, et tout le jour elle battait campagne pour son grand projet : la reconstruction à l'identique, sur la place centrale d'Irkoutsk, de la cathédrale de la Vierge de Kazan, dynamitée par les bolcheviks en 1932. « La plus grande cathédrale de Sibérie ressuscitée ? Quelle blague ! s'énervait Alexandre quand on abordait la question, les marottes et les rêveries des rats d'église, quelle fatigue ! Les culs-bénits prennent leurs aises, c'est de pire en pire, ce pays ne s'en sortira jamais ! » On avait sollicité Viktor pour réaliser une maquette, le sujet le rendait hilare. Le chantier était colossal, il impliquait de faire disparaître les bâtiments de l'administration régionale. Fallait-il les recouvrir ou les faire tomber en usant de la dynamite ? Dans la coulisse, les architectes et les urbanistes avaient rivalisé en propositions loufoques et en simulations fantaisistes. Personne d'abord n'avait pris le projet au sérieux, c'était la lubie d'une femme, on riait. Le maire défendait l'idée, mais il ne faisait pas le poids face au gouverneur. On soutenait sans s'engager, on prenait ses distances sans s'éloigner ni se couper complètement. Qui pouvait prévoir la direction du vent à Irkoutsk ? Marina rêvait d'une inauguration en présence du patriarche de toutes les Russies. Il y aurait aussi le président éternel Vladimir P., et elle serait au centre de toutes les attentions, et le businessman communiste, opposant mais soutien au régime, deviendrait un bâtisseur d'église. On riait sous cape, quoique tout le monde sût que pareil scénario demeurait dans les possibles.

Michel Strogoff était l'autre lubie de Marina. Verne a taillé son héros pour plaire au tsar comme aux lecteurs russes, selon les plans de son éditeur qui vendait à Moscou et à Saint-Pétersbourg. *Michel Strogoff* devait être le best-seller de toutes les Russies. Il n'en fut rien, jamais la mythologie ne prit, ni dans l'Empire, ni plus tard chez les Soviets. Elle gagna Paris. Un siècle plus tard, c'est ce qui émerveillait Marina. L'auteur de langue française le plus traduit dans le monde parlait de la capitale de la Sibérie orientale, et tous les Français avaient lu *Michel Strogoff* dès l'enfance, je ne la désabusai pas, tous avaient eu sous les yeux sa description d'Irkoutsk en une phrase juste et parfaite, on la trouve au début du chapitre XII :

« La ville, moitié byzantine, moitié chinoise, redevient européenne par ses rues macadamisées, bordées de trottoirs, traversées de canaux, plantées de bouleaux gigantesques, par ses maisons de briques et de bois, dont quelques-unes ont plusieurs étages, par les équipages nombreux qui la sillonnent, non seulement tarantass et télègues, mais coupés et calèches, enfin par toute une catégorie d'habitants très avancés dans les progrès de la civilisation et auxquels les modes les plus nouvelles de Paris ne sont point étrangères. »

Jules n'avait jamais vu Irkoutsk, mais il avait touché le cœur de Marina. Il avait tout compris, elle me le répéta ce soir-là. Oulan-Bator était à moins d'une heure d'avion, Pékin était à trois heures, mais Irkoutsk regardait vers l'Europe, et vers Paris. Quelques mois plus tard, nous avons organisé une exposition, elle voyagea à travers toute la Russie. Durant plusieurs mois, il n'a plus été question de la cathédrale ni de dynamiter l'administration régionale, Strogoff absorbait toutes les énergies. On m'en savait gré, je crois. Pourtant, je n'étais en rien responsable de cette passion. Je l'exploitais. L'épouse du maire avait intégré le conseil d'administration de l'Alliance française. Nous avions scellé une sorte de pacte, le courrier du tsar en était le témoin. Deux années après mon arrivée dans la nuit sibérienne, Mireille avait raison, ma petite entreprise prospérait. Les combinaisons m'avaient été favorables.

La soirée s'éternisait. Avec Margot, nous avons longtemps fait tourner la machine à ronds de jambe, la machine à cajoler, à polir et à sourire, qui est aussi la machine à guerroyer, la machine à saper les rivaux, toute cette mécanique précaire et précise avec ses poulies, ses roues et ses courroies qui font une civilisation. Je donnais des signes de fatigue. J'ai entendu la voix de Youri.

« Yoann, mon cher directeur ! »

Il m'a fait signe de le rejoindre, il était entouré de fonctionnaires de la mairie qui voulaient parler boutique. Le vice-gouverneur s'est immiscé dans le conciliabule. Sans sommation, il a lancé sur un ton enjoué : « Vous savez, Yoann, je vous observais ce soir avec vos invités, vous ressemblez à notre président, Vladimir P. Je ne peux pas vous faire meilleur compliment. » Tout le monde a gloussé, à l'exception de Youri que j'ai vu se raidir imperceptiblement. Mes lèvres se sont étirées pour former le sourire imposé par les circonstances. « Vous êtes un spécialiste des masques et des relations humaines, a-t-il poursuivi, comme lui. Et comme vous, il a été employé par les services de renseignement. Lui, c'était il y a longtemps, en Allemagne, il travaillait pour le KGB. Vous, c'est aujourd'hui, en Russie, pour, euh… Comment ça s'appelle chez vous ? » Dans les regards qui tous se sont tournés vers moi, il y avait de la curiosité, de la gêne et de la malice. « La DGSE, ai-je répondu sans émotion avec des lèvres toujours épanouies, la Direction générale de la sécurité extérieure. » Le vice-gouverneur : « C'est ça, et notre président d'ailleurs travaillait avec la même couverture que vous, le saviez-vous ? Lui aussi prétendait s'occuper de culture. Incroyable tous ces points communs ! » Il y eut un silence. J'avais besoin de Youri pour le rompre et pour formuler ma repartie. C'était une mécanique bien rodée entre nous, il venait à la rescousse de mon russe défaillant. J'ai dit : « Me voilà démasqué ! Je compte sur votre discrétion à tous, il serait fâcheux que je sois arrêté maintenant alors qu'on me promet un destin présidentiel. » La traduction est venue simultanément, entre mes respirations, avec la dose exacte d'ironie qui a déclenché de nouveau les rires. Il y eut surenchère. On m'accusa d'être non seulement un espion, mais le plus retors d'entre tous. J'ai reconnu ma culpabilité. Le vice-gouverneur m'a fait un clin d'œil en s'éloignant.

Diane dormait sur un canapé. Je l'ai mise dans les bras de sa nounou. Margot était en colloque avec Marta sur leur thème favori : les vins de Bourgogne. J'avais un grand-père et un oncle vignerons, pourtant les deux femmes en connaissaient beaucoup plus long que moi sur le sujet. J'admirais Marta. Elle n'avait pas trente ans, elle était sur le point de mettre sur pied une deuxième cave à vin. Dans le cercle d'hommes vaniteux où son travail la forçait à vivre, elle imposait sa force, sa liberté, une féminité flegmatique. Margot a quitté la fête, avec dans la main une bouteille de chassagne-montrachet et la satisfaction du devoir accompli. Je lui ai promis de la rejoindre vite, le temps de salucr les derniers convives.

Je rentrai tard. L'appartement était plongé dans l'obscurité. Lorsque j'ouvris la porte, je discernai au bout du couloir une main furtive qui enlaçait la taille de Margot, puis la tirait à l'intérieur de la chambre. Des vêtements jonchaient le salon en désordre, deux verres s'affichaient en état d'inachèvement, un soutien-gorge se balançait au lustre. Béhémoth se promenait nonchalamment au milieu de ce décor. Il engloutit un champignon mariné qui traînait sur la table, se tourna vers moi, m'adressa un rictus. Ce chat était déconcertant. Je rejoignis la chambre à pas de loup, je vis des lèvres se poser sur celles de Margot. Je les connaissais. Je jouis de la scène sans me faire voir. Puis, je baisai à mon tour les lèvres de Marta.

X

Fin de partie

Ivan le Terrible, ivre, dans une comédie de Leonid Gaïdaï :

« J'ordonne qu'on prolonge le banquet ! »

Honteux et confus, on ajoute sa voix au concert catastrophique des amours humaines. L'histoire finit pour moi au fond d'une geôle. On me dit que Margot est derrière cette machination, qu'elle aura préféré me voir croupir ici plutôt que devoir me perdre ou me tuer. C'est possible. C'est impossible.

Nous nous aimions. J'aimais éperdument Margot qui aimait que Marta m'aimât ; elle aimait Marta ; et comme Marta aimait Margot, comme Margot m'aimait, cela me rendait fou d'amour pour elles. J'écris ces lignes en souriant, c'est une liesse enfantine. Nous nous aimions. Nous le savions et nous ne le savions pas. Nous jouissions de notre chance sans y penser. Lorsque Marta s'endormait dans les bras de Margot, la seule présence de leurs corps délassés me procurait un plaisir d'une intensité presque irréelle. Je m'endormais auprès d'elles, à ma place. L'une ou l'autre viendrait peut-être se lover contre moi tout à l'heure.

Je peux apercevoir nos silhouettes minuscules au milieu du Baïkal. Nous sommes sur l'île d'Olkhon, Diane, Margot, Marta et moi. Le froid est doux. Nous quittons la terre ferme, nous décidons de marcher sur le lac. Le soleil rend nos pas légers. Nous glissons ensemble. Nous passons par une grotte faite de roche et de grandes coulées de lave blanche ; une féerie glacée se déploie autour de nous, elle nous protège ; nous chantons ; Diane reste interdite devant les tuyaux azurins d'un orgue monumental inventé par le gel. Dehors, le Baïkal a installé une ruine de glace, savante et sauvage, elle s'offre à perte de vue. C'est un lacis d'arêtes saillantes, blanches ou cristallines, certaines ont été bleutées, il y a des totems glorieux et le masque d'une gorgone posé sur le chaos. C'est fin quoique brutal, pur, parsemé de verre pilé et d'un peu de neige. Ça bouge, ça craque, ça parle. La fêlure est vivante. La lumière absolue rend aveugle. Nous nous tenons ensemble dans cet éblouissement.

Le Baïkal seul était dans la confidence de nos amours. Personne n'en sut jamais rien, à l'exception bien sûr des hommes qui dans l'ombre s'agitaient.

Marta me susurre à l'oreille : « Mon petit soleil… Mon âme… Mon gentil garçon. » Je suis paralysé. Elle se coule dans mon dos, monte sur la pointe des pieds, elle déclenche une danse serpentine. Margot me tient le visage d'une main, l'autre glisse lentement le long de mon ventre, elle achève ainsi de me minéraliser. Je suis une proie docile. Elles disposeront selon leurs désirs, elles jouiront de moi ou m'abandonneront pour se repaître ensemble, alors je jouirai du spectacle avant que nous n'enfilions de nouvelles gammes allegro, celles dont les corps gourmets aiment à se délicater.

J'utilise une image facile, elle l'est comme l'était ce qui se jouait entre nous, elle m'emporte vers ces moments où Margot et Marta posaient leurs mains ensemble sur le piano. C'était le théâtre enfantin de Mozart, bien sûr, avec ses petits animaux de soie et de glace, le cœur accourait avec l'âme, la fête était déjà nostalgique, mais le plaisir raflerait tout.

Marta est un petit écureuil. Margot trouve ce surnom un jour qu'elle caresse sa longue chevelure rousse. Nous l'adoptons. Les yeux verts de l'écureuil fascinent. Je cherche à les décrire, je tiens quelque chose : des prunelles mêlées d'opale et de réséda. Ma proposition récolte les moqueries. J'insiste. Marta : « Yoanntchik, tu aurais dû faire poète ! »

Je faisais le poète. Est-ce pour cette raison que je ne vis pas la catastrophe arriver ?

Je voulais tout sentir et de toutes les manières, tout vivre de tous les côtés, j'étais au four et au moulin, j'enfilais une tenue de chantier le matin – il fallait en finir avec les travaux à l'Alliance française –, puis une cravate à l'heure du déjeuner où je négociais avec un directeur de théâtre, un banquier, un élu, je rejoignais ensuite le plateau d'une télévision locale, une radio, je courais prêcher la bonne parole, puis courais la taïga pour récolter du miel et des baies avec Ninel – mon amie septuagénaire qui vendait au marché ses récoltes sur un petit étal en carton –, j'accompagnais Diane à l'école chaque jour, pratiquais avec elle la peinture, l'origami et la photographie le week-end, une histoire avant de s'endormir et je rejoignais une mondanité quelconque, un vernissage, un atelier d'artiste, un concert, un théâtre, un club ou un bar, je faisais un détour, Serioja le pêcheur voulait me voir, une affaire urgente, Anka notre amie commune avait des problèmes avec son salaud de patron, le propriétaire du restaurant mongol de la rue Gorki, le lendemain je donnais une conférence, un cours pour les enfants, je rencontrais un pope désireux de me convertir, j'attrapais un taxi, Marta et Margot m'attendaient à la gare, un train de nuit, il y avait une exposition à inaugurer en Bouriatie, un chaman à rencontrer, un temple bouddhiste à découvrir, je sautais dans un avion, une réunion à Moscou, à Kazan, à Vladivostok ou à Novossibirsk, et à mon retour je filais au Baïkal, avec Alexandre ou Viktor, je me baladais sur la carte de Russie, onze fuseaux horaires, les géographies excessives rendent excessif.

Je fus donc aveugle et sourd. Lorsque la Russie annexa la Crimée, Alexandre m'avertit. Le climat était en train de changer, des groupes nationalistes d'ordinaire invisibles donnaient de la voix, mon nom circulait sur une liste d'importuns. J'en ris comme je ris lorsqu'une équipe de douaniers vint contrôler l'Alliance française. Qu'avais-je à craindre ? Margot fut un jour approchée par un dénommé Smirnov, il se présenta sans complexe, il était agent de l'ombre, proposait de l'aider à se débarrasser de moi si le cœur lui en disait. Je n'entendis pas. Ce n'étaient que les traces du folklore sinistre d'un autre temps. Je ne courais aucun risque puisque Margot m'en avait parlé.

Smirnov et ses collègues voyaient mieux que moi. Ils savaient que Margot allait mal. Elle regrettait Paris, la vie sibérienne ne lui convenait plus. Tout l'exaspérait, les vins frelatés plus encore que le froid, et surtout le ballet de sorcières lubriques qu'elle imaginait voir tournoyer autour du directeur de l'Alliance française. Elle s'éloigna de Marta qui s'éloigna de nous. Notre histoire se détraquait très sûrement.

La taïga brûle une bonne partie de l'été. Le mois d'août tire à sa fin. Marta part s'installer à Moscou. Elle nous quitte tristement, nous faisons des promesses que tous trois savons fausses.

Alors, tout est allé vers le pire. J'ai vu enfin ce qui arrivait à Margot, cela ne changea rien. Le chaos gagna entre nous, le jeu idiot des ruptures et des réconciliations commença.

Dans ses *Fragments d'un discours amoureux*, Roland Barthes feint de s'interroger sur celui qu'il nomme le *narrateur proustien.* « Est-il seulement amoureux ? Il n'est que jaloux. » Ce diagnostic pourtant simple, peu sont capables de l'établir, pour les humains comme pour les êtres de papier. On préfère plaindre le jaloux, parler d'amour en souffrance quand il n'y a plus que volonté d'assujettissement, désir absolu de constituer un prisonnier, une prisonnière, et un jour peut-être désir de l'exécuter.

Il arrivait que Margot ne fût plus que jalousie, elle n'aimait plus. Avec la jalousie montait doucement la colère, et soudain il ne restait plus qu'elle.

Une fin de matinée, au mois de décembre, elle détruit méthodiquement la salle de bains. Tout y passe. Les flacons de parfum explosent, les miroirs se brisent, elle démolit chaque objet que j'ai touché. Bientôt, il ne reste plus rien à anéantir. Elle m'annonce froidement qu'elle va chercher Diane à l'école, je ne la reverrai plus et je finirai en taule, c'est une promesse. Je la poursuis dans les escaliers. Je hurle une phrase absurde : « Nous sommes dans un pays libre, Margot ! » Dehors, elle fait déraper la voiture sur la glace, elle perd le contrôle et percute un mur. Une rangée de stalactites se détache du toit, s'écrase au sol dans un fracas infernal. Deux immenses larmes de cristal se plantent à mes pieds, une troisième vient frapper Béhémoth – je ne l'avais pas vu courir derrière moi. Je m'approche, le cou est entaillé, l'intestin s'échappe du flanc. Des bulles écarlates pétillent au sortir du museau. Je pense immédiatement au poignard de chasse que m'a offert Alexandre. Lorsque je redescends, Margot pleure, Béhémoth convulse. J'y mets toute ma force, la lame tranche net, la tête d'un démon épouvanté roule sur la neige.

Le calme revint.

Il y eut les regrets, les pardons, les serments. C'était deux mois avant l'irruption des hommes cagoulés.

Nous avons enterré le cadavre d'un chat, et avec lui le cadavre de notre amour.

XI

Saint-Valentin à la centrale

Zek *est un de ces mots appris en lisant la grande littérature carcérale russe. Bien sûr, Jacques Rossi lui consacre une entrée dans son* Manuel du Goulag.

« **Zek** (zek, zeka)

Ce mot a été créé à partir de l'abréviation officielle "z/k", c'est-à-dire détenu/soldat du canal (détenu travaillant sur les chantiers du canal de la mer Baltique à la mer Blanche de 1931 à 1933). Il est devenu courant en russe pour désigner un détenu. »

Connaissant la définition, je savais où j'en étais.

Aujourd'hui c'est la Saint-Valentin.

Je m'appelle Vania. Pour l'administration, je suis le zek Barbereau, mais pour mes semblables en ces lieux je m'appelle Vania. C'est mon nom de taulard. Les gardiens disent parfois « le Frantsous ».

On trouvera que j'ai changé, on change vite. On change de ton. Ça fait trois jours que je suis ici. Trois jours dans l'isolateur sont suffisants pour vous instruire.

L'isolateur – on dit plutôt la « quarantaine » entre zeks – est la cellule spéciale qui accueille les nouveaux. On y fait ses premiers pas dans le monde. Cela dure une semaine en général, le temps du dressage préliminaire, le temps d'être examiné. Tout le jour, toute la nuit, des micros écoutent et une caméra filme les vingt mètres carrés que nous partageons à cinq ou six. Une table, deux bancs. Des lits superposés. Un lavabo. Des latrines séparées où règne une puanteur difficile qui contamine le cachot entier. Vanka est là, le tuberculeux malingre que j'ai croisé une première fois en garde à vue. Il y a Tolia, vingt-quatre ans, arrivé tout à l'heure. Il y a Adam le colérique et Kostia, la vingtaine eux aussi. Deux autres sont partis le jour de mon intégration, deux ombres à peine entrevues. Hormis Vanka, tous sont des « pisseux » – on nomme ainsi les jeunes détenus. J'ai dépassé les trente ans, je ne suis pas un « pisseux ».

Pendant la quarantaine, on jauge le zek, on l'évalue avant de lui attribuer une cellule définitive. Il y a l'œilleton sur la porte, l'œil de la caméra, les oreilles au plafond, et quelque part un chef qui va décider du sort de chacun, c'est-à-dire vers quel quartier le diriger, quels compagnons lui donner parmi les disponibles : pauvres diables, petites ou grandes canailles, tueurs et détraqués.

Je suis un zek un peu spécial. Tous sont stupéfaits de me voir à leurs côtés. « Un Français, putain de bite, c'est rare les gens éduqués ici ! » C'est le deuxième séjour de Vanka à la centrale d'Irkoutsk. Maigrelet, une petite toux d'agonisant, des yeux crapuleux et chassieux. Il pourrait faire peur. Il m'inspire l'amitié, comme tout ce qui est orphelin. Ces deux billes noires enfoncées dans un visage vérolé ne sont pas menaçantes. Elles sont contristées. Elles savent le chemin de douleur qui arrive. Vanka parle peu. Comme tous, il est songeur, il fait ses calculs en prévision de la note qu'il paye déjà. Il s'adresse à moi comme par habitude. Fraterniser en quarantaine ne prend pas plus de deux heures. Il me dit que le grand Koltchak a été enfermé dans cette prison, il y a bien longtemps, l'amiral Koltchak, le commandant suprême de la Garde blanche. L'année 1920, au mois de février. Fusillé sur la glace puis balancé dans l'Angara, selon la version officielle des bolcheviks. Plus vraisemblablement tué et enterré sur le territoire de la prison, disent les zeks et les historiens. On parlait de Koltchak dans les cellules. Pour nous, misérables des oubliettes, c'était comme toucher un peu de beauté mythologique. Il y a dans le centre-ville d'Irkoutsk une impressionnante statue de l'amiral, haute de cinq mètres, j'avais lancé quelques blagues en la découvrant, je m'en souviens, j'avais ironisé sur le charme des dictatures militaires. Alexandre, mon maître en renchérissement, disait que Koltchak avait sa place auprès de Lénine, l'homme qui sans doute avait ordonné son assassinat. « Révolution et contre-révolution sur un même piédestal ! On y est, c'est un beau et grand moment de rassemblement. L'humanité est étonnante – étonnante dans la forme, quoique lassante dans le fond. Ça s'abandonne à la vieille routine carnassière, aux usages immodérés du feu et du sang, et à peine sorti de la fange et des cendres, ça dresse des monuments aux grands carnivores ; et puis on y retourne, la folie carnassière, le feu, le sang, et l'inépuisable recommencement pour rien. Quelle santé ! Quelle fatigue ! »

Vanka se moque, il me dit que je figurerai un jour sur la liste des notables de la centrale, aux côtés de Koltchak, aux côtés d'un couple célèbre de tueurs en série et de quelques autres fêlés – j'ai oublié leurs noms. Il me rapporte une rumeur qui commence à courir parmi les gardiens : le chef du FSB d'Irkoutsk voulait ma tête, il l'a eue. Soit je suis une sorte d'espion – ou alors on le pense, ce qui revient au même –, soit j'ai de l'argent et suis donc mûr pour le racket. Mal parti, c'est certain. Merci Vanka.

Dans l'isolateur, je suis le plus démuni des cinq. Les autres sont arrivés avec quelques effets. Je n'ai rien. Je porte un pantalon léger, mon T-shirt à l'aigle royal, un blouson. La cellule est froide. La promenade par – 20 °C n'est pas mon moment préféré. Mes bottes sont chaudes, heureusement. Et c'est rapide : quinze minutes à tourner en rond dans un espace muré pas plus grand que notre gourbi, avec un coin de ciel grillagé. La première fois, mon nouveau crâne sans protection accueille avec surprise la morsure du froid.

Aucun contact avec le dehors. C'est tout le charme de la quarantaine. On marine. On rumine. Ce sont des occupations suffisantes. Il va falloir s'accrocher mon cher Vania. C'est une affaire d'adaptation, rien d'autre : s'adapter à la lumière qui ne s'éteint jamais, s'adapter à la caméra, au micro, à la voix qui ordonne de se lever ou interdit de s'étendre sur le lit, s'adapter à la radio dans le couloir, elle est faite pour assommer et rendre fou, elle ne s'arrête que la nuit, le matin on la fait hurler directement dans la cellule ; on peut s'adapter et on peut encaisser les brimades, et les humiliations des gardiens, et les rituels de dressage, les fouilles, les mains dans le dos, la tête baissée, on peut s'adapter et avaler la soupe quotidienne faite de légumes nidoreux baignant dans le saindoux. Ensuite, quand on en a le temps, il faut réfléchir au futur, à la manière de se défendre, spéculer sur ce qui se passe dehors, espérer et craindre, se faire à l'idée que Margot a trahi, et apprivoiser aussi cette voix d'enfant qui répète dans la tête lourde de Vania : « Où est mon papa ? Où est mon papa ? »

Aujourd'hui c'est la Saint-Valentin. Nous l'avons appris par la radio. Tolia est abattu. Il est marié, il pense à sa femme, à son fils. Il déguise quelques larmes. Je me modèle sur Vanka, je durcis le ton quand il durcit le sien. Nous secouons le petit Tolia. Nous sommes les aînés en charge du plus fragile de nos pisseux. Nous ne le laisserons pas sombrer. Pas de faiblesse ici petit, ce n'est que le début, tu ne sais pas sur qui tu tomberas dans la prochaine cellule. Debout ! Ne te ramollis pas. Viens là, on est avec toi. Ne reste pas seul dans ton coin, viens parler.

Au milieu de la nuit, nous sommes réveillés, sortis de la cellule et tous alignés face au mur. Tous à genoux, à genoux ! Les mains dans le dos ! Pas accroupi, débile ! À genoux ! Nous chuchotons, que se passe-t-il ? Vos gueules ! Les deux gardiennes rient et tergiversent. Je les vois pour la première fois. Elles nous font rentrer, à l'exception d'Adam le colérique. Personne ne comprend. Il a fait une connerie ? Nous nous recouchons, nous attendons. Adam revient en boitant. Il s'assoit sur son lit, nous explique que les gardiennes font la fête. Elles sont trois femmes ce soir. Elles picolent. Putain de chatte, ça commence dès maintenant le tabassage, poursuit-il, chiennasse de pute, je pensais pas, dès la quarantaine !… Protégez vos couilles les gars, nous dit Adam, elles tapent les couilles. Ceux qui le peuvent se préparent, ils enfilent un deuxième caleçon, un short sous le pantalon. Je n'ai rien. Et en Europe, ça existe les prisons à visage humain ? me demande le colérique. Je ne sais pas. Tolia est embarqué. Il revient silencieux, pâle. Je n'ai pas le temps d'entendre son compte-rendu. C'est mon tour. J'arrive dans une petite salle, une télé, des clips, bière et vodka sur la table, du poulet, des chips, des concombres marinés. Face au mur ! Ton nom ? Vania. Ta gueule ! Les bras en l'air ! Tête bien droite, Vania. Écarte les jambes ! Écarte plus, crétin ! Je reçois un coup de matraque à l'endroit attendu, suivi d'un autre dans le dos, une invitation à se redresser. Une main me cogne la tête contre le mur et m'attache les poignets à la barre de fer. Bien droit ! La discussion s'engage entre les deux professionnelles, il est question du dressage des macaques, du bétail et des animaux de cirque.

C'est long. C'est la Saint-Valentin. Les gardiennes ont décidé de se divertir ou de se venger, peut-être les deux. On ne sait pas. Tout se passe dans les rires, la musique, la rage et les chants. Les cris sont étouffés. C'est long. La souffrance monte dans le ventre, ça monte jusqu'au fond de la gorge. Il y a un goût de vomi. C'est long. Ça finit à genoux. J'observe par terre une blatte qui passe devant moi, mais je n'ai pas la possibilité d'en sourire ni de me dire, comme je le fais maintenant, que j'ai trouvé ma place d'insecte parmi les balayures et les nuisibles. Je n'ai pas perdu tout sens du fantastique, non, c'est que mon état de conscience ne me le permet pas. Je suis ailleurs, réellement parmi les poussières. Ma bouche murmure quelque chose. Une troisième gardienne vient d'entrer, replète, boudinée dans sa tenue de camouflage bleu-gris, elle s'exclame : Putain de bite, vous êtes teubées ? Vous avez pris le Frantsous ! Une autre : Chiennasse de pute, on a merdé ! Je lève la tête, celle qui tient la matraque a l'expression dépitée de la gamine à qui l'on vient de retirer son jouet : Comment ça ? Des mains attrapent un insecte, le mettent debout sur ses pattes. Il reprend forme humaine et donc ses esprits. Pourquoi tu n'as pas parlé, Frantsous ? Je refuse l'eau qu'on me tend. On m'escorte vers la cellule, il y a la plus sportive qui frappait avec précision, et il y a la rondouillarde qui me demande si je suis blessé. C'est une question sérieuse ? Elle me demande de vérifier. Vérifier ? Baisse ton froc et vérifie ! Je jette un coup d'œil. Elles aussi vaguement. Elles échangent des regards indéchiffrables. Ça va ? Je n'en sais rien. Ça va, il marche. La plus violente m'avertit : il pourrait m'arriver des merdouilles, que je ne m'avise pas de me plaindre, sinon merdouilles, emmerdements, tu comprends ? Si tu parles, Frantsous, la prochaine fois, tu repars avec un œuf en moins. Compris ?!

J'ignore s'il y avait eu des consignes, j'ignore si elles avaient déduit par elles-mêmes que mes plaintes pouvaient être entendues. Peu importe. Elles étaient mal assurées. J'avais repris pied. Mon instinct de bête m'a encouragé à ne rien répondre. Sans crainte et sans haine, j'ai plongé mes yeux dans les yeux de cette femme qui m'avait cogné en y mettant de la joie et toute sa science. La rondouillarde est intervenue, elle a écarté sa collègue et m'a pris à part. Elle s'est excusée de la conduite de ses camarades. C'était une erreur. Elle était cheffe, pareils faits ne se reproduiraient plus. Elle y veillerait. En attendant, je ne devais pas en parler à mon avocat ni porter plainte. Si je le faisais, cela déclencherait un processus incontrôlable. Pour se prémunir, les gardiennes m'accuseraient d'une infraction quelconque. Je serais envoyé au mitard, c'est-à-dire en enfer. Et tout finirait mal. Elle disait ça pour mon bien.

« Compris, Frantsous ?

— Compris. Je ne porterai pas plainte.

— Je suis contente que nous ayons pu faire connaissance. Si tu as un problème ici, tu m'en parles directement, compris ?

— Compris.

— Je m'appelle Maria Konstantinovna. »

Nous avons parcouru les quelques mètres qui nous séparaient de la cellule. La cheffe a ouvert la porte et m'a fait signe de rentrer. M'adressant à la sportive, j'ai ajouté : « Et tu as compris toi aussi, *souka* ? »

Souka peut se traduire par « salope », « chienne » ou « chiennasse ». Le mot signifiait que j'étais vivant et adapté à mon environnement. La cheffe a étouffé un gloussement, je l'ai entendu tandis qu'elle refermait sur moi la lourde porte.

Calculer vite est une force. J'ai expliqué aux autres, à la caméra, au micro, que j'avais été épargné. J'avais eu de la chance, j'étais le Frantsous. Personne n'avait le droit de me toucher. Je suis monté avec précaution sur la couchette supérieure, la mienne, sans montrer mes difficultés. Ils étaient dubitatifs. La douleur diminue une fois allongé. Personne d'autre n'a été emmené ce soir-là.

Je n'invente rien, je ne romance jamais.

Ne me parlez pas de la Saint-Valentin.

XII

Fin de quarantaine

Découvrant la Russie, je bus du kvas excellent, boisson que m'avait conseillée Gogol, je goûtai des concombres marinés, savoureux comme dans Tchekhov, et un jour en prison je fus étonné, Vanka m'offrit du tchifir. *Ainsi, la tradition se perpétuait, on élaborait encore ce thé très fort, comme chez Soljenitsyne, comme dans les* Récits de la Kolyma. *On infuse cinquante à cent grammes pour obtenir un verre noir d'encre qui tel un stupéfiant frappe le cœur. Un médecin instruisit Varlam Chalamov à ce propos, la recette était dans Jules Verne :*

« Des drogués au *tchifir*, j'en ai connu beaucoup. D'ailleurs, cela existe depuis longtemps. Ce ne sont pas les truands qui l'ont inventé, ni les chauffeurs. Jacques Paganel en préparait en Australie, il en offrait aux enfants du capitaine Grant. "Faire bouillir une demi-livre de thé dans un litre d'eau pendant trois heures." Voilà la recette de Paganel. Et vous me parlez des truands et des routiers ! Il n'y a rien de nouveau sous le soleil. »

« Cellule 629, citoyen chef ! Hébergeant cinq personnes. Préposé Barbereau. Mes salutations ! »

Je suis le préposé du jour, le sixième que je passe en quarantaine. Le gardien a ouvert la porte. J'étais prêt, au garde-à-vous, mes quatre camarades se tenaient derrière moi. J'ai récité la petite phrase folklorique, apprise les jours précédents en écoutant les autres. Elle est aussi inscrite sur la porte. Après moi, tout le monde prend une grande inspiration et lance à pleins poumons un « Salut » abrégé, à la mode militaire.

« *Zdrrra !* »

L'inspection de la cellule peut commencer. Nous sortons avec gamelles et couverts. Nous nous alignons face au mur, accroupis, les mains dans le dos. Les matons entrent et scrutent. Ils soulèvent les matelas, les oreillers, frappent avec un maillet sur les barreaux et les lits. C'est comme ça tous les matins, et tous les soirs. Lever à 6 heures avec le plus souvent l'hymne russe, sinon n'importe quelle chansonnette, et coucher à 22 heures. La promenade a lieu vers 10 h 30. Les matons nous y conduisent. On marche en ligne, en silence, les mains dans le dos. La tête est légèrement inclinée, on suit les ordres. Il y en a deux : « En marche ! » et « On s'arrête ! » Lors des arrêts, tout le monde se met face au mur le plus proche, les mains dans le dos. On s'arrête quand on arrive devant une porte fermée ou quand on croise un autre groupe en mouvement – l'un des deux doit obligatoirement stationner. C'est un dressage, on apprend vite. Il suffit d'être attentif et d'écouter la voix du maître. Si les consignes ne sont pas respectées, on risque une sanction, le mitard dans le pire des cas, mais il existe toujours pire que le pire des cas. Et le pire est arbitraire, on le sait comme on sait qu'existe la Saint-Valentin.

On mange à 7 heures, à 12 heures et à 18 heures.

La cellule doit être propre lors des contrôles. Le préposé répond d'éventuelles négligences, il peut encourir des sanctions ou les faire encourir à tous les autres. Alors, je nettoie consciencieusement le sol avec de l'eau glacée et un petit carré de tissu. Pour les latrines, c'est plus compliqué, le lieu est mangé par la rouille et par l'humidité. Les murs se décomposent. C'est là que nous fumons. La pestilence se mêle à l'odeur du tabac. Une boule fabriquée avec des sacs et des déchets plastiques est placée sur le trou d'évacuation. Elle permet de limiter les exhalaisons et d'empêcher les reflux.

Mais cela ne suffit pas toujours, il faut être vigilant juste avant l'inspection et contenir les débordements de merde. Aujourd'hui, l'eau est coupée pendant de longues heures, comme hier, comme avant-hier. Il y a des travaux à notre étage. « Désormais, plaisante Tolia sans plaisanter, l'eau nous sera fournie uniquement sur demande écrite ! »

J'ai obtenu de Maria Konstantinovna trois feuilles de papier et un crayon. C'est une avancée. Les autres s'amusent de me voir tout le jour aligner des pattes de mouche. Tolia me demande si je commence à écrire mes mémoires. Je devrais, me disent-ils. Et il faut que je parle d'eux aussi, insiste Adam. Aujourd'hui, j'improvise un cours de français, tout le monde y assiste et participe. Nous rigolons un peu.

Les cigarettes et les allumettes sont mises au pot commun, elles sont notre unique richesse. Chacun en avait en arrivant, moi excepté. Je fume avec joie. Fumer est le seul plaisir qui existe dans l'isolateur. Il importe peu que les pieds trempent dans la merde quand on peut fumer.

Les couleurs changent après six jours. On vit sous une lumière vert glauque, dans une pièce peinte en glauque. On adopte le teint gris de plomb des zeks. On expulse de petits étrons collants, à l'image de ce que l'on avale. Tout va très vite.

Quand un zek se présente à un autre, après l'énoncé des prénoms ou des surnoms, arrive une question rituelle toujours pressée : « Quel article ? »

L'article de loi au titre duquel il est accusé puis condamné participe de l'identité du zek, et bien sûr de son destin. Vanka est un voleur récidiviste, article 158. Son dernier coup d'éclat : il a cambriolé la clinique où, quelques mois plus tôt, on soignait sa tuberculose – il n'est plus contagieux, il me le précise d'emblée. Les comprimés et le matériel médical se revendent, il s'est fait prendre. Des acheteurs qu'il avait « un peu » floués l'ont dénoncé. Il ne m'en dira pas plus, Vanka ne s'épanche pas. Il porte sur son visage hâve et son corps souffreteux des peines qui ne se déclarent pas. Il risque cinq ans. Son cas relève du paragraphe 2, vol et effraction d'un local de stockage.

Tolia n'avait jamais rien volé. Article 158, paragraphe 4. Il a suivi des amis, il a fracturé avec eux une voiture. Simple bêtise soûlographique. Ils comptaient faire un tour et la restituer. Après avoir fanfaronné quelques minutes au volant d'une Audi, les benêts ont percuté un véhicule de la police de la route. Ils furent conduits au poste, ils avouèrent. Et il y a la beauté du paragraphe 4 : vol en bande organisée. La mafia, vous dis-je, messieurs les jurés ! Tolia, ce gamin cafardeux embarqué par la vodka dans un rodéo absurde, risque dix ans.

Kostia le taciturne est rongé par la honte et par l'angoisse. Chaque jour, son visage s'effondre un peu plus. Article 264. Une affaire de mâle alcoolisé au volant, là encore. Un soir, il joue les pilotes de course pour impressionner sa passagère. Il n'a pas bu, pas trop, mais suffisamment pour s'étonner de sa rencontre avec une piétonne après avoir négligé un feu rouge. Morte sur le coup, il l'espère, car à la suite du choc qui éjecta la malchanceuse, la voiture a poursuivi sa course sur la glace, elle passa sur le corps deux fois. Deux fois, parce qu'il fit marche arrière. Pourquoi ? C'était dans la panique, je ne sais pas. Il prendra à coup sûr la peine maximale : sept ans. Dommage, il commençait à travailler et à oublier un peu ses années d'orphelinat, cette famille américaine qui devait l'adopter puis changea d'avis. Il pense parfois à l'Amérique, à sa Nastia, son amour, elle l'attendra, elle danse la country, elle est super. La détresse, ce sont les yeux lavés de Kostia, grand dadais démoli au premier âge. Il s'assoit sur la couchette supérieure, ses jambes en échalas balancent dans le vide. C'est de tous le plus silencieux. Chaque fois qu'il ouvre la bouche, c'est une misère désarmante. Ses lèvres s'agitent, des mots avancent timidement, comme toujours sur les scènes du théâtre de la cruauté.

Adam est le seul bavard. Il ne tombe jamais sa façade sardonique. Pour se présenter, il a une phrase rituelle : « On m'appelle Adam le colérique. » Les gardiens voient en lui un chien fou qui mérite le bâton. Je vois un homme droit et une vitalité farouche. Il veut me conter son histoire dans les moindres détails. Article 338. Il a piégé et humilié publiquement un instructeur militaire.

Il m'en parle avec un grand sourire satisfait. Il avait ses raisons. La bouche d'Adam va vite, elle n'articule pas, je comprends que son frère cadet est mort, il y a quelques années, les circonstances m'échappent. Le gosse était turbulent mais d'une gentillesse sans fond. Une main l'a stoppé net : un flic éméché l'a battu à mort. Le petit frangin s'est défendu du haut de ses dix ans, a rendu des beignes furieuses, il serait mort de rage, dit un témoin, écrasé au sol par la brute, qui lui brisa les côtes et fit exploser son jeune foie. La mère sombra dans la folie, Adam devint le colérique.

Le temps passe. Il obtient son diplôme de fin d'études et se retrouve soldat. Il a tenté d'y couper, mais le service militaire est obligatoire en Russie. À la caserne, il croit reconnaître le flic. C'est possible, celui-ci n'a écopé que d'un blâme à l'époque. Adam se renseigne, aucun doute, le meurtrier de son frère est devenu instructeur de l'armée de terre. Une nuit, il piège et ligote le salaud avec la complicité de quelques camarades. Ils l'enferment dans une cabane abandonnée, au milieu de la forêt. Adam a un plan, il veut faire croire à une désertion. L'instructeur n'est pas apprécié de sa hiérarchie ni de ses collègues, son affectation est récente : c'est crédible. Surtout si des soldats témoignent contre lui. Ils sont plusieurs à en faire le serment. Le coup ne fut pas loin de réussir. Tout était prêt pour la grande scène de l'arrestation. Adam devait libérer le captif, une patrouille l'aurait appréhendé immédiatement et conduit au mitard. Jugé, accablé, il aurait été condamné à la peine maximale : dix ans. Le colérique ouvre la porte de la cabane : vide. Le salaud s'est échappé, il vient d'apparaître sur la base, dans un état épouvantable, tremblotant, couvert de sa propre urine et de ses excréments, incapable d'aligner une phrase. Il y eut du raffut toute la nuit. On enquêta, on fit l'appel, on constata l'absence d'Adam. Rendue publique, l'affaire eût été désastreuse pour le bataillon. Des têtes seraient tombées. Alors, l'instructeur merdeux fut éloigné, il obtint une nouvelle affectation. Adam avait manqué à l'appel, il fut accusé. Article 338. Comme tout déserteur, il risque dix ans. Ses complices sont devenus témoins à charge. L'homme jouit d'un statut d'exception parmi nous, il ne peut quitter la cellule que menotté. Son article l'exige. Avant la promenade, il se place dos à la porte. Un gardien lui attache les mains à travers le passe-plat. Ensuite seulement il sort, et nous à sa suite.

Tu vois, Adam le colérique, j'ai écrit ton histoire, comme promis.

Reste Vania. Il porte son fardeau : l'article 242 et ses développements. On accuse le zek Barbereau, dit le Frantsous, d'avoir fabriqué puis diffusé sur Internet des documents à caractère pornographique, certains mettant en scène des mineurs de moins de quatorze ans. Il encourt huit ans.

La prison possède sa logique propre, ses lois et ses normes morales. Elles varient peu à travers le monde, c'est remarquable. Dans à peu près toutes les prisons, les détenus considèrent que l'assassinat avec circonstances aggravantes n'est pas déshonorant, le crime sexuel l'est, le viol en particulier. Les violeurs d'enfants forment la lie de l'humanité, ils doivent être châtiés. Lorsqu'ils ne sont pas isolés des autres prisonniers, leur espérance de vie est faible. Je n'étais pas accusé de viol, mais l'article 242 pouvait me faire basculer dans l'odieuse catégorie des pédophiles et assimilés.

« Surtout, me dit Tolia, serre bien les fesses dans la prochaine cellule, et prends toujours ta douche dos au mur ! » Adam lui ordonne de ne pas en rire. Vanka lui colle une pichenette sur la nuque. Je veux bien en rire. Tous me réconfortent et s'inquiètent, on étudie mon cas. La rumeur m'aide. J'ai compris très vite qu'il était vital de la faire grossir. Elle dit que j'ai le FSB sur le dos, je suis un détenu politique. Mais si le FSB est bel et bien à la manœuvre, mon avenir proche ne s'annonce pas beaucoup plus radieux que celui d'un délinquant sexuel. Misère du zek qui tourne sans répit des scénarios sous son crâne rasé. Tolia poursuit ses boniments, recommande de ne jamais accepter de donner son cul, en revanche on peut accepter les coups. Il plaisante, bien sûr. Vanka l'arrête, il édicte avec assurance un conseil qu'il adresse à tous : « Au pire, si quelque chose arrive, tu te tailades le cou, on t'enverra à l'infirmerie. » Il ne plaisante pas.

La conversation prend un autre tour, le complot et les films d'espionnage font une dérive facile.

Tous concluent que je cache quelque chose, mon identité n'est pas claire. Un « homme de culture » en taule, il y a camouflage et entourloupes, c'est évident, mais ils comprennent, ils me devinent, ils n'insisteront pas, car évidemment je ne parlerai pas.

Qui es-tu ? me demande malgré tout Tolia du tréfonds de ses yeux grandis et fiévreux, j'aimerais piger.

Qui suis-je ? Rien de plus que vous les gars, un zek parmi les zeks. Vous me l'avez demandé, frères, j'écris pour vous. Tolia, selon ton désir, on prononcera ton nom jusqu'à Paris. On dira que le petit Tolia pleurait le jour de la Saint-Valentin, il pensait à sa femme et à son fils. Et on dira qu'il était courageux, il ne versa pas une larme la nuit de la fête au couillon.

Je n'invente rien. La littérature quelquefois se passe d'imagination.

XIII

La cellule 645

Un camarade de geôle me mit sous les yeux une anthologie rassemblant les quatrains d'Igor Gouberman. Je traduisis le premier :

« Allez, je me suis dit : tiens bon,
Seigneur est dur mais juste au fond,
inconcevable de vivre en Russie
sans tâter de la prison toi aussi. »

La voix annonça : « Barbereau, on prépare ses affaires ! Cinq minutes. »

Je n'étais pas certain d'avoir bien entendu, Adam m'a dit : « Vania, c'est toi le premier, tu t'en vas vers une nouvelle vie. Bonne chance frérot ! » Il m'a serré la main. Tous m'ont encouragé comme on le fait sans doute pour le boxeur qui va monter sur le ring, pour le comédien le soir de la première. J'avais le trac. Ou plus exactement : l'angoisse s'est emparée de moi. Je connais cette angoisse, il m'est arrivé de monter sur scène. Ce n'est jamais une panique. J'entre dans un état de concentration absolue. Une voix intérieure s'occupe de moi : Tu es capable de prendre des coups sans t'aplatir, Vania, tu t'adaptes. Tu as de grosses réserves, tu le sens bien. Respire. Encaisse en douceur. Tu frapperas dès que l'adversaire baissera la garde.

J'ai délesté mon intestin de la chiure verdâtre qui le tenaillait. Pour mon paquetage, ce fut vite réglé. Je ne possédais rien que ce que l'on m'avait offert en arrivant : des draps, une brosse à dents, un rasoir émoussé. Je me tins prêt.

Il y a eu ce cliquetis familier dans la serrure, le triple tour qui annonce la mise en branle de la lourde porte. Dans le couloir, la routine, un gardien m'a fouillé-palpé. En marche !

La distance parcourue me sembla courte. J'entrai dans ma nouvelle cage en guerrier. Me voilà propulsé dans le neuvième cercle, songeai-je, c'est l'heure des braves. Je fus abasourdi. Dans la cellule 645 régnait une chaleur douillette, une quiétude surnaturelle. Aucune musique assourdissante à l'extérieur. Sérénité à l'intérieur. Les visages qui m'accueillirent n'étaient ni répugnants ni hostiles, tout juste parés de la méfiance légitime qu'ils pouvaient lire en miroir sur le mien – un masque de chair livide et pourtant recouvert de peintures de guerre ; nul ne pouvait les ignorer. Il y avait un réfrigérateur, une bouilloire, et même une télé. J'ai immédiatement remarqué un briquet rouge posé sur un paquet de cigarettes. Par quel prodige ? Dans le monde d'où je venais, l'objet était interdit. La toile cirée sur la table était un trésor inconcevable. Oncle Sania m'a fait signe de m'asseoir. Oncle Yova m'a apporté un thé. Ils m'attendaient. Des biscuits ? Sucreries ? Une nouvelle fois, je basculais dans le fantastique. Les deux m'ont expliqué que Gricha, le chef de la cellule, allait arriver. Il y avait des règles, on m'expliquerait. Nous ferions connaissance en sa présence. Tout irait bien. Mes peintures emphatiques ont commencé à fondre, j'ai senti quelque chose comme de la joie.

Mon nom ? Yoann, Ioann, Ivan, Vania… C'est comme vous voulez. « Ioann Grozni, s'est exclamé oncle Sania, c'est Ivan le Terrible ! » Nous en étions là lorsque Gricha a fait son entrée. Il a coupé net les sourires qui s'installaient : « C'est Vania, ce sera Vania ici, et pour tout le monde. » Gricha était petit, son nez agressif sortait du visage, c'était un bec. Il s'est assis face à moi. Il était kazakh. Son débit était difficile à suivre. Il m'a interrogé sur mon article tout en m'annonçant qu'il savait déjà tout. J'ai détaillé, affirmé mon innocence, évoqué des ennuis qui me dépassaient, et bien sûr le FSB. Bien, bien. Il savait. On en reparlerait, il pouvait peut-être m'aider. L'heure du monologue était venue.

« Je m'appelle Gricha, je dirige les opérations dans cette cellule. J'y suis depuis cinq ans. J'ai été condamné à beaucoup plus, tout ça s'empile, peu importe. Dans quelques mois, je serai extradé peut-être vers le Kazakhstan où une autre prison m'attend. Sur moi : c'est tout, rien d'autre, pas besoin d'en savoir plus. La vie peut être supportable ici, mais il faut m'écouter et respecter les règles. Écoute-moi bien. Première règle : le mensonge n'existe pas entre nous et ne peut pas exister. Nous nous devons la vérité. Ne me mens jamais. Jamais tu ne mentiras. C'est clair ? Si la confiance est rompue, tout se rompt dans la cellule. Deuxième règle : tu ne parleras à personne de ta vie dans la 645.

À personne. Jamais. Ni à ta femme, ni à ton avocat, ni à tes visiteurs. À personne. C'est clair ? Si on t'interroge, tu réponds que tout va bien, que c'est dur, et tu racontes des banalités. Tu vois l'icône accrochée au-dessus de mon lit ? C'est interdit. Le meuble en bois là : interdit ! La console de jeux : privilège ! C'est interdit ! Et il y a d'autres objets encore, tu verras. Les gardiens qui entrent ici sont au courant. Mais pour ce qui te concerne, silence ! Tu fermes ta gueule. C'est capital. Tu es un zek ici, c'est-à-dire moins qu'une merde. Nous sommes à la merci de salopards qui peuvent nous frapper, nous torturer, nous mettre plus bas que terre. Ils nous écoutent, ils nous regardent. La caméra là, tu vois ? Aujourd'hui, ce sont des amis accommodants et mes obligés, la vie est douce. Demain, on ne sait pas. Tout peut s'inverser. Honore ces deux prescriptions et tout ira bien. Je m'occupe du reste. Pour l'organisation de la vie, pour les règles de conduite, tu vas apprendre petit à petit, on va te montrer. Observe, respecte. »

Un gardien a frappé deux coups secs sur la porte. Livraison ! De la nourriture est arrivée par le passe-plat. Les plus jeunes l'ont réceptionnée en quelques mouvements de ballet impeccables. Saut de chat, pas glissé, double cabriole : le réfrigérateur s'est rempli rapido presto. On a entreposé sous un lit les conserves, les gâteaux secs et les barquettes de nouilles chinoises. Des cartouches de cigarettes ont disparu dans une commode, et sur la table sont apparus de beaux morceaux de viande juteuse, parsemés d'oignon grillé et de fines herbes. Des galettes moelleuses complétaient le festin.

La meute s'est réunie autour de la table, nous étions sept. Il y avait en face de moi le mâle dominant, Gricha, les vieux loups, oncle Sania et oncle Yova, il y avait encore Mustang qui avait mon âge, et enfin les deux jeunes, Aliocha et le Rouquin. Je faisais mes premiers pas de canidé, j'étais hésitant. Mange mange, m'a dit Gricha. Après la quarantaine, il faut reconstituer ses forces ! Ici, on partage tout. Tu veux manger, boire, fumer ? Sers-toi Vania !

Plus tard, le Rouquin s'est approché avec un cahier qui contenait les noms et qualités de tous les détenus passés par la cellule depuis au moins dix ans. Le Rouquin officiait en archiviste de la 645, il tenait ce rôle le temps de son séjour. C'était une érudition sommaire : quelques lignes par tête. Il y avait néanmoins une information essentielle, il me pria de la lui donner : étais-je un homme, un rouge ou un coq ? Comme la société de son temps se divisait en trois ordres, nous apprend le bon Adalbéron dans les 435 hexamètres qui composent son *Carmen ad Robertum regem*, la société des zeks est tripartite. Il existe peut-être un poème qui décrit cette organisation. J'en ignorais tout, c'est ce que je répondis au Rouquin. Mon éducation était imparfaite, je lui demandai ses lumières de clerc. Embarrassé, il s'adressa à Gricha qui le rabroua. « Écris que c'est un homme, putain, il n'y a que des hommes dans cette pièce ! » Et puis, il m'a expliqué. Il y a ceux qui prient, ceux qui combattent et ceux qui travaillent la terre, écrit Adalbéron de Laon en 1025. Un millénaire plus tard, dans les geôles de Sibérie, il y a ceux que l'on respecte, ceux que l'on frappe et ceux que l'on encule. Il y a les humains, les rouges et les coqs, dit Gricha le Kazakh sans rime et sans ciller.

C'est assez pour aujourd'hui. Il est 22 heures, la voix ordonne le sommeil. J'ai pris mes quartiers près du réfrigérateur, sur la couchette du haut. On y est en sécurité. Le frigo fait un chevet où je peux poser mes papiers, bientôt mes cahiers et les livres qui arriveront. Mustang m'a donné un deuxième matelas, il me protège des croisillons de fer qui les premières nuits m'ont brisé le dos. Nous dormons sur de belles pièces de métallurgie, simples et brutales. Il y a cinq lits superposés, nous ne sommes pas au complet. La cellule doit faire trente mètres carrés, on s'y sent bien. Je suis couché, la fatigue est bonne. J'observe la 645 depuis mon perchoir. Après 22 heures, la lumière est tamisée, ce n'est plus l'odieux plafonnier qui toute la nuit éclairait la quarantaine comme un plateau de cinéma. La meute ronfle paisiblement, à l'exception de Gricha. Je vois ses yeux, ils adhèrent à l'écran. Je vois l'ombre de ses doigts longilignes, ils tapotent une manette de jeu. En sourdine, on entend des tirs et des explosions. Derrière une couverture tendue qui le protège de l'œil de la caméra, le Kazakh abat ses colères comme ses rivaux, à coups de grenades et de kalachnikov.

XIV

Parloirs et promenades

Au trentième jour, je recopie et traduis dans mon journal un nouveau quatrain de Gouberman :

« La prison n'est pas simple foule amoncelée,
fosse septique où racaille accablée infuse,
en prison naissent des idées troubles et confuses,
le génie du peuple, pour ainsi dire, éclairé. »

Tôt le lendemain, la voix m'a demandé de me tenir prêt pour le parloir. J'étais curieux du visage qui allait se présenter à moi. Serait-ce Margot ? Youri ? Alexandre ou Viktor ? Un représentant de l'ambassade ?

Je me suis mis en marche, les mains dans le dos, en tentant de me repérer dans l'espace. Nous avons monté, descendu des escaliers, traversé d'immenses galeries. On me promenait dans l'œuvre de Dédale, il était vain d'espérer y comprendre goutte. J'appris plus tard que nous étions plus de mille damnés, peut-être deux mille à souffrir dans l'infâme labyrinthe. Les arrêts furent nombreux, face au mur, à attendre en silence qu'un taulard sorte de sa cellule pour rejoindre la file. Après la palpation de rigueur, on se remettait en mouvement à la queue du loup, direction le parloir avocats, c'est ce que je compris.

Dans les couloirs, j'ai croisé des têtes de suppliciés sortis de Carpeaux ou de Géricault, des créatures fantastiques signées Jérôme Bosch, des gueules d'habitués de la torgnole, des gueules qui disaient que la vie, la leur, n'était qu'une torgnole sempiternelle ; j'ai observé des masses musculeuses lourdes, de visqueux minotaures, rarement des statues grecques, plutôt des visages jaunâtres, décharnés et sans âge – l'un d'eux a rejoint notre cortège ; j'ai vu des dents neuves voisines de dents pourries et de couronnes dorées, des nains teigneux empêchés de mordre, des chiens fiers qui n'étaient pas des hommes mais leurs auxiliaires privilégiés – ils pouvaient mordre –, et des hommes bien sûr qui n'étaient plus que des chiens lorsqu'ils sortaient gueule et pattes à travers le passe-plat – ils pouvaient geindre ou quémander ; je débusquai des maniaques, des cloches fêlées, des yeux hagards, des yeux de fouine à l'affût, et les miens pour finir dans le reflet d'une vitre, deux billes égarées et cernées de noir, sur une figure mangée de barbe qui variait du bistre à l'olivâtre.

Nous partîmes deux, moi et oncle Sania, à l'arrivée nous étions dix devant une porte imposante qui desservait des box vitrés. J'ai rejoint celui que l'on m'a indiqué, un blondinet boutonneux y était assis, avec devant lui une mallette vermillon. Il s'est levé, a sorti prestement une lettre de Margot qui le désignait comme mon avocat. Trois pages de petits caractères torturés, de jambages nerveux, d'incises et de repentirs me conjuraient de lui faire confiance, à elle, à lui ; ensemble nous sortirions de ce guêpier. Maxim avait vingt-cinq ans, il travaillait pour un avocat célèbre. Je connaissais le nom de celui-ci, compromis dans toute une série d'opérations baroques qui avaient fait sa notoriété de roublard, de salopard et d'homme puissant au bras infiniment long. J'ai interrogé le jeune assistant. Pourquoi le procureur s'était-il appuyé sur les déclarations de Margot pour me mettre en cage ? Comment ? Pourquoi ?!? Maxim me coupa. Jamais elle ne m'avait accusé, elle avait signé sous la pression cinq lignes farfelues afin d'éviter la taule promise, cinq lignes dictées, cinq lignes assassines, oui, qui affirmaient ma dangerosité pour les témoins. « Mais quel danger ? Quels témoins ? Quel crime ? » s'est emporté le jeune fougueux qui avait pris la teinte du cuir vermillon. Il n'y avait rien contre moi, et Margot était avec moi. Quoique si, il y avait quelque chose en réalité, un quelque chose autrement plus sérieux qu'une enquête. Son patron avait activé ses réseaux. Le FSB était derrière ce coup tordu, la partie se jouait en coulisse. Il faudrait rassembler des fonds et payer les bandits pour que tout s'arrête, car police, FSB, mafieux, c'étaient les mêmes, tous des rançonneurs. Il s'en occuperait. Il avait besoin de temps et de deux ou trois millions de roubles pour commencer. J'ai griffonné une réponse à Margot, j'ai paraphé les papiers qui faisaient de Maxim et de son patron mes avocats.

« Êtes-vous bien dans votre nouvelle cellule ? a-t-il ajouté au moment de prendre congé. Mieux que la précédente dans l'isolateur, n'est-ce pas ? J'ai agi pour cela. Ne me remerciez pas, non, Margot a payé. Nous avons obtenu cette cellule plus confortable. Moins cruelle, je veux dire, plus humaine. Je comprends que la prison reste pénible pour un homme de culture. Mais nous veillerons à vos conditions de détention. J'ai également déposé des provisions en arrivant, elles vous seront livrées tout à l'heure en cellule. »

Il était debout déjà, il s'est figé, a semblé pris d'une inspiration soudaine. Il a plongé sa main dans le cuir vermillon, il en a ressorti un bateau en papier, me l'a glissé dans la main.

« De la part de votre fille ! »

Il est parti en me souhaitant bonne chance et bon courage, il a promis de revenir vite.

L'origami était l'une des passions de Diane, elle remplissait l'appartement de toute une ménagerie de papiers colorés, de petites embarcations et de fleurs. Elle m'offrait rituellement des navires ; une armada se déployait dans mon bureau. Celui-ci était minuscule et bleu.

Les tempêtes sont nombreuses et reviennent souvent sous le crâne du zek. Il suffit parfois de quelques plis sur une feuille de papier. Quand le maton est apparu devant la porte, pour me ramener en cellule pensai-je, mon corps n'était plus tout à fait là. L'espérance perplexe suscitée par le discours du blondinet avait agi, elle s'était attelée immédiatement à ma défiance enamourée envers Margot, le tout remorqué par un navire bleu et la ribambelle de petits cœurs tracés au stylo-bille sur sa coque. J'avais tous les symptômes physiques du ravissement, ou de la démence. J'étais gelé. Je voulais écrire quelque chose sur la feuille vierge disposée devant moi, il fallait y voir clair et me calmer, ne pas me laisser emporter. Aucun mot ne vint, ils étaient pris dans la glace.

« Barbereau, tu restes là, me dit le maton, il y a d'autres visiteurs pour toi. »

Je n'eus pas le temps de m'en étonner, un couple a fait son apparition. Mes sens se sont mis en alerte. Vladimir et Natalia m'ont salué et, sans un mot, lui m'a tendu un message de la main de mon père. La lettre comportait plusieurs signatures. Elle disait avec des mots simples le soutien de mes amis, de ma famille, ils me savaient innocent et victime. Ils doutaient de Margot. Elle assurait être à mes côtés, on la soupçonnait de duplicité. Il fallait se méfier et surtout refuser d'être défendu par le jeune Maxim. La confusion était totale. J'avais en face de moi deux avocats conseillés par Youri et mandatés par mes parents, leurs premiers mots voulaient me convaincre de couper tout contact avec l'envoyé de Margot, et donc avec elle. « Les femmes russes sont de constantes et considérables salopes, il est bon de le savoir et de s'en prémunir », a affirmé Vladimir. Natalia, sa cousine et son assistante, a corrigé : « Pas toutes, Volodia, pas toutes, mais le phénomène est certes connu et documenté. » Le duo ne voyait pas la main du FSB. Ils n'avaient pas encore accès à la totalité du dossier. L'accusation avait le pouvoir de le garder secret. L'enquête se poursuivrait, et il y aurait bataille judiciaire, aucun doute. Il fallait se préparer à combattre Margot, mais aussi des légions de flics canailles, des juges et des procureurs carriéristes. Une quinzaine d'enquêteurs étaient mobilisés pour me mettre en pièces, il fallait le savoir, c'était sérieux, mais les cousins restaient confiants. On pouvait obtenir victoire. Il n'y aurait pas de procès.

À Margot comme à Diane, les enquêteurs interdisaient toute visite. Impossible de leur parler. Impossible de débrouiller la situation. Mon père et ma sœur devaient atterrir à Irkoutsk dans les prochaines heures.

J'ai scruté les gestes de Vladimir, le doigt unique qu'il passait dans sa chevelure blanche, sa manière douce de saisir un stylo avec la pince de l'index et du pouce. Il posait des phrases sèches. Natalia poursuivait, elle donnait des mots caressants et la chaleur de sa voix. Avec la danse de ses ongles peints, elle rassurait. Je distinguais mal les yeux de Vladimir sous le camouflage de ses lunettes aux verres fumés, et ceux de Natalia se perdaient dans un visage replet, ils donnaient l'impression de disparaître parfois ; alors, seuls restaient pour s'exprimer deux petits nez camus et deux bouches hypnotiques en forme d'ellipse.

Pétri de doute, j'ai signé les papiers qui intronisaient les deux cousins, ils seraient mes défenseurs. Lui dirigerait, elle interviendrait en renfort. Plus tard, j'avouerais à Vladimir la vérité. Ce jour-là, au parloir, je doutais : avais-je devant moi l'homme qui allait me ramener des Enfers ou le diable incarné ? Les deux, bien sûr.

Lorsque je rentrai dans la cellule, la meute s'habillait pour sortir. Je n'avais encore reçu aucun vêtement. Margot avait transmis un sac, les enquêteurs le bloquaient, me laissant infuser dans le jus de la quarantaine. Mustang m'a offert un T-shirt et un pull qui traînaient dans ses réserves. Nous avons pris la direction de la promenade. Sur les toits, il y avait une dizaine de compartiments de béton, avec chacun son morceau de ciel derrière un grillage. Chaque espace était à peine plus grand qu'une cellule. Nous avions le loisir d'y tourner en rond pendant quinze ou vingt minutes, et d'avaler de l'air frais en admirant la petite tente bleue que faisait le ciel. Au début, j'ai essayé de marcher en traçant des lignes droites, mais rapidement je décidai de suivre la farandole. Avec Sania, nous courions quelques minutes. Je faisais des pas chassés, des reprises d'appui. Mon corps se souvenait des exercices d'échauffement que je pratiquais naguère sur les courts de tennis. Je me préparais pour un match. À la caméra immuable, aux murailles d'acier et de béton, au ciel derrière la grille, au petit tas de neige sur le côté et au soleil quand il était là, à tous je signifiais que j'étais prêt. La prison n'est pas un lieu pour les endormis, les faibles y périssent. « Le tri est fait en un clignement de paupières », m'a dit Vladimir un jour que je me plaignais au parloir ; ce fut ma première et mon unique jérémiade. La dégringolade arrive vite, on a tôt fait de devenir la proie, le rouge ou le coq. La prison est un exercice spirituel et corporel. C'est une représentation, une ascèse, une lutte.

Oncle Sania me demande si je connais le dessin de Victor Hugo qui représente de manière exacte notre promenade. Je lui fais confiance, il existe quelque part. Un jour, je vérifierai. Je lui parle de *La Ballade de la geôle de Reading*, quand Oscar Wilde évoque les singes et les clowns qui en silence tournent sans fin. Je n'avais pas les vers en tête, mais j'avais en moi leur empreinte et la certitude qu'ils disaient ma promenade.

Nous nous traînions dans notre cercle
Comme des Fous à la Parade !
Peu importait, car nous étions
Du Diable la triste Brigade :
Tête rasée et pieds de plomb,
Quelle joyeuse mascarade !

À chaque promenade sur les toits, je voyais la prison des Plombs, à Venise, dans les combles du palais des Doges. Je pensais à Casanova s'évadant de sa taule, le 31 octobre 1756. L'évasion est la première idée qui vient au détenu saisi par l'arbitraire. Je tourne en rond, je lève les yeux et je vois Giacomo Casanova en équilibre sur un toit de plomb. Parfois, je vois aussi un gros chat noir se glisser entre les barbelés, c'est Béhémoth. Il ne m'a jamais quitté depuis ce jour de décembre où il perdit la tête. Il vint me voir les jours qui ont suivi, il me parlait, m'engueulait, me pardonnait. Depuis que j'ai gagné les geôles de Sibérie, il se tient à bonne distance. Je ne l'entends plus.

La journée du zek est un éternel recommencement. À 6 heures, la voix sonne le réveil, c'est le moment de la toilette sommaire à l'eau glacée. Très vite on boit le premier thé. Plus tard vient le petit déjeuner, on sort le fromage blanc caillé, on le mélange avec de la crème fraîche et du lait concentré sucré, on peut ajouter des fruits s'il y en a. La meute se rassemble autour du grand saladier, chacun y plonge sa cuillère en aluminium. Ensuite, on nettoie la table et le sol avant le contrôle matinal. On sort, on est fouillé, la cellule est inspectée. La promenade a lieu vers 10 heures. Le midi, chacun pique-nique, je mange un peu de fromage, un fruit ou du saucisson, et souvent des nouilles chinoises qui prennent forme dans l'eau chaude. Toute la journée, on fume dans les toilettes. Notre cellule grille sa centaine de clopes journalière, plus si l'on veut. Dans la 645, l'aération est sommaire, la moisissure et l'humidité s'installent dans les encoignures ; l'air est vicié. La journée passe, chacun vaque à son pas grand-chose, chacun dans son enfer privé, moi comme les autres ; je lis et j'écris toute la journée. J'exagère, bien sûr. Nous conversons quelquefois, j'aide Yova et Sania à remplir des grilles de mots croisés, j'apprends le *nardy* – ce jeu pratiqué dans toutes les prisons russes, appelé backgammon sous d'autres latitudes. Le dîner est commun, nous préparons une tambouille, la meute se rassemble. Et on rejoue les rites du matin : lessivage du sol, les gardiens débarquent, on sort, on est fouillé, la cellule est inspectée. La boucle est bouclée. La voix annonce le coucher à 22 heures, la lumière se fait plus douce. Tout pourra recommencer le lendemain à 6 heures. Une fouille-surprise survient parfois au milieu de la nuit, avec les chiens qui vous réveillent, comme une routine. Une fois par semaine, le dimanche, on procède à un grand nettoyage. Chaque centimètre carré de la cellule est astiqué, la 645 est impeccable. Une fois par semaine, on prend la direction des douches, on y lave aussi chaussettes et linge de corps, l'ensemble sèche sur les radiateurs. Une fois par semaine, nous avons le privilège d'une machine à laver pour nos draps et un peu de linge. Gricha gère les relations avec les gardiens, nous monnayons quelques avantages et informations contre cigarettes et nourriture. Nous sommes livrés par le magasin de la prison. Il faut disposer de moyens suffisants, chaque article est vendu le double du prix. C'est un enjeu important. Je transmets des listes à mes avocats, cartouches de cigarettes et provisions arrivent en quantité. Je consolide ainsi ma place dans la meute.

La voix seule peut perturber la mécanique en annonçant la convocation du zek au parloir. C'est un pas hors de la routine, une respiration hors de la meute et l'occasion d'une longue marche à travers les couloirs – car la 645 est située à l'autre bout de la prison. C'est une joie.

Un jour, la voix m'intime de raser ma barbe naissante et de me préparer. J'emprunte un nouveau chemin, le gardien me fait patienter seul dans une cage humide, minuscule, au milieu d'un couloir inconnu. Au bout d'une heure, il me vient une idée absurde : on m'aurait oublié là, dans un recoin de la prison, et plus personne ne saurait me retrouver. On vient finalement. Je franchis une série de portiques et de sas, j'arrive dans un bureau. Un vice-consul de France que je ne connais pas est là, en compagnie du directeur de la prison, que je vois, lui aussi, pour la première fois. Pour ce beau monde, voici une gueule de zek honorable, rasé de frais. La voix pense à chaque détail.

J'eus plusieurs visites de ce genre, des têtes variées, quoiqu'un vice-consul demeurât un vice-consul, chaque fois ni tout à fait le même, ni tout à fait un autre, demi-habile qui débarquait de Moscou un peu ahuri, un peu compatissant. Le rendez-vous avait lieu dans le bureau du directeur de la prison, comme une faveur, mais surtout comme un moyen de rendre bien visible la main ferme sur mon collier. Nous conversions sous le regard du maître des lieux et de deux matons, qui se faisaient traduire chaque mot par un interprète. La scène se déroulait dans un décor de bois clair. J'étais assis à côté d'une statuette allégorique aux yeux bandés, avec devant moi un aquarium et la promenade sans fin des poissons des mers chaudes déportés en Sibérie. Le ballet des fonctionnaires se mêlait à celui des petites chairs de soie orange et turquoise. Le vice-consul venait s'assurer de mes conditions de détention. Il remerciait le directeur, qui en profitait pour claironner, louant la cellule « V.I.P. » et l'excellente compagnie qu'il avait trouvée pour moi. J'acquiesçais, je confirmais ma grande satisfaction. Je donnais néanmoins des détails sur mon arrestation et sur les violences des premières heures. Le directeur s'empressait alors de vanter les mérites de son établissement : on notait la moindre écorchure visible sur la peau des zeks à leur entrée, et ainsi avait-on procédé avec moi, la prison n'était en rien responsable des voies de fait survenues auparavant. J'avais d'ailleurs parfaitement raison de porter plainte contre la flicaille violente. Il me souhaitait bonne chance et espérait ma sortie prochaine. Le vice-consul se contentait en général d'un peu de jargon juridique. Nous n'habitions plus le même monde. Un jour, il me laissa entendre, à mots couverts, que l'ambassade tentait d'identifier les hommes de l'ombre qui m'avaient expédié au trou et leurs motivations. Un autre jour, il profita de l'absence de traduction pour lancer ce cri sincère dont je me serais passé : « Pourquoi emprisonner un agent français s'il est innocent ? Quel intérêt pour les Russes dans cette histoire ? On ne comprend pas. »

J'eus de la chance, je fus souvent convoqué au parloir. Mireille parvint elle aussi à se glisser parmi les poissons. La première fois, elle apporta une bouteille de cognac pour remercier le directeur. Elle proposait de me faire livrer du vin et que nous travaillions ensemble de temps à autre sur les affaires de l'Alliance. C'était tellement délirant que j'en fus ragaillardi. Le directeur, presque gêné, expliqua avec tact que le vin ne pourrait en aucun cas entrer dans la cellule, mais je repartis avec un camembert dont l'odeur scandalisa les locataires de la 645. Mireille revint quelques semaines plus tard, accompagnée d'une interprète. C'était une amie, elle fit pour le directeur une traduction sans aucun rapport avec les paroles réellement échangées. Les nouvelles : Margot était une énigme sur talons, elle s'isolait, tenait des propos souvent paniqués, toujours désordonnés, et du côté des diplomates, la sidération l'emportait, personne ne semblait comprendre le scénario inédit qui se déroulait à cinq mille kilomètres de Moscou. Je reçus une lettre de l'ambassadeur, avec la rhétorique doucereuse de rigueur et cette conclusion : « Nous sommes pleinement mobilisés et en contact permanent avec les autorités de la Fédération de Russie. » Je rendis à ma visiteuse ce papier inutile, pour l'heure seul m'intéressait le gros sac qu'elle avait posé sur le bureau. J'interrogeai avec les yeux du crève-la-faim : « Tu as des bouquins ? » Elle me fit signe que oui. Lire, enfin. Il fallait certes composer avec la logique sourcilleuse d'une prison à régime sévère. Un livre entrait avec plus de difficultés qu'un camembert. Les ouvrages devaient passer la censure et faire l'objet d'un don, le directeur nous détailla la procédure. Mireille se plia aux formalités, et quelques jours plus tard on me portait une précieuse cargaison aux pages estampillées « Propriété de la prison centrale d'Irkoutsk » :

— *Le Sermon sur la chute de Rome* de Jérôme Ferrari

— *Les Fables* de La Fontaine

— *Les Provinciales* de Blaise Pascal

— *Voltaire, sa jeunesse et son temps* de Roger Peyrefitte

— *L'Enfant fou de l'arbre creux* de Boualem Sansal

— *La Littérature sans estomac* de Pierre Jourde

— *De rouille et d'os* de Craig Davidson

— Un dictionnaire franco-russe

Je communique ces titres à toutes fins utiles. Le futur détenu francophone pourra les obtenir auprès de l'administration de la centrale d'Irkoutsk. Tous provenaient de la bibliothèque de Mireille. Comme celles que l'on offre, les petites choses de papier sur nos étagères parlent de nous, cette liste forme un portrait de ma visiteuse.

Depuis le début, ce petit flic sibérien que j'appelais Pierre Richard, comédien unique et authentique salopard, fourbe d'autant plus dangereux qu'il conservait toute la puissance comique du génial acteur, ce grand blond miniature, donc, était l'homme chargé de me faire toucher le fond. Il avait le pouvoir d'empêcher ma famille d'accéder au parloir. Après plusieurs semaines de refus, il jugea opportun de délivrer une autorisation. Ma sœur et mon père m'attendaient derrière une vitre, nous parlâmes dans un combiné téléphonique, sous surveillance. Bérénice m'apprit de ses grands yeux oppressés que Margot et Diane avaient quitté le pays. On ignorait où elles étaient. Toute communication était rompue. Le compte bancaire avait été vidé. Cette fuite répondait aux interrogations de tous. Mon père affichait la mine tourmentée de l'entraîneur qui voit le match glisser irrémédiablement entre les doigts de son joueur.

Dans les années 1970, à l'époque où la pratique du tennis devenait peu à peu accessible à tous, il avait appris en autodidacte, étudiant un manuel théorique, puis frappant et renvoyant inlassablement la balle contre un mur, cavalant après le petit astre jaune pendant des heures, des semaines et des mois qui firent des années. Le tennis devint un métier et beaucoup plus encore : un moyen de s'élever, d'être libre et de quitter le pénible bureau dans lequel il fut poussé à l'âge de seize ans. C'était un art et une philosophie, sa manière d'être au monde. Il fut joueur, entraîneur puis juge-arbitre. Je jouais, moi aussi.

Comme à peu près tout ce qui se présentait à lui, mon père prenait cette affaire pour une compétition, quoique aux règles douteuses. Le niveau était redoutable, les conditions de jeu sinistres, mais lui aussi livrerait bataille, au bord du court, dans les tribunes, et derrière cette vitre pesante disposée entre nous. Je tentai de le rassurer. L'évidence parlait contre moi. Le premier set avait été une humiliante déculottée. Je ne connaissais ni le terrain ni l'adversaire, le match avait commencé et j'étais encore assis sur ma chaise. Je contemplais une raquette sans corde.

XV

Portraits en miniature

Piotr Kropotkine connut les prisons russes et françaises. Le 20 décembre 1887, il donne une conférence à Paris :

« Rapidement la rancune contre la société envahit le cœur du détenu. Il s'habitue à haïr cordialement tous ceux qui l'oppriment. Il divise le monde en deux parties : celle dont lui et ses camarades font partie, et le monde extérieur, représenté par le directeur, les gardiens et les employés. Une ligne se forme entre tous les détenus contre tous ceux qui ne portent pas l'habillement des prisonniers. Ce sont leurs ennemis, et tout ce qu'on peut faire pour les tromper est bien. Aussitôt libéré, le détenu met sa morale en pratique. Avant la prison, il pouvait commettre des méfaits sans réflexion, maintenant il a une philosophie à lui, qui peut se résumer dans ces mots de Zola : "Quels gredins que les honnêtes gens !" »

Gricha passait l'essentiel de ses journées dans les couloirs, sous escorte et complicité d'un gardien, ordonnant trafics et opérations diverses. Ses liens avec les mafias extérieures étaient robustes, et puisqu'il fallait que l'extérieur tînt l'intérieur et réciproquement, il occupait une position de choix. Il arrivait pourtant qu'il passât un jour entier cloué dans la cellule, accroupi à l'asiatique, s'occupant de l'exécution de créatures fantastiques, le nez collé contre l'écran. C'est que les destins hiérarchiques sont muables. Un temps, le royaume de la 645 fut prospère, les cartouches de cigarettes s'empilaient, la nourriture était abondante. Nous jouissions de quelques objets interdits : tasses en verre, petit couteau que nous utilisions dans un angle mort de la caméra, ustensiles de cuisine, deux icônes, un meuble en bois, la console de jeux…

La visite annoncée d'un procureur bouleversa notre organisation. Une inspection pouvait survenir à n'importe quel moment. En connivence avec les gardiens, nous fûmes contraints de faire disparaître tout l'attirail illicite dans une pièce attenante. La nappe qui recouvrait le plateau élimé de notre table s'envola comme le reste. Ce jour-là, tout le monde sombra. La nudité de la 645 apparaissait soudain, nous n'étions plus rien que cette table dévastée. Gricha revêtit son bec de corbeau renfrogné. Un dimanche, le frigo était vide, la meute se réunit autour d'une illusoire « salade », faite d'un mélange de fromage râpé, d'ail et de mayonnaise. Étalée sur du pain, c'était la mixture des temps de disette. J'y pris goût. On s'habitue à tout. Après la visite du procureur, tout réapparut, à l'exception de la nappe, qui resta confisquée. Gricha se fit expliquer par les matons que de possibles « pédés » logeaient dans la 645. On voulait pouvoir s'assurer sur écran qu'aucun attouchement délictueux ne s'opérât sous la table.

Gricha avait toutes sortes d'interlocuteurs dans les couloirs, il obtenait des informations. Il me renseigna sur les avocats. Il put me confirmer que le blondinet était un vautour. Il n'était en rien responsable de mon placement dans la 645, il n'avait aucun pouvoir réel sinon celui de s'informer. Je m'en débarrassai donc, seuls les cousins me représenteraient. Pour le reste, Gricha était catégorique : oui, les femmes étaient des putains défaillantes, disait-il, la mienne pourtant n'avait en aucun cas pu monter ce coup, elle y participait sans doute, comme n'importe quelle salope sans foi ni loi, mais tout désignait le FSB, c'était sa main. Pourquoi s'agitait-elle ? Avais-je marché sur les pieds de quelqu'un ? Étais-je identifié comme gêneur ? Avais-je une activité occulte ? Une bourse remplie d'or ?

Il existait une tension visible, Gricha le confirma, entre ceux qui m'avaient mis au trou et les autorités de la prison qui ne m'y voulaient pas. Le directeur voyait en moi une source d'ennuis, non seulement le témoin encombrant des exactions et petits arrangements entre les murs, mais encore un zek pouvant se plaindre et être entendu. Son intérêt lui commandait de me rendre la vie à peu près douce. Seulement, des consignes arrivaient aussi de l'extérieur, on voulait m'en faire baver. Pierre Richard aurait fort souhaité gommer le sourire voltairien et les piques que je lui renvoyais à chaque acte de procédure ou nouvel interrogatoire, sous l'œil tantôt anxieux, tantôt complice des avocats. Dans ce contexte, Gricha s'inquiétait de me voir noircir des cahiers toute la journée. Cela le rendait nerveux, comme les gardiens, comme le directeur. Un jour, tout serait confisqué, traduit et étudié, je devais le savoir. C'est ainsi que je décidai de faire sortir mes travaux d'écriture de la 645. Mystifiant les investigations des matons-palpeurs ou avec la complaisance amicale de l'un d'entre eux parfois, j'arrivais au parloir avocats avec mes papiers. Les cousins les emportaient à chaque visite. J'ai perdu très peu de mes pattes de mouche lors des fouilles. J'envoyai aussi de cette manière des lettres non censurées à mes proches. Alors que j'écris ces lignes, j'ai sous les yeux mes chers petits cahiers vert opaline, sur lesquels je consignais et pensais chaque journée. Ils semblaient tout droit sortis d'une usine soviétique, ne contenaient pas plus de douze pages, ils étaient beaux, ils étaient parfaits. Plus que les cigarettes, plus que les livres et le poulet fermier que l'on se procurait de temps à autre, les cahiers d'écolier vert opaline furent pour moi la denrée la plus précieuse.

« Tu écris, écris, écris… Tu passes ta journée à écrire ! Dans un mois, il n'y aura plus ici la moindre feuille de papier vierge ! » lança un jour Mustang, sur le ton de l'agacement. Il devait son nom au T-shirt qu'il portait le plus souvent et qui représentait un cheval sauvage dans la pampa. Gricha le plaisantait lourdement sur la taille supposée de sa queue. Il arborait le tatouage d'un diable sur l'épaule gauche, une cathédrale à trois clochers sur le torse, un pour chaque année passée en prison. C'était un nouveau séjour qui débutait pour lui, il était dans la 645 depuis trois mois. Il attendait son transfert dans un camp. Comme Gricha, comme le Rouquin et comme Aliocha, il appartenait à un groupe mafieux. Il était tombé pour plusieurs petites affaires sordides, racket avec violence, il avait défiguré notamment un récalcitrant, m'apprit oncle Sania : « C'est un gars qui fait un sale boulot et qui a le talent de le faire très salement. » Je n'eus pas les détails, Mustang était fuyant, taiseux et d'humeur changeante. Je me souviens d'une des très rares conversations avec lui lorsqu'il déclara que la chair de souris était délicieuse. Il avait goûté l'écureuil, le serpent, le chat et quelques autres viandes originales, la souris restait sa préférée, c'était tendre et fin, assurait-il.

Aliocha était un petit roquet bien placé dans la 645, c'était le partenaire de jeu privilégié de Gricha et son bras droit en quelque sorte. Fluet, jamais un sourire, l'œil mauvais, son procès était en cours. Il s'était fait prendre dans sa berline allemande avec une quantité démente d'héroïne, plusieurs kilos. Récidiviste. Il avait à peine vingt ans, comme le Rouquin, qui était l'idiot de la cellule. Le Rouquin était bègue. La bouche ouverte, il fixait l'écran de télévision des heures durant, expliquait avec dix mots de vocabulaire sa mise en examen pour vol en bande organisée, rêvait de sortir pour se remettre au boulot avec ses compères. Il admirait la tête de tigre sur l'épaule gauche d'Aliocha et trouvait magnifiques les motifs tribaux tatoués sur l'épaule droite, le bras et le haut du dos. Presque tous les matins, il moulinait dans l'air des mouvements de boxe empotés, à la frontière du numéro de cirque. Il était docile, à l'aise dans son rôle, heureux d'être l'ombre d'Aliocha, c'est-à-dire l'ombre de l'ombre de Gricha.

La propreté et la pureté doivent régner dans n'importe quelle cellule. Chez les mafieux, cela vire rapidement à l'obsession. Nous lavions les toilettes et lessivions le plancher matin et soir. Les deux anciens et le chef ne participaient pas. Les deux plus jeunes étaient en charge, Mustang et moi intervenions en renfort. La 645 était toujours impeccable. Il y avait une éponge pour la table, une éponge pour l'évier, une autre pour la vaisselle. Ne surtout pas les mélanger au risque de provoquer de graves tensions. Si on lavait du linge, c'était dans une bassine dédiée, surtout pas dans l'évier. La bassine pour la serpillière ne devait pas toucher celle du linge. On fumait uniquement aux toilettes. Interdiction formelle de faire ses besoins lorsque quelqu'un mangeait. Un jour qu'Aliocha buvait du thé en grignotant un biscuit, je tire la chasse d'eau. Le gamin est furieux, m'engueule violemment : « Putain de couille, on t'a expliqué, on t'a répété, putain, les règles Vania ! » Mustang surenchérit : « Tu sais qu'on peut taper pour ça dans certaines cellules ! » J'apaise les deux crétins avec la diplomatie des excuses.

Dans la biographie du jeune Voltaire, je lis que la pureté était la principale obsession jésuitique. François-Marie, interne au collège Louis-le-Grand, devait réciter au coucher une prière éloquente : *Ne polluantur corpora* – « Que les corps ne soient pas souillés ». Les bandits ont les mêmes préoccupations. Comme la cellule, l'homme d'honneur doit être immaculé et respecter certaines règles. La pureté implique qu'il y ait du touchable et de l'intouchable. Les coqs sont d'évidents intouchables. Personne ne doit entrer en contact avec la vaisselle qu'ils utilisent, ils mangent aux toilettes, jamais à table avec les autres. On ne leur parle pas. Ils dorment dans un endroit séparé, parfois sous les lits. On peut néanmoins « consommer » le coq, ce contact-là n'est pas contaminant, le consommateur demeurant actif et brutal, cela va de soi. Dans le monde des mafieux, il est des gestes purs, d'autres impurs. Il en existe toute une liste. Tuer un policier ou un gardien de prison est un geste impur. Voler un autre prisonnier est un acte malpropre qui vaut déchéance. En matière de sexualité, le cunnilingus est une souillure absolue pour celui qui se déclarerait adepte. La fellation fait débat : le saint pénis pourrait s'en trouver flétri ou à l'inverse porter la flétrissure sur la bouche accueillante. La pratique est admise en général, certains la réservent aux seules « fées » (les prostituées), ils épargnent ainsi l'épouse qui doit rester digne d'être embrassée. La morale des bandits organisés est une bigoterie aussi grotesque que la bigoterie d'église, de mosquée ou de synagogue. C'est le même sérieux dans l'absurde, la même violence infligée aux « impurs » déclarés, la même occultation des femmes, le même monde du phallus-roi et la misère sexuelle qui l'accompagne.

Par bonheur, la 645 hébergeait oncle Yova et oncle Sania. Tous deux avaient la soixantaine.

Yova était maire d'une grande ville à côté d'Irkoutsk. Arrêté en pleine campagne électorale. Accusé de malversations. Il en riait, s'en affligeait : « Ma réélection semble compromise, Vania ! » De retour d'une audience, il annonça que la juge, c'était troublant, ressemblait aux gnomes de Gricha, ceux-là qu'il réduisait en miettes sur son écran. « Elle m'a demandé si je comprenais la teneur des accusations, je lui ai répondu : Oui, bien sûr, je comprends, je vis en Russie, j'y suis né, je sais à quel petit jeu immonde vous participez avec vos acolytes, votre langage est très clair, je vous comprends parfaitement, votre honneur ! » Le bon Sania dégotta dans la réserve un caramel Korova, le préféré de Yova, qui se rasséréna.

Le maire avait de solides connaissances en matière de droit, il officiait comme conseiller juridique au sein de la 645. Il m'enseigna aussi une technique pour berner la surveillance de la caméra et prendre un peu de repos. Il était interdit de s'allonger et même de dormir pendant la journée. La voix rappelait à l'ordre les contrevenants, les récidivistes risquaient le mitard. S'asseoir sur les lits était autorisé, et sur l'un d'entre eux, en se positionnant adroitement, on pouvait donner le change. On calait un gros livre sur ses genoux, on inclinait la tête et on somnolait dans la position du lecteur. Le zek est illusion, s'il doit transgresser une règle, ce sera avec déférence, les mains dans le dos et l'échine courbée.

Oncle Yova pratiquait les mots croisés avec Sania, ils me hélaient de temps à autre lorsqu'ils jugeaient qu'une définition relevait de ma compétence – les concepteurs semblaient avoir pensé à mon insertion, les grilles étaient truffées de mots et de personnages français.

« Soldat de l'armée d'Afrique française pendant la guerre de Crimée ? Vania ?

— …

— T'en dis quoi, Vania ? Combattant de l'armée d'Afrique française, commençant par un Z…

— Zouave ?

— Eh ben voilà, tu vois, quand tu veux, mon petit Vania, tu sais te rendre utile. »

Yova avait une autre lubie, il notait des poèmes et des citations dans un grand cahier. Les quatrains de Gouberman dominaient l'ensemble. Yova possédait une petite anthologie du poète emprisonné à la fin des années 1970, il en faisait son miel. Il me les lisait, extrayait les plus drôles, les plus féroces, il répondait à mes questions, expliquait avec patience. Je recopiais sur mon cahier vert opaline. Je traduisais parfois.

Ne pas rire, ni pleurer, ni haïr, mais comprendre. C'est ce que recommandaient Sania et Yova à peu près. La prison n'est pas une tragédie. Pas de drame ici, Vania. Tirons profit de la situation pour voir, pour entendre un peu mieux et pour procéder à l'examen de soi. Les deux me conseillaient au sein de la meute, m'inculquant les codes, m'initiant à l'art d'éviter embûches et embrouilles.

Oncle Sania était un joyeux drille enferré dans une histoire de détournement de fonds. Nous nous connaissions sans jamais nous être croisés. Directeur de la réserve naturelle Baïkal-Léna, on lui reprochait d'avoir fait disparaître quelques millions. Il n'avait plus réellement de recours, il se savait parti pour huit ans (il en avait déjà tiré presque deux). « C'est mon destin, et toi tu as le tien, tu es philosophe, tu le sais. Si tu es condamné, nous pourrons faire quelques années ensemble. » Il s'en réjouissait, et moi aussi, j'aimais bavarder avec oncle Sania. Nous parlions mots croisés et syndrome du Baïkal. Nous mitonnions ensemble des soupes à l'aide d'une grande gamelle et d'une petite résistance plongée directement dans la préparation. Si un liquide bouillonnait dans un coin de la cellule, c'est que j'étais à l'œuvre avec oncle Sania.

Nous stockions des bidons de dix litres d'eau, indispensables pour faire face aux coupures répétées. Sania les réunissait avec un drap et les convertissait en poids pour ses exercices matinaux. Si à 10 heures il n'avait pas soulevé les bidons, c'était un signe, il mélancolisait. Je m'approchais alors pour le réconforter. Je le trouvais invariablement penché sur une grille tachetée de carrés noirs, les yeux absents :

« Alors Sania, tu dors ou tu cruciverbises ?

— Mais je cruciverbise, bien sûr ! Viens donc m'aider Vania !

— Tiens regarde, ici, un auteur français prénommé Albert. Facile ça, c'est Camus.

— C.A.M.U.S. Ça rentre, merci Vania ! Et là aussi, vois cette définition : la chanson du gondolier vénitien. Je suis bloqué. C'est quoi ça ? Commençant par un B.

— Barcarolle ?

— Mais voilà ! Excellent mon petit Vania ! Tu vois, le destin nous a réunis pour accomplir de grandes choses. J'ai un ami qui prononçait cette phrase à tout propos. Tu connais Mikhaïl Tarkovski ? Son oncle et son grand-père sont des célébrités. Michka prend la relève, il est écrivain. Nous avons fait une virée ensemble à Vladivostok. À son retour, il a publié un récit : *Hôtel Océan*. Tu connais ? Michka est un putain de génie, profond et moins chiant que le reste de la famille, il sait peindre comme personne le grand air, la vodka et les putes. Un génie. »

Oncle Sania avait retrouvé sa verve. La journée serait bonne.

La télévision rappelait quelquefois les faits d'armes, les récentes farces et attrapes opposant la Russie et ses voisins. Dans le brouhaha ordinaire des chamaillis entre nations, le sujet des navires Mistral revenait comme une idée obsessive. Quelques mois avant mon arrestation, le gouvernement français avait en effet refusé d'honorer un contrat. La livraison de deux porte-hélicoptères Mistral avait été annulée. Avec ironie, avec indignation ou mépris, tous en parlaient : les animateurs, les experts de tout et de rien, les cabotins de plateau qui sur les écrans versent du vent dans le vide. Dès que l'occasion se présentait, Sania se tournait vers moi en s'esclaffant : « Tout ça, ton affaire, ce n'est qu'une histoire de bateaux finalement Vania. Livrez les Mistral, on libérera le Frantsous ! » Et Yova éclatait de rire. Si Gricha riait lui aussi, alors les autres s'y mettaient, et ma propre hilarité décuplait.

Durant la quarantaine, je n'eus pas le privilège du bain. Trois jours après mon entrée dans la 645, ma peau redécouvrit l'existence de l'eau chaude, nous avions accès aux douches. Il y en avait quatre. Je partageai un emplacement avec Sania. Nous l'occupions à tour de rôle, c'était une chorégraphie mariant décrassage, lessivage d'un peu de linge et délices d'une vapeur enveloppante, caresse d'une pluie tranquillisant le corps et l'esprit. Les rares joies sans mélange que je connus en prison furent celles de l'eau chaude, une fois par semaine. De retour dans la cellule, la meute se réunissait autour d'un thé, et je reprenais la conversation avec mon cahier vert opaline. « Contente-toi de notes, me conseillait Sania. En taule, on fonctionne selon des modes particuliers, la tête est un peu folle ; c'est intéressant, mais crois-moi, mieux vaut attendre pour construire quelque chose comme un livre. » Un livre ? Je n'y pensais pas. Je tenais un simple journal pour tenter d'y voir plus clair, avec des morceaux de prose cathartique pour n'y plus comprendre rien. À force de serrer le stylo, je retrouvai avec surprise cette sensation oubliée qu'éprouvent les scribes et les écoliers : une douleur légère au bout de l'index, une plus vive du côté du majeur, sur lequel, après quelques jours, une petite callosité se forma.

Quinze jours après mon installation dans la 645, les trois places vacantes trouvèrent preneurs. Nous étions désormais au complet, dix bonshommes dans trente mètres carrés. Le nid douillet perdit de sa superbe. Deux Micha firent leur entrée. L'un se vantait d'avoir commis un crime sans nom, il avait tué son oncle : « Je n'ai pas commis un parricide ni un matricide, j'aurais aimé tuer mon père, mais un connard m'a devancé, et mon oncle, ce fils de chienne, il l'a bien mérité son coup de canif, même si je voulais juste lui donner une leçon. Alors me voilà criminel, tueur d'oncle, putain, ça veut rien dire. Je vais plaider non coupable ! » Personne ne réagit à ce trait que son auteur aurait voulu humoristique. Gricha le connaissait. Quelques heures avant son arrivée, il fit évacuer de la cellule notre couteau. L'autre Micha était un mafieux gluant à la chevelure gominée, accusé de racket et de vol, heureux de son transfert à la centrale. Il nous conta l'enfer d'une geôle habitée par quatre-vingt-dix détenus. Je me tins à bonne distance de ces deux têtes de fouine. Le troisième, Igor, était un bœuf plus hideux encore que les deux autres : de grosses mains courtaudes d'étrangleur, une bedaine, des bras musculeux épais comme ses cuisses, le regard gras d'un tortionnaire. Il s'adressa à moi en anglais, il connaissait aussi quelques mots de français. Il avait servi dans la Légion étrangère. Il ne resta que cinq jours malheureusement, le temps de me raconter Aubagne, sa courte carrière militaire, son emploi de garde du corps auprès d'un baron de la drogue mexicain, sa vie de sportif puis de journaliste, ses lectures, Flaubert et García Márquez, mais surtout le *Colas Breugnon* de Romain Rolland. « *Colas Breugnon*, je le relis chaque fois que j'ai un coup de mou, c'est la sérénité absolue cet homme, il aime le monde et il sait le décrire. » Igor avait été arrêté pour trafic de stupéfiants, un malentendu, il ne transportait qu'une bête cargaison de « médicaments pour sportifs ». Manquaient simplement les bordereaux réglementaires. Tout s'était compliqué, mais tout était beaucoup plus simple que lors de sa précédente incarcération, au Vietnam, dans des geôles répugnantes. Il parlait très fort, m'appelait son « frère de France », il aimait nos bavardages, était fier de sa « biographie ». Il répétait chaque jour son mantra : « Il est important de se construire une biographie. » Il insistait pour converser avec moi en anglais, ce qui agaçait Aliocha et le Rouquin. Il fut transféré un jour que j'étais convoqué au parloir. Nous étions tous les deux face au mur, les mains dans le dos, il est parti dans une direction, moi dans l'autre. Il était ému. Nous avons échangé un dernier regard. Je lui ai promis de lire *Colas Breugnon*, lui m'a juré de lire *Histoire de ma fuite des prisons de la république de Venise*, de Giacomo Casanova. Je n'ai jamais su ce qu'il était devenu.

La télévision était souvent allumée, nous suivions et commentions les dernières nouvelles, l'assassinat stupéfiant d'un homme politique à deux pas du Kremlin, les comptes-rendus des étripailles militaires en cours. Le reportage d'une chaîne locale fascina un jour Gricha. Il montrait la soupe populaire offerte aux travailleurs pauvres de la ville. La scène se rencontre partout sur la planète : des hommes misérables, des femmes et des enfants dans le dénuement le plus complet viennent se nourrir en public, tandis qu'un journaliste les interroge et fait apparaître, volontairement ou pas, d'impeccables obscénités. Ils sont ouvriers, elles sont femmes de ménage, ils cumulent une petite pension et un boulot de gardien, elles sont retraitées mais tiennent un vestiaire, elles y dorment, et ces femmes, ces hommes et leurs enfants ont faim. Non loin de là, il y en a qui en une semaine amassent ce que la petite file des purotins obtiendra en une vie entière, charité comprise. Quand les gueux sont à ce point gueux, et les nababs à ce point nababs, ils ne parlent pas la même langue, n'habitent pas le même monde, n'appartiennent pas à la même humanité. Gricha s'est égosillé furieusement : « Putain de dégueulis, et on s'étonne après que tous ces couillonnés transpirants crèvent d'alcool à quarante piges ! On s'étonne qu'ils finissent en taule les mecs ! On s'étonne qu'ils finissent par lapider l'un des leurs ! Putain ! Regardez-les avec leurs rejetons faméliques qui dès le plus jeune âge vont torchonner le trou du cul des puissants… Regardez nos vieux qui se traînent par terre avec les clébards ! Et on leur jette des os de poulet à la gueule ! Et ils vont ronger ça dans leur coin ! Putain, on supporte ce monde dégoulinant de chiasse ! Quelle gerbe ! »

Un autre jour, un reportage montrait les préparatifs d'un grand gala de bienfaisance. Je connaissais l'événement, j'y avais été invité. On y mangeait du caviar et des petits-fours, on s'amusait, on participait à une vente aux enchères. Les philanthropes achetaient, peu importe quoi, au profit, s'honoraient-ils, des crève-la-dalle et des tâcherons, ceux-là mêmes qu'ils employaient parfois. J'eus à peine le temps d'apercevoir la silhouette de Marina Alexandrovna, Gricha éteignit.

XVI

Kompromat

« Qu'on me donne six lignes écrites de la main du plus honnête homme de France, et j'y trouverai de quoi le faire pendre. »

On attribue souvent cette phrase au cardinal de Richelieu, sinon à l'infâme Jean Martin de Laubardemont, l'homme de confiance qui instruisit pour lui quantité de procès en sorcellerie.

Andreï Vychinski, le procureur de Staline, n'avait nul temps à consacrer à la littérature, sa formule est plus concise :

« Donnez-moi l'homme, je trouverai l'article de loi. »

Kompromat est un mot-valise qui vient du folklore soviétique. Il signifie littéralement « dossier compromettant ».

Tous les services de renseignement du monde recueillent et exploitent des images, des sons et des écrits. Tous sont en quête de ces objets rares capables de tenir ou de disqualifier, de recruter ou de faire chanter leurs cibles. Le mot *kompromat* est une création linguistique du KGB. Il dit la puissance du dossier compromettant. Qu'il soit fabriqué ou prélevé dans le réel, c'est un graal, une nourriture mythologique inépuisable. On en prend possession, sa lumière aveuglante se répand, on l'exhibe et il sidère tous les Perceval. En comparaison d'autres pratiques – torture ou assassinat dans le sous-sol de la Loubianka, plutonium radioactif versé dans un thé –, la quête du kompromat n'est que civilité.

Le 17 mars 1999, à l'heure du journal, une chaîne de télévision diffuse des images en noir et blanc de qualité médiocre : un homme entre dans une chambre d'hôtel, on distingue son uniforme, il rejoint deux femmes nues sur un lit. Les dialogues sont retranscrits à l'écran. L'homme annonce dans un sabir peu convaincant qu'il a en tête de vilaines pensées. Le trio est laborieux, ça joue mal, le spectacle est soporifique.

Flottant dans une veste trop grande, un présentateur mal cravaté a introduit la séance avec affectation : « Nous souhaitions vous avertir que les scènes qui vont suivre ne doivent pas être visionnées par des mineurs, non pas tant à cause des images, car nous les avons floutées, mais parce qu'il vous sera difficile d'élever vos enfants dans un esprit patriotique une fois qu'ils auront vu dans cette posture… (*le tartuffe prend une grande inspiration théâtrale, balance la tête avant de poursuivre, faussement consterné*) le procureur général de la Fédération de Russie. »

Le procureur Youri Skouratov se défendra : non, ce n'est pas lui. Les images ont été fabriquées. On veut le salir, on veut étouffer ses enquêtes. C'est de la bête et fourbe politicaillerie. Voilà plusieurs semaines qu'il met en lumière des faits de corruption au sommet de l'État. La petite vidéo ridicule n'est qu'une manœuvre visant à le faire taire. Il résiste. Il dénonce. Un débat au Conseil de la Fédération le conforte, les élus refusent de voter sa destitution. On parle même d'« atteinte à sa vie privée ». Lui insiste qu'il n'est pas le fornicateur décrié, son seul sujet est la corruption. Il est digne et droit ; sa parole est juste. Il est embourbé ; il ne le comprend pas. C'est égal qu'il soit ou non ce gugusse jouant avec deux catins dans une chambre d'hôtel. La partie est finie.

Le chef du FSB apparaît à la télévision. La main droite posée à plat, la gauche cachée sous une table, le petit homme falot au teint cireux explique, sans rire, que les meilleurs spécialistes des services russes ont étudié la vidéo scandaleuse. Leurs conclusions ne laissent aucune place au doute : elle est authentique, elle montre l'excellent Skouratov. Le bon peuple peut donc se scandaliser, on l'y encourage, il peut s'il le souhaite rester indifférent, c'est bien aussi, et si beaucoup distinguent derrière l'affaire la main malpropre du FSB, c'est parfait, cette poigne est effrayante, regardez-la, on vous la montre à la télévision. Redoutez-la en silence. Une foule de simples railleurs est docile, une foule d'indignés est souvent utile. Craintive, elle est idéale.

La presse conte l'histoire sans souci de vraisemblance. Une seule chose importe : protéger le président des investigations menées par le procureur. La vidéo n'est qu'un déclencheur. Une enquête criminelle s'ouvre, on apporte les improbables témoignages de marchandes d'amour. Skouratov est suspendu pour abus de pouvoir.

Le kompromat est une magie puissante.

Le chef du FSB, ce petit homme falot au teint cireux, porte le nom de Vladimir P. Le kompromat qu'il manipule avec dextérité scellera son destin. Il a anéanti un procureur, sauvé un président corrompu, il mérite récompense. Le talentueux Vladimir P. est nommé chef du gouvernement. Plus tard, le 31 décembre 1999, il devient président par intérim de la Fédération de Russie – son prédécesseur démissionne, l'intronise et le sacre. Les élections sont organisées prestement. Skouratov est candidat. Il investit dans de pathétiques clips de campagne le montrant en bon père de famille. On rit à peine. Il n'existe plus. Vladimir P. est élu au premier tour. Le Kremlin a trouvé son maître. Un nouveau millénaire commence.

Le kompromat fabrique des présidents.

Le nouveau maître a indiqué la voie de la civilisation mais, bien sûr, les méthodes traditionnelles subsistent. Désirons-nous faire disparaître notre prochain, nous pouvons toujours le passer par les armes, le flinguer ou le poignarder, le cogner à mort ou l'écraser, l'étrangler, le noyer, l'empoisonner, l'étouffer, l'électrocuter, le lapider, le pendre, le crucifier à l'ancienne, l'ébouillanter, le décapiter, l'immoler par le feu, l'emmurer, le scalper, le faire dévorer par des bêtes, le découper, le démembrer et pourquoi pas le congeler, tout cela reste envisageable.

Un homme ayant du savoir-vivre privilégiera le kompromat. C'est une des expressions du jeu social au début du deuxième millénaire. On travaille à la ruine d'une réputation et, dans le même mouvement, on déclenche une procédure judiciaire. Avec les appuis nécessaires, on commandite, on piège, on manipule. L'homme fort peut se débarrasser d'une entreprise concurrente, d'un rival, d'un adversaire politique, il rackette, s'empare du bien d'autrui, aplatit les réfractaires ou se venge ni plus ni moins.

Tout s'éclaira un soir de mars. Je fus convoqué au parloir à une heure tardive, la procédure s'accélérait. Les avocats m'attendaient dans le box avec le chef de l'enquête : trois faces plombées par la lumière glauque, yeux, nez et bouches cernés de bistre. Pierre Richard avait rédigé la mise en examen. J'en pris d'abord connaissance sur sa figure terreuse, parée d'un demi-sourire de glace. Je signai l'acte, on apposa sur mon front l'article des violeurs, le sinistre 132. Diane était désignée comme ma victime. Je perdis contenance, je lâchai en serrant les dents un « Honte à toi, salaud ! » Natalia posa sa main sur la mienne, me murmura qu'il ne fallait pas. J'affichais une faiblesse, un ridicule, elle avait raison. J'offrais un plaisir au petit Richard. Il quitta le box avec ses papiers et son demi-sourire.

Vladimir avait eu accès à l'essentiel du dossier, il m'expliqua avec flegme le film mauvais dans lequel on m'avait enrôlé. Le FSB était à l'origine de l'affaire, c'était une certitude, une lettre l'attestait. Un lieutenant-colonel avait commandé aux forces de police l'ouverture d'une enquête, invoquant la découverte d'images pornographiques illégales sur le site journaldesmamans.ru. Le coup venait de très haut, des moyens exceptionnels et quatorze enquêteurs avaient été mobilisés sans délai. La fine équipe, appuyée par une bordée d'experts, établit que ma connexion Internet était à l'origine des publications. J'étais seul dans le logement au moment des faits, les analystes étaient formels, la téléphonie le prouvait. Pour finir, les meilleurs professionnels qualifièrent les images mises en ligne, ils usèrent comme il se doit de la terminologie de l'ignoble : exploitation pornographique des enfants.

C'était la mécanique glaçante du kompromat. Il importait peu que l'histoire n'eût aucun sens, les avocats me dessillèrent. Seules comptaient les apparences : conformité de la paperasserie, respect du code de procédure pénale, expertises légales. S'il y avait eu trucage, piratage et bricolage, la charge de la preuve nous incombait. En attendant, le récit accusatoire prétendait faire la démonstration de ma perversion : j'avais publié sur un site dédié aux jeunes parents des documents qui me compromettaient, des investigations exemplaires avaient été menées, et sur la foi du rapport d'un psychologue, on pouvait aujourd'hui enchérir d'une accusation de viol. J'étais fou, abject et dangereux. Le petit Pierre Richard avait joué la partie avec maestria, il serait promu à l'évidence.

Vladimir était grave. La teneur des attaques l'inquiétait. Les moyens mobilisés étaient une indication. Pierre Richard n'était qu'un rouage sans envergure. Quelqu'un manœuvrait dans l'ombre, et il ne faisait pas dans la dentelle. On m'en voulait, et on le faisait bien voir. Il ne s'agissait pas seulement de m'empêcher de travailler, pas même de m'écarter de la ville ou du pays. On voulait m'enterrer, que j'étouffe sous des tonnes de boue et que j'aille crever en silence dans un camp. « Mais sur quels pieds as-tu marché, répétait Natalia, sur quels pieds ? Réfléchis. Il nous faut le savoir. »

Je vis le film avec des yeux nouveaux. Je me remémorai Margot me parlant de l'agent Smirnov, sûr de lui, tentant de la convaincre de me piéger. Je ne l'avais pas prise au sérieux, ni elle ni les inquiétudes d'Alexandre lorsque de prétendus douaniers venaient contrôler l'Alliance française. Je n'avais pas su interpréter des alertes évidentes. J'étais pisté par le FSB depuis des mois. Je pouvais maintenant me figurer les moyens et la technique déployés pour aboutir à ce résultat, c'était un vertige. Des hommes m'avaient suivi et écouté, ils avaient fouillé, étaient entrés patiemment dans ma vie, dans notre appartement. Ils avaient piraté la connexion Internet au moment exact où Margot et Diane étaient parties pour la France, deux jours avant moi, deux jours pendant lesquels j'étais seul, et ces hommes l'avaient su, chaque détail avait été exploité. Il y avait eu des rapports, des calculs, des actions coordonnées. Une heure avant mon arrestation, quelqu'un avait réservé en mon nom un vol pour la France, ce serait un argument, la juge l'utiliserait, je pouvais fuir, il fallait m'enfermer. Le diable m'en voulait, et il était consciencieux.

Le plus étourdissant ? Imaginer l'examen attentif de mes archives par une conjuration de diablotins. Le travail abattu était colossal. Pour les seules photos, ils avaient dû scruter une masse de plus de dix mille documents répartis sur cinq supports. Ils avaient eu accès à tout, l'anthologie publiée en ligne le démontrait. Ils avaient sélectionné quelques clichés banals de Diane se promenant nue à l'âge de deux ans, les avaient placés à côté d'images de viols d'enfants et combinés avec des scènes où Margot et moi apparaissions tantôt ridicules, tantôt occupés par les figures de l'amour. La manipulation était grossière. On aurait pu trouver le procédé risible, il l'était, mais une fois pris dans les rets du kompromat, seul compte l'article de loi qui vous stigmatisera à l'antique.

J'ai pris le chemin de ma cellule, avec imprimé sur le front au fer rouge le chiffre 132.

Moi aussi, je crois que le viol d'un enfant est le pire crime qui soit. Cette déclaration est absurde, je le sais, toute tentative de hiérarchisation de l'horreur est vaine et morbide. La taxinomie de l'abject vire à l'abjection. Peu importe. Alors que je marchais en direction de la 645, le crâne lourd, je sentais dans ma chair le poids de la vilenie. L'accusation me poussait du côté des pères innommables et des fils indignes.

Enfant, très tôt, j'ai compris que ma mère avait une activité qui faisait d'elle une femme à part.

Le jargon administratif parle d'« aide sociale à l'enfance ». Elle usait d'autres mots pour m'expliquer son travail qui était un sacerdoce – ce mot non plus n'était pas le sien, sa modestie la préservait de toute emphase. Son rôle consistait à aider les enfants malheureux, à les aimer. Il y avait des adultes qui abandonnaient les enfants, qui leur faisaient du mal, très mal quelquefois, c'était la pire chose, et pire encore, cet adulte pouvait être son père ou sa mère. Les deux parfois étaient maltraitants. J'ai entendu ce mot, maltraitance, puis plus tard j'ai découvert le champ lexical, j'ai vérifié le sens de certains verbes dans un gros dictionnaire Larousse : martyriser, infliger des sévices, des handicaps irréversibles, violer. Dans l'amour que je portais à ma mère, il y avait cette fierté de la savoir du côté des réparatrices. Je le voyais, elle donnait d'elle-même littéralement au prix de blessures qu'elle ne cachait pas. J'ai parfois entendu rire les enfants dont elles s'occupaient, ce qui me semblait un prodige compte tenu des définitions du dictionnaire. Seuls les plus nobles pouvaient consacrer toute une vie à ça, à rétablir sur leurs jambes, dans leur cœur et sur leurs jambes, les petites victimes de l'ignoble.

Le stigmate incrusté sur mon front frappe juste et loin.

Je fis une erreur. Vladimir m'exhorta à garder pour moi le chiffre 132, à surtout n'en dire rien à mes coreligionnaires. Je suivis le conseil.

Mon angoisse était ailleurs. Le secret de l'instruction m'empêchait d'avoir accès à tous les éléments de l'enquête. Je savais que Diane avait été examinée par un expert médico-légal, je ne connaissais pas les résultats. Je me mis à redouter un scénario sinistre. Et si les ordonnateurs de la machination avaient décidé de violer ? Je passai les nuits blanches les plus déchirantes de ma vie, je voyais le visage de Diane, j'entendais ses cris. Je me mordais la langue ou le poignet jusqu'au sang, espérant que la souffrance physique apaisât l'esprit. Un jour, Vladimir m'informa qu'il avait pu lire le rapport d'expertise, Diane n'avait pas subi de violences. Je me remis à dormir, bien qu'une autre menace pesât. Le petit Pierre Richard s'agitait. Il souhaitait que l'on me transférât dans une nouvelle cellule, avec pour compagnons mes semblables, les articles 132.

Les zeks fraternisent en deux heures. Et tout se retourne en deux minutes.

Un soir, j'entends une voix étrange, familière mais neuve, avec des intonations grinçantes, c'est une colère sépulcrale : « Vania ? Vaaaania ?! Tu te rappelles notre discussion du premier jour ? Hein, Vania, tu te rappelles ? Putain, je t'avais dit, putain de bite, la vérité entre nous ! Vania, pourquoi tu n'as rien dit, putain, sur ton nouvel article ? Vania ! Il a le 132, et je l'apprends, putain de chatte, je l'apprends là dans les couloirs par un de ces petits enculés, par un flic, par une ordure de flic ! Putain de pute ! Je suis le dernier informé, putain de couille, j'ai eu l'info avec plus d'une semaine de retard, c'est de la bâtardise ! »

Il était 22 heures. Nous étions couchés, Gricha venait de rentrer dans la 645. La discussion fut houleuse. Du haut de mon perchoir, je répondis en jouant d'abord les candides. J'avais toujours dit la vérité, et ce nouvel article n'avait pour moi aucune espèce d'importance, ils pouvaient aligner tous les chiffres possibles, mon affaire était une saloperie politique conduite par le FSB, la voilà la seule vérité, tu la connais Gricha.

L'ambiance se tendit les jours suivants, Gricha ne décolérait pas. Au nom des règles de la pureté jésuitique, il me fut interdit de manger dans le saladier commun, je n'avais plus accès à une partie de la vaisselle. J'étais mis à l'écart. Yova et Sania me soutenaient discrètement, me disaient de ne rien changer, de rester calme, de ne pas m'en faire. Gricha n'irait pas plus loin, il n'en avait pas le pouvoir. Je restais sur mes gardes car, à l'exception des deux cruciverbistes, la cellule 645 m'était devenue hostile. Le reste de la meute se rangeait derrière le chef. Le ton montait parfois, je devais rester droit et ferme, esquiver le plus souvent, rembarrer Aliocha ou Mustang lorsqu'ils lâchaient une vexation. La 645 était une cave. Je l'avais à peine remarqué en y entrant, la lumière naturelle ne filtrait que péniblement à travers une fenêtre mal exposée.

Je fume dans les toilettes, seul. Gricha entre, non pas pour le tabac, mais pour satisfaire une envie pressante. Sans un mot, il se met à uriner devant moi. Je lance mon mégot et déguerpis en sifflant un « Connard ! » à peine audible. Il a entendu. Il sort. Il est 11 heures. Tous les pensionnaires de la 645 sont dehors. Je viens de revenir du parloir, Gricha de ses petites affaires dans les coursives. Nous avons tous deux raté le départ pour la promenade.

« Tu as dit quoi Vania ?
— Rien.
— Vas-y, répète !
— …
— Putain, Vania !
— …
— Tu m'as manqué de respect, Vania !
— Tu rigoles ? Tu viens pisser pendant que je fume ! Respecte les règles !
— Quoi ?!? »

Il s'avance vers moi, il est menaçant. Je fais deux têtes de plus que lui. Qu'il vienne. Je me positionne en appui arrière sur mon pied droit, je fais claquer mon talon. Cette théâtralité aberrante fait naître un rictus sinistre sur la face de Gricha. Je ferme les deux poings ostensiblement.

XVII

La cellule 122

J'aime ce proverbe russe qui contient l'optimisme de tout un peuple :

« Le diable n'est pas aussi terrible qu'on le dépeint. »

J'entends le crissement de la clé dans la serrure, le fracas métallique bien connu ; la lourde porte s'ouvre. Le reste de la meute fait son entrée, Yova en tête qui me lance un regard ahuri. Il a flairé la violence prête à jaillir. Gricha me tourne le dos et prend la direction de son poste favori, là où il s'adonne au massacre virtuel sur écran. L'après-midi est long, je dois naviguer entre les poussées de fièvre du chef et celles des jeunes loups qui l'imitent. Je suis sur le qui-vive, prêt à me battre. L'état de guet permanent épuise. Je ne redoute plus la confrontation, je l'appelle parfois de mes vœux tant la pression des regards et les provocations verbales se font pesantes.

Le lendemain, dans la matinée, la voix annonça : « Barbereau, on prépare ses affaires ! Cinq minutes. »

La caméra et les micros avaient capté l'ambiance devenue électrique, on m'extrayait. C'était logique, j'étais à l'origine de l'état de crise. Aucun soulagement, ce fut une nouvelle angoisse, car si j'étais en mesure de faire face dans l'environnement de la 645 – j'avais le soutien moral de Sania et Yova –, j'ignorais quel serait le prochain. Mes avocats m'avaient averti, Pierre Richard tentait d'agir sur l'administration pénitentiaire, je devais m'attendre à être placé aux côtés d'articles 132. Les manœuvres pour m'en faire baver se poursuivaient de l'extérieur. Un transfert signifiait une aggravation potentielle de ma condition.

La marche dans les couloirs fut longue, je découvris un nouveau secteur de la prison. Je franchis de nombreux sas, les fouilles, les chiens. J'atterris dans un quartier de haute sécurité, réservé aux anciens policiers et aux détenus surveillés de près. J'en étais. La 122 était lumineuse, minuscule et sans confort. Deux caméras, des micros.

La cellule était vide, je fus seul pendant quelques heures. C'était donc un remaniement, et non pas une intégration. Je fis le tour du clapier, dix à douze mètres carrés qui pouvaient accueillir quatre bêtes. Dima et le Petit arrivèrent en début d'après-midi. Deux jours plus tard, oncle Yova rejoignit la 122. Nous étions au complet. Je compris dès lors que Pierre Richard n'avait pas la main, les décisions du directeur me protégeaient en quelque manière. Notre quatuor fut harmonieux. Dima s'occupait des relations avec les gardiens, nous pûmes obtenir une bouilloire et quelques assouplissements au régime de surveillance sévère sous lequel nous étions placés. On m'avait dès l'arrivée subtilisé le moindre papier qui contînt une ligne en français, je les récupérai. Avec Yova, nous nous chargions de l'approvisionnement en vivres et en cigarettes, nos familles et avocats faisaient le nécessaire, les livraisons se poursuivaient. La vie s'organisa.

Dima était un colosse à la musculature puissante qu'il entretenait tous les matins avec une machinerie évolutive, faite de poulies bricolées et de poids impromptus, de morceaux de drap attachés aux grilles de la fenêtre ou aux montants du lit. Il avait trempé dans un assassinat, une histoire de ton qui monte entre testostérones impatientes, puis des invectives et des baffes, l'idée idiote d'un guet-apens, des coups, deux coups de feu pour finir et une cervelle étalée sur le parquet d'un gymnase. Il n'était pas le tireur, mais suffisamment impliqué pour récolter quelques années. Il avait comme moi transité par la 645, en avait été exfiltré après une rixe avec Gricha, « cet enculé de Gricha », répétait-il, qui lui avait soutiré de l'argent contre la promesse fausse de son départ vers un camp de travail. Mieux valait un camp. Tout sauf le régime sévère de la prison centrale d'Irkoutsk. J'appris que Gricha faisait commerce d'hypothétiques ordres de transfert sur lesquels en réalité il n'avait aucune prise. Les transactions financières avaient lieu à l'extérieur de la prison, un membre de son clan recueillait l'argent auprès des proches missionnés par les détenus. Oncle Yova avait cédé à cette arnaque lui aussi. Gricha avait tenté une opération similaire auprès de moi en me promettant un téléphone et quelques menus avantages. J'avais exigé des garanties, puis notre brouille avait commencé. Il n'en avait plus été question.

Seul le Petit parmi nous n'avait pas eu maille à partir avec Gricha. Il avait dix-huit ans. Arrêté le jour de son anniversaire. Il me montra sa mise en examen qui reprenait les éléments essentiels de sa biographie : sept interpellations pour vol à partir de l'âge de treize ans. Cette fois, la condamnation lui pendait au nez, et elle pouvait être lourde. Le Petit venait d'Oulan-Oude, je connaissais bien la ville, capitale du bouddhisme tibétain en Russie, à quatre cents kilomètres d'Irkoutsk. Il y avait fait ses armes au sein d'un des principaux groupes mafieux de la région. J'aimais l'écouter, observer sa mine de gros matou satisfait lorsqu'il déroulait naïvement le cours de ses aventures, reconnaissant qu'il exagérait ses exploits comme ses beuveries, mais disant toujours la violence du monde avec vérité, son père mangé par la pauvreté, noyé par la vodka, le dos brisé par une vie de chien à l'usine, mangeant ses puces, noyant ses chats, brisant sa femme qui finit par l'envoyer crever seul sur un coin de trottoir, une nuit de gel et de trop d'alcool. Nous jouions ensemble aux échecs, je lui apprenais le français, il me parlait de Nadia son amoureuse qui étudiait la médecine. C'était un bricoleur habile. Une brique de jus de fruits et des allumettes se transformèrent en une scène de guerre fascinante, il récupérait les lames de rasoir pour en faire des épluche-légumes, avec une boîte d'allumettes il fit un dé et traça sur un drap le jeu de petits chevaux qui allait remplir nos heures.

Le Petit a un tatouage, il espère que les juges liront sur son bras gauche : « Je suis l'esclave du destin, je ne me soumets à aucune loi. »

J'aimais les manières franches de Dima, sa rudesse remplie de bonté et d'hésitation. Le voilà, il rentre du parloir. Il est ému, il vient de s'entretenir avec la femme qu'il aime, c'était la première fois depuis presque un an. Il me tend quelques photos d'une brune plantureuse aux lèvres délicates. Il m'en parle avec des airs de petit garçon et attrape machinalement son objet fétiche : un vaporisateur. Il y introduit quelques gouttes de gel douche et un peu d'eau, il secoue vigoureusement. Nous sommes des zeks raffinés et respectables. Après chaque cigarette et avant chaque inspection de la cellule, Dima désodorise. Les gardiens sont toujours étonnés par le parfum aux notes d'agrume qui flotte dans l'air lorsqu'ils entrent. Dima est le seul zek que j'ai vu pratiquer cet art. Lorsque je reçus dans un colis une crème hydratante de marque française, il se déclara admiratif et envieux. En cela, il ne se démarquait pas. Les cosmétiques qui adoucissent les mains, qui protègent le visage des agressions du froid ou de l'eau glacée étaient l'apanage, j'en fus étonné, des zeks disposant non seulement de moyens financiers mais aussi de savoir-vivre. Être en capacité de les faire venir fait de vous un homme de bien. Ce bien, je le partageais avec Dima pour mon plus grand plaisir et le sien.

Il me montre le tatouage qui s'étale sur la face interne de son avant-bras droit. Une épée coupe le dessin en deux : d'un côté le visage d'un démon menaçant, de l'autre le visage de Jésus, avec au centre de la lame une tête de loup qui sort du néant. Une patte prend appui sur la chevelure du Christ.

Mon vieux camarade Yova était là, lui aussi, avec sa petite croix orthodoxe au cou. Nous avons repris les mots croisés, rejoué nos colloques autour des cahiers vert opaline remplis de citations et de poèmes. Dans la 122, le confort se réduisait à une bouilloire. Dima et le Petit souffraient d'ennui, ils se plaignaient. La pire épreuve consistait pour eux à se trouver désœuvrés, face à eux-mêmes. Ce sentiment m'est étranger. La solitude est un bienfait dès lors que l'on dispose de livres, de papier et d'un crayon. Quand j'y repense, notre entente relevait presque de l'incroyable dans cet espace où il était impossible de faire plus de deux ou trois pas. Nous partagions les tâches ménagères, les cigarettes, la nourriture, les pénuries et les peines sans jamais rien infliger aux autres. « Nous n'avons pas la démocratie, mais nous avons le thé ! » lança Yova un jour de disette, alors que nous étions tous les quatre réunis en silence, presque en prière autour de la sainte bouilloire. Nous n'avions plus rien à manger sinon un reste de saucisson et deux quignons de pain. Le soleil était radieux, il venait taper sur le bulbe doré qui nous faisait face à travers la grille. Yova s'est levé, il a exécuté une petite danse obscène, balancé son ventre replet, puis récité un poème enfantin : « Bonjour soleil doré, bonjour ciel bleuté… » Nous rigolâmes un peu.

Les rayons du jour nous sauvaient. La lumière maintenue toute la nuit nous accablait. Un matin, Yova était épuisé. L'éclairage constant du plafonnier l'insupportait, les caméras étaient insupportables. Nous avions été réveillés en plein sommeil par les chiens, une fouille intempestive, c'était tuant, et on nous interdisait désormais de nous asseoir sur les lits. Yova rugit froidement dès le lever : « Surtout, ne te gêne pas ! Une fois sorti, n'aie aucune gêne, dis la vérité de tout ça. Nous sommes entre les mains de fieffés enculés, d'une vermine qui nous bouffe et nous lamine en riant ! Toi, tu sortiras, ils ne prendront pas le risque d'un scandale international, mais parle, dis… Et surtout, fous le camp dès que tu en auras l'occasion ! Ne traîne pas ! La Russie est belle et grande, une belle et grande salope ! Oui, il y a ici des paysages qui vous habitent plus que vous les habitez… Il y a le Baïkal. Mais la majorité ne rêve que de se barrer, sûrement pas de changer les choses, nos forces les plus vives ont déjà taillé la route depuis longtemps ! »

Puis, il s'assoupit un instant, un livre dans une main et dans l'autre un surligneur jaune, brandi tel un flambeau. Les lunettes glissent du nez. Il ronfle. Il se réveille, il rajuste ses binocles et jette un œil sur la tambouille posée sur la table : des nouilles flottent dans un bouillon. Dima les accommode d'une belle giclée de mayonnaise, il aspire bruyamment. Le Petit relance le sujet de la grande amnistie, j'en entends parler depuis le premier jour. Les zeks espèrent. Le chiffre de deux cent cinquante mille libérations aurait été avancé. Le Petit voudrait être jugé et condamné rapidement pour être aussitôt amnistié. Dima pense que le calcul est bon, les jeunes voleurs devraient prendre place sur la liste. Oncle Yova est sceptique.

Pour les soixante-dix ans de la victoire sur l'Allemagne nazie, le président a annoncé une absolution magnanime. On célébrera la Grande Guerre patriotique en vidant les prisons, ce sera comme une manière d'honorer vingt-cinq millions de grands cadavres soviétiques, soit un million de tonnes de chair humaine, selon les calculs de Yova. Qui sait peser aujourd'hui le million de tonnes devenu cendres, momies et fantômes ? « Nous n'imaginons pas leurs souffrances, me dit oncle Yova, les tortures, les famines et les massacres s'inscrivent dans les chairs, nos aïeuls forment une énigme impossible. »

Il bâille, grommelle et douche les enthousiasmes : « On ne pourra pas libérer au-delà du raisonnable, le système s'en trouverait perturbé. Ne rêve pas trop à ton amnistie, petit ! Les gardiens, les médecins, les matons de tous grades, ceux qui font commerce de la prison, les mafias intérieures et extérieures, tous doivent vivre. Il serait dangereux de leur retirer de la bouche le pain, la soupe et la chair dont ils se repaissent. Sans compter que le système a besoin d'exhiber ses zeks et de faire la démonstration de son efficacité. N'importe qui peut être emporté s'il fait obstruction ou s'il n'obtempère pas. Cela doit être su. Cela doit être vu. »

Voilà plus de deux mois que je suis enfermé. Je lutte contre l'hébétude d'une interminable journée. La lumière permanente et un monologue intérieur sans fin ont brisé mon sommeil. L'intranquillité épuise comme l'attente des parloirs avocats, comme les chiens et les fouilles rituelles, comme les brimades minuscules accumulées. J'ai des accès de somnambulisme, je me réveille la nuit sans plus savoir où je suis ni qui je suis. Lorsque le soir arrive, les bêtes dans mon genre sentent monter en elles l'angoisse et le chagrin rageur d'être séparées de leur petit. J'ouvre un cahier vert opaline, j'en extrais un navire bleu. Je le déplie, je passe mon doigt sur les petits cœurs tracés au stylo-bille sur la coque.

Yova est confiant, mon cas sera réglé, je sortirai, il ne peut en aller autrement. J'en doute. Le comité d'enquête a montré sa détermination, la machine folle est lancée. L'audience de libération conditionnelle n'a été qu'une mascarade. On m'a sorti de la cellule, mis dans une cage et placé devant une caméra. J'assistai ainsi virtuellement à l'audience, je me défendis, je questionnai chaque inconsistance, chaque aberration, puis tout finit en avocasserie, Vladimir pérora et discourut, ensuite le chef de l'enquête, le procureur, finalement le juge qui lut en quelques minutes une décision imprimée depuis longtemps. Le zek Barbereau était très bien là où il était.

J'ai conservé en mémoire chacune de mes sorties dans les couloirs, chaque traversée parmi les têtes de suppliciés. On m'envoie à l'infirmerie pour les tests réglementaires, on va me prélever du sang, faire une radio. J'attends mon tour dans une cage avec une dizaine de zeks plus ou moins abîmés, bosselés, éraflés, nous sommes les uns contre les autres. Je suis happé par l'œil d'un vieux au crâne fracassé. Un bandage baroque boit le sang qui sort d'une oreille, de la mâchoire enfoncée et d'un œil peut-être crevé. De sa gueule tordue sort une complainte : « Ah mon petit papa, mon petit papa, pourquoi ça fait mal mon petit papa, pourquoi tu t'es fait pourrir mon petit papa, rétamé le pauvre petit papa, plus bas que bas, coupé, niqué, rompu le petit papa, mon petit papa c'est dur de respirer, ma petite peau pliée mon petit papa, papa mon petit, je parle, tout ça c'est n'importe quoi, mon petit papa… » Je tourne la tête et j'aperçois Adam le colérique qui me lance un grand sourire. Je l'avais oublié, la quarantaine est loin. Il est menotté, comme toujours. Il me présente ses mains boursouflées, la chair craquelle. Il s'est fait matraquer par un gardien, mais ça ira, il s'inquiète de moi. Nous chuchotons. On dit que je me serais battu. Je le rassure, je prends des nouvelles. Il est solide, dans une bonne cellule, il tiendra.

Les mains dans le dos, légèrement courbé, en silence j'observe les crânes rasés qui défilent et se croisent dans les couloirs. Je cherche le crâne impeccable, celui qui ne présenterait pas la moindre cicatrice, et chaque fois je débusque le petit éclat, un trou insigne, l'endroit où le cheveu ne pousse plus. C'est un presque rien le plus souvent, un trait ou deux à peine visibles, mais que la plupart portent quelque part sur le caillou. On peut lire les traces des coups et des chocs. Sur les têtes dures des zeks la violence des vies humaines se dessine.

Cela devait arriver, me voilà convoqué devant la commission disciplinaire. Je suis pourtant en bonne entente avec les gardiens. La bienveillante Nadejda Pavlovna, qui dirige le quartier de haute sécurité, me conseille la Bible. « La position de prière apaise le corps comme l'esprit, agenouille-toi, me dit-elle, et la patenôtre viendra. » Elle porte une queue-de-cheval jaune impérial, a une voix sévère mais sans émotion, des yeux qui mélancolisent d'avoir vu les horreurs en nombre, des yeux fatigués et doux. J'aime Nadejda comme Dachi le Bouriate, il a toujours l'air de plaisanter, l'air de penser qu'on m'a fait une farce un peu lourde, un peu longue, il me fouille à peine, n'inspecte plus le fond de mes chaussures et m'invite d'un geste gracieux à entrer ou sortir de la cellule. Il articule alors en français un « sivouplaît ». Il ajoute parfois : « Cié la vie ! » Et il y a Meigel, malheureusement, le prototype du chefaillon obsessionnel. Peut-être est-il un relais mandaté de l'extérieur pour m'avoir à l'œil, pour me mener la vie dure ? Il piste et relève mes menues infractions, il s'emporte quand je tente de dissimuler des papiers lors d'une fouille et, récemment, il a découvert que je trompais la surveillance de la caméra – j'ai mis au point une stratégie me permettant de couvrir au moment opportun le plafonnier et d'atténuer ainsi la lumière durant la nuit. Ces résistances minuscules me valent les rapports du sombre Meigel. Il voudrait m'envoyer au mitard. Après trois rapports successifs, la voie est ouverte. Mon sort est entre les mains de la commission disciplinaire.

On vient me chercher, le maton me fait avancer dans les couloirs, tête basse, mains dans le dos. Le dressage est réussi. Je connais par avance les arrêts, les passages étroits, les portiques et les croisements. J'ai en tête le plan d'une grande partie de la prison, je suis aux aguets, je cherche les failles. Je pense à l'évasion. Pure folie dans le quartier de haute sécurité. Meigel m'enferme dans une pièce minuscule et crasseuse, j'attends mon passage devant la commission disciplinaire. Les odeurs d'urine et de tabac froid se fondent habilement. J'ai reconstitué ma citadelle intérieure. Les murs peints en glauque m'indiffèrent. Le chien qui gueule dans le couloir m'apitoie. Je n'ai pas de cigarettes. Je décide de réciter. Par manie et par jeu, j'égrène depuis quelque temps les poèmes, les fragments de texte et les citations que ma mémoire a conservés. Je commence par *Le Mondain.* Le poème de Voltaire est d'une redoutable puissance comique en ces lieux. Je lance ensuite une fable de La Fontaine, puis une autre. Je retrouve avec bonheur les deux phrases parfaites qui ouvrent *Point de lendemain.*

Je passe par Cioran et Georges Bataille. Marc Aurèle se présente. Puis, Villon s'impose. Et c'est autre chose soudain, cela ne s'adresse plus à moi seul. C'est raide et fraternel. Je fais résonner les vers. Ils sont comme articulés par ma bouche pour la première fois.

Frères humains qui après nous vivez,
N'ayez les cœurs contre nous endurcis,
Car, si pitié de nous pauvres avez,
Dieu en aura plus tôt de vous merci.

J'ai appris la *Ballade des pendus* à l'adolescence, les trois dizains et l'envoi final. J'étais en classe de troisième. M. Drouin l'avait mise sans grand succès sous les yeux de son auditoire. Il savait pourtant en parler, il n'esquivait rien. Avec mon camarade Damien, nous prîmes la résolution de l'apprendre par cœur. C'était une forme de rébellion. Nous déclamions avec cérémonie, tout à fait hors de propos, comme une manière de nous rendre incompréhensibles à nos congénères, ténébreux, inconsolés, et supérieurs bien sûr. C'était vanité, bouffonnerie et fascination sincère pour ces cadavres balançant au vent. Avec leurs yeux mangés par les becs, les pendus noircis au soleil nous parlaient. Les années qui ont suivi, je n'ai plus jamais fanfaronné avec la *Ballade*, je ne l'ai jamais plus dite devant témoins, mais je l'ai dite souvent pour moi, en secret, je la murmurais, parfois je l'aboyais. C'était quelque chose comme une incantation.

Du temps de Villon, M. Drouin nous le conta, on pouvait observer sous le gibet les glaneurs venir en nombre collecter les os ou le sang des suppliciés ; les sorcières en faisaient des poudres. Les nuits de pleine lune, on voyait des femmes se pencher au pied des potences pour y cueillir la mandragore, cette plante magique fécondée par la dernière semence des pendus. Elles en faisaient des onguents, s'en enduisaient le corps, l'introduisaient en elles avant de s'envoler dans les airs, à cheval sur un balai ou une fourche, direction le sabbat.

Dire la *Ballade des pendus*, c'est de la sorcellerie.

François Villon l'a écrite les derniers jours de l'an 1462, peut-être les premiers de 1463, alors qu'il attendait la mort dans les geôles du Châtelet. Il avait été torturé, soumis à la question de l'eau. Il était promis à la pendaison. Il attendait. Un jugement devait être rendu en appel, sur l'île de la Cité. Il s'y accrochait sans y croire. Il s'y voyait François au bout de sa corde, avec les autres, prenant place au sein de la vaste confrérie des pantins en putréfaction. Il écrit avec le rire raboteux des détresses toutes-puissantes.

Sa *Ballade* tient. Nul besoin de l'adapter. Cela fera bientôt six cents ans. Certains mots se sont éloignés, ils ont aussi gagné en force de frappe. Le monde de Villon n'est plus, la nuit incertaine dans laquelle nous promenons nos babils demeure. Ce qui a tenu dans la *Ballade*, c'est la fraternité sans rime ni raison, la folle terreur fraternelle grossie avec les siècles. C'est passé dans un corps, dans une voix, puis dans des milliers d'autres corps, par d'autres voix ; et c'est là, dans les nôtres. Sorcellerie ! La *Ballade des pendus* prolongea un peu la vie du prisonnier du Châtelet. Il fut libéré, il disparut.

Je dis les vers avec ma peau, les vers raides, fragiles et somptuaires, l'humanité souffreteuse entre les murs des prisons. Les mots sonnaient pour tous, ils étaient à leur aise. Un maton s'est approché, il a soulevé l'œilleton. Je poursuivis sous son regard interloqué. Il repartit. Il jugea que je n'étais pas plus insane que les autres. Il me laissa avec Villon.

XVIII

Sur la nef des fous

Pouchkine a quinze ans, il donne son portrait. C'est solaire, c'est cabotin et scolaire. Le poème est écrit en français, il folâtre dès les premières lignes :

« Vous me demandez mon portrait,
Mais peint d'après nature :
Mon cher, il sera bientôt fait
Quoiqu'en miniature. »

Je sortis de prison le jour de la naissance de Lénine. J'eus le sentiment stupide d'être devenu invincible.

Le combat au tribunal d'appel dura trois jours. J'étais concentré. Nous faisions face à une nouvelle juge, Vladimir m'avait averti, nous avions notre chance. J'ai aligné les faits avec force, Villon était avec moi. La sorcellerie avait agi sur la commission disciplinaire, j'avais échappé au mitard. Elle opéra de nouveau. Le verdict est tombé : jusqu'à la fin de l'enquête, je serais assigné à résidence sous contrôle d'un bracelet électronique. J'ai vu le visage benoît du pauvre Richard se défaire. Le mien est resté interdit.

Il était tard, ma libération fut reportée au lendemain. J'ai passé une dernière nuit en prison. À mon retour, le Petit n'était plus dans la cellule. Il avait été transféré vers un camp après condamnation. À l'aube, la voix m'a demandé de me tenir prêt. J'ai donné l'accolade à Yova, puis à Dima. Je ne savais comment secouer l'embarras qui s'était emparé de mon corps. Je quittais mes compagnons avec peine, je voyais leurs visages pris dans la mélancolie. Nous avons échangé des numéros de téléphone, des vœux, je leur ai fait présent de tout ce qui dans mon modeste barda pouvait leur être utile : short, T-shirt, rasoir, la crème hydratante. J'ai parcouru le chemin vers la sortie sous escorte. Nadejda Pavlovna m'a souhaité de ne jamais plus revoir sa tête.

Dehors, j'ai retrouvé mes parents. Ils étaient amaigris, comme moi sans doute. Je les ai pris dans mes bras. Ils ont gardé en mémoire le goût de nos embrassades, je le sais, et au bout de leurs doigts le tremblement des mains impatientes de s'agripper ce jour-là. Ils ne le dirent pas, mais ils me trouvèrent changé. Ils avaient vu juste.

Je sortais de soixante et onze jours de taule et je me sentais bêtement invincible. Mon euphorie était dangereuse, j'en étais conscient, elle me dépassait. J'avais survécu au premier cercle de l'enfer, rien ne pouvait m'atteindre. Je m'imaginais indemne. J'étais même prêt à y retourner. La peur n'existait plus. « Ton séjour aura été trop bref », a lâché Dima sur le seuil de la 122. J'allais faire le reste de mon apprentissage entre d'autres murs.

Mon invulnérabilité chimérique se dissipa en une semaine, c'est heureux. La vie dans le bourbier reprit. La procédure suivait son cours, les enquêteurs ne me lâcheraient pas. Mes parents rentrèrent en France. J'ai reconstitué ma citadelle intérieure.

Pierre Richard eut sa revanche, il ordonna de nouvelles expertises et mon placement dans un hôpital psychiatrique. Il tenta d'abord d'obtenir mon transfert vers Moscou. J'aurais dû rejoindre le sinistre Institut Serbski en convoi cellulaire. Finalement, je restai à Irkoutsk. Je fus interné durant vingt jours, côtoyant de nouvelles misères.

Beaucoup en ces lieux étaient enfermés par décision de justice. Alexeï vint le premier me saluer, il se présenta en me dévoilant ses bras mangés par les seringues. C'était le toxico de la bande. Il avait décroché depuis un mois, il ne connaissait d'autres sujets que les paradis artificiels : la beauté incandescente du ciel au petit matin après une nuit sous acide, le crépitement joyeux de la pipe de crack annonciateur du flash béni, la douceur de l'héroïne lorsqu'elle répand toute sa sollicitude dans le réseau interminable des veines. Alexeï était un de ces poètes rococo capable d'élever la défonce au rang des beaux-arts.

Trois nains s'approchèrent. Il y avait Gleb le microcéphale qui parlait peu, Artiom qui parlait beaucoup, et Liocha qui parfois grouinait, parfois glougloutait. Les trois recherchaient ma compagnie.

Je suis plongé dans la lecture, l'un se penche sur mon livre tandis que les deux autres me volent des cigarettes, des allumettes ou un stylo.

Le petit manège se répétait, je les laissais faire. Il me suffisait de hausser le ton pour récupérer mon précieux stylo, je leur abandonnais le reste. Gleb cachait mal de larges cicatrices sous une robe de chambre trop grande pour lui. Comme Artiom, il avait dix-neuf ans. Liocha en avait quatorze. Il ne savait ni lire ni écrire. Il passait ses journées à glaner des cigarettes et, lorsqu'il ne parvenait plus à fumer, il poussait des cris de goret, se brûlait les avant-bras avec des allumettes, sinon se les taillait avec ce qu'il avait sous la main. Il ne s'infligeait jamais de blessures trop profondes ni trop sérieuses, alors on le laissait faire. Il restait avec nous dans ce service par manque de place ailleurs, par crainte aussi que son état empirât au contact de malades plus sévèrement atteints. C'est ce que Svetlana Kirilovna, la directrice de l'hôpital, m'expliqua en soupirant. Mon expertise ne demandait pas plus de deux ou trois jours, me dit-elle lors de notre premier entretien, mais elle n'avait d'autre choix que me garder trois semaines. C'était la procédure, on devait s'y tenir. Elle me promit qu'il n'y aurait pas d'entourloupe, l'expertise serait honnête. Elle savait qui j'étais et le genre d'individus que j'avais sur le dos. Elle était dans la même situation que le directeur de la prison, elle subissait des pressions de l'extérieur, mais elle conservait une forme d'indépendance. Elle calculait et agissait en fonction du mélange savant de ses intérêts particuliers et du code de déontologie médicale. Une grosse liasse de billets, transmise à son intention par mes avocats, acheva de faire basculer l'arithmétique en ma faveur. Je jouai selon les règles, j'achetai ma sécurité au sein de l'hôpital. C'est du moins ce que l'on me fit croire, car au jeu des pots-de-vin et commissions en milieu hostile, on ne sait jamais vraiment qui demande et qui touche l'argent. Celui qui paye est la dupe, mais de qui ?

Sur la nef des fous, on m'appelait Napoléon. Je disposais du privilège d'occuper seul la salle n° 3. Il y en avait deux autres, six lits par pièce. Avec moi, nous étions treize, nous occupions un étage entier. Deux portes blindées nous isolaient de l'extérieur. Aucune porte à l'intérieur, le personnel devait pouvoir accéder à n'importe quel espace. Les infirmiers étaient souvent d'une bonté surnaturelle, ils avaient une phrase généreuse pour chacun. Un seul à l'entrée volait dans le paquetage guenilleux des arrivants. Les repas étaient copieux, pris dans une salle peinte en vert opaline. On voyait la cuisinière derrière le passe-plat, qui nous saluait, nous souhaitait la santé, un bon appétit, et surtout un bon sommeil. L'ambiance était paisible d'ordinaire, les nerveux étaient tenus par des camisoles médicamenteuses avalées sous l'œil attentif du personnel. La moitié des pensionnaires flottaient dans des pyjamas trop grands, ils déambulaient dans le couloir en jouant leurs rôles de fantômes hébétés. L'autre moitié, à laquelle j'appartenais, était sportive, costumée comme en taule, pantalon de jogging et T-shirt. Il n'y avait pas de douche mais un unique lavabo d'une propreté contestable, jouxtant des toilettes ouvertes. Nous devions rester visibles en toute occasion.

Difficile de poser les mots, épineux de dire ce que fut pour moi la nef. Je me sentais à ma place, on pourrait me prendre pour un fou. J'avais avec moi Casanova, *Histoire de ma vie*, tomes I et II. Cette lecture quotidienne me revigorait, je jubilais, seul sur mon lit. Beaucoup de mes coreligionnaires dormaient après le déjeuner, parfois j'étais le seul éveillé. Toutes les nuits ou presque, le chat Béhémoth se glissait dans ma chambre. Il sautait prestement sur le lit et venait converser avec moi. Il était sarcastique, comme à son habitude : « Tu es à ta place ici ?! Vraiment ?! Alors installe-toi mon grand, demande une location à l'année ! » Je pensais à l'évasion. J'ai commencé à monter des plans, le Vénitien m'inspirait. Je notais ses conseils sous les yeux du gros Béhémoth : « Voilà, enfin quelque chose d'utile, me sifflait le chat, il est temps d'être un peu sérieux et de foutre le camp ! » Les autres étages abritaient des cas plus lourds que le mien. Une nuit, j'entendis sourdre le fracas indescriptible d'un meuble projeté au sol. Cela venait d'en bas. Il y eut des cris archaïques, un ostinato du fond des ténèbres. Personne ne bougea à notre étage. Dormez, dormons sans bruit.

J'aimais converser avec le bon Stepan, il venait de fêter ses cinquante ans. Il portait un treillis militaire, un T-shirt de tulle rose qui laissait voir son maigre torse par transparence. Il agitait sa main ouverte à côté de sa bouche béante et sans dents, il lançait des blagues insensées, je ne comprenais rien, nous riions. Il tripotait continuellement des cartes à jouer en répétant : « Trois, sept, as ! Trois, sept, dame ! Trois, sept, as ! » Chaque fois qu'il était aux toilettes, nous le savions. Qu'on le vît s'asseoir sur le trône ou que l'on fût dans une chambre éloignée, on l'entendait crier joyeusement : « J'accouche ! »

J'aimais ce moment où la maison de douleur peu à peu s'endormait, les médications agissaient, les pas des infirmiers se faisaient plus rares. J'aimais que Svetlana Kirilovna souhaitât à tous une bonne nuit et qu'elle s'arrêtât un instant sur le seuil de ma chambre pour assurer mon sommeil. J'aimais les malices de Tatiana et ses tests psychologiques interminables. Elle était professionnelle, blonde, consciencieuse, voluptueuse. Tout le jour elle courait entre l'hôpital et l'université, où elle enseignait. Elle me posait des questions sur la France. Je la renseignais, elle minaudait, elle n'était pas sérieuse et moi non plus.

On riait sur la nef des fous. On pleurait. Un soir de bruine, Alexeï le toxico vint me trouver : « Napoléon, me chuchota-t-il en découvrant dans sa main un petit sachet en plastique, livraison de crystal ! » Il avait reçu la visite d'amis le matin, ils furent autorisés à transmettre un jeu électronique – la drogue avait été dissimulée à l'intérieur, du travail d'orfèvre. Alexeï était de tempérament partageur, nous avons fumé la méthamphétamine dans les toilettes, lui, moi et trois autres pensionnaires. La nuit fut tumultueuse. Personne ne dormait dans l'aile. Ça s'agitait, ça hurlait et ça dansait. L'infirmier de service s'en étonna : « Mais qu'ont-ils ce soir, il n'y a pourtant pas d'orage ? » Allongé sur mon lit, la mâchoire crispée, l'esprit alerte, je souriais et Béhémoth pouffait à côté de moi.

Ce séjour fut un grand éclat de rire fêlé au milieu des orphelins et des misérables.

La misère, c'était Liocha, le blondinet de quatorze ans. Il souffrait, on aurait voulu l'apaiser, on ne pouvait rien pour lui. Et il y avait pire : il exaspérait. Il harcelait, il volait, il jouait les caïds. Plus tard, il se mutilerait, en attendant, il se rendait haïssable, il cherchait la beigne. Certains parfois le cognaient en douce, je les comprenais, j'eus cette tentation. Le vieux Boris se désolait : « Combien sont-ils dans les rues les Liocha, ces gamins massacrés et cons qui finiront un jour en taule après avoir eux-mêmes massacré ? » Selon mon habitude, je m'étais rapproché du doyen, Boris était retraité. Une décision de justice lui imposait une expertise psychiatrique. Il avait volé dans un magasin. Il vivait à deux cents kilomètres de l'hôpital, le transport aller-retour lui coûtait sa retraite mensuelle. Il vivait grâce aux légumes qui poussaient dans son jardin. Il s'en inquiétait, les légumes l'attendaient. Trois semaines sans jardiner, c'était impensable. « Je m'interroge sur la santé mentale de notre système judiciaire », répétait-il chaque jour.

La misère, c'était le malade inconnu arrivé parmi nous un matin. Il n'avait pas d'histoire, il sortait de la rue. Son nom, comme le reste, était une énigme, peut-être le taisait-il par prudence ou inspiré par un délire supérieur, il n'acceptait de parler qu'aux blouses blanches. La chimie l'assommait et le maintenait au lit une grande partie de la journée, on le levait pour le dîner, on le faisait tituber jusqu'à la salle à manger. Il est entré dans le service en chancelant, pieds nus, pieds noirs et ongles noirs. La saleté de son pantalon en rendait la couleur indécidable. Deux infirmiers le tenaient, ils l'ont allongé, il s'est mis instantanément à ronfler. Quelqu'un a posé ses chaussures au pied du lit. J'ai observé longuement les souliers défaits, bien pires que ceux d'un gueux, il y avait deux pieds gauches. J'ai d'abord cru fantasmer, j'ai vérifié : deux pieds gauches crottés, deux vieilles choses brunâtres et sans forme, avec des lacets indiscernables perdus dans la fange. C'était beau et pathétique comme un Van Gogh. Un infirmier les jeta à la fin de la journée, avec le reste de ses vêtements.

Sur la nef, je subis de nombreux examens. Il y eut les prélèvements d'urine, de sang, de salive, les tests oculaires, les tests de logique et des centaines de questions. J'en ai noté quelques-unes.

Avez-vous été heureux ces six derniers mois ? Avez-vous déjà eu des hallucinations visuelles ou auditives ? Aimez-vous humilier ceux que vous considérez comme vos inférieurs ? Riez-vous ou pleurez-vous parfois sans raison ? Pensez-vous que vous êtes dans la situation présente parce que quelqu'un vous veut du mal ? Avez-vous souvent un sommeil agité ? Avez-vous déjà consommé de la drogue ? Êtes-vous tombé sur la tête durant l'enfance ? Êtes-vous somnambule ? Vous arrive-t-il de ne rien comprendre lors d'une activité de groupe ? Pensez-vous avoir déjà fait quelque chose d'impardonnable ? Avez-vous déjà été traversé par une idée dont vous ne pourriez parler à personne ?

Je fus sage, je décidai de dissimuler mon somnambulisme et de ne parler ni de Béhémoth ni de la méthamphétamine d'Alexeï.

Un sexologue paré d'une énorme verrue sur le nez fit avec moi le bilan de ma vie sexuelle. Notre entretien s'acheva par un examen visuel de ma verge, accompagné de cette interrogation en deux temps qu'il formula avec gravité : « À quel âge le poil vous est-il poussé sur le menton ? Et sur les bourses ? » L'homme me parut lunaire, à deux doigts d'être interné. Il me permit pourtant de me remémorer quelques joies essentielles. À la question de la jouissance, je répondis avec la fierté du bon élève : « Le plaisir visible que je donne compose toujours les quatre cinquièmes du mien. »

À la fin de mes trois semaines réglementaires sur la nef des fous, les experts psychiatres judiciaires se réunirent. Svetlana Kirilovna rédigea un rapport de quinze pages. Elle le synthétisa à la demande du comité d'enquête. Elle travailla ainsi à enrichir ce livre. Je ne retranche rien, je n'ajoute rien, voici de la main de Svetlana mon portrait en miniature :

« Yoann B. ne souffre pas de troubles psychiques et n'a pas été atteint de troubles psychiques par le passé. Il est capable d'avoir conscience de la portée de ses actes, de leur danger social éventuel. Il est capable de les diriger. Nous ne constatons aucune détérioration mentale, aucun trouble délirant ou hallucinatoire. Par conséquent, Yoann B. est accessible à une sanction pénale. Vu son état psychique, l'expertisé ne nécessite pas de mesures de soins sous contrainte. Il peut participer à une enquête préliminaire, à une instruction et à un procès. Les particularités psychologiques individuelles de l'expertisé sont : la sociabilité, l'énergie, l'entêtement, la tendance à s'appuyer sur sa propre expérience, les changements d'humeur de type cycloïdal, la vivacité des expressions émotionnelles, l'aspiration à plaire à son entourage. Il affirme son point de vue avec ténacité. Il est fidèle à ses principes, il fait preuve de droiture et de constance lorsqu'il les défend. Évaluation positive de soi-même, stabilité des centres d'intérêt, haut niveau de vitalité. L'expertisé fait montre d'une grande vigueur lorsqu'il tend vers un objectif, en manifestant un esprit d'initiative, un esprit critique, de la clairvoyance et du réalisme dans la perception des gens qui l'entourent. L'expertisé identifie bien les buts de la vie et sait les atteindre, il insiste et persévère, il sait attirer et mobiliser autrui en vue de réaliser un projet. Il ressent un grand besoin de s'exprimer, de réussir. L'examen n'a pas révélé de suggestibilité accrue chez l'expertisé. L'examen n'a pas révélé de signes cliniques démontrant des troubles de la préférence sexuelle tels que la pédophilie (attirance sexuelle envers un individu prépubère) ou l'exhibitionnisme (inclination à exposer ses organes génitaux dans des lieux publics afin de parvenir à l'excitation sexuelle). Compte tenu de son état psychique et de l'évaluation de sa sexualité, Yoann B. ne nécessite pas de traitement sous contrainte. »

XIX

Silence et fumée

J'ouvre au hasard un livre de Viktor Pelevine qui traîne dans les toilettes de l'hôpital psychiatrique. Un paragraphe attire mon attention :

« J'ai connu un communiste chinois nommé Tseu Zhuang. Dans ses songes, il se voyait comme un papillon rouge qui voletait dans l'herbe. Et lorsqu'il se réveillait, il ne parvenait pas à comprendre s'il était un papillon qui rêvait qu'il faisait de l'action clandestine, ou un révolutionnaire qui planait de fleur en fleur. Un jour en Mongolie, on arrêta ce Tseu Zhuang pour sabotage. Au cours de son interrogatoire, il dit qu'il était en réalité un papillon qui voyait tout cela dans un rêve. »

Je suis peut-être un insecte qui rêva la Russie, ou alors c'est la Russie qui me rêva.

Je vécus plus d'une année avec un bracelet électronique. Il m'arrive encore de le sentir, je le cherche le long de ma cheville.

C'était un genre de grosse montre, étanche et inviolable, équipée d'une puce électronique. Depuis leurs bureaux, les gardiens observaient mes mouvements avec une précision de trois à cinq mètres. Un appareil téléphonique complétait le dispositif, il fut installé dans la pièce principale de mon appartement. Seules les autorités pénitentiaires pouvaient m'appeler. Des capteurs autorisaient l'écoute et l'enregistrement à distance. Je n'étais plus à la centrale, mais j'étais toujours cet insecte claquemuré, disons une blatte dans un bocal de verre. L'assignation à résidence imposait ses règles strictes. Je ne sortais qu'une heure par jour, pour faire des courses uniquement et dans un périmètre restreint. Il m'était interdit d'entrer en contact avec Margot, avec Diane ou avec n'importe quel témoin interrogé au cours de l'enquête. Interdiction de disposer d'une connexion Internet ou d'un téléphone personnel.

Durant les premières semaines, je compris que j'étais parfois pris en filature. Les pisteurs prenaient soin de se faire voir. Une voiture pouvait stationner devant mes fenêtres une partie de la nuit. Le message était limpide : on m'avait à l'œil, un seul faux pas et je retournais en prison.

Je reçus la visite de Mireille. Elle sortait de l'avion, toujours aussi joviale. Les six heures de vol et les cinq heures de décalage horaire semblaient n'avoir aucune prise sur elle. Elle alluma une cigarette, observa avec moi du haut du balcon le jeune homme à la lourde sacoche qui faisait le guet. Nous rentrâmes, elle eut un soupir presque guilleret avant d'avaler un thé et les crêpes que je lui servis. J'utilisais le beurre et le lait d'un couple d'amis fermiers, j'avais travaillé à une nouvelle recette, mon hôte s'extasia. Je fis flamber du cognac et Mireille me transmit quelques messages de soutien. Elle me rapporta les nouvelles de la chambre sourde, cette pièce de l'ambassade où les écoutes étaient rendues impossibles. On y discutait de l'affaire Y.B., loin des téléphones et autres appareils de surveillance. La stupeur première était passée. L'ambassadeur avait pris renseignements et conseils. Il était déterminé à mettre un coup d'arrêt à la mascarade. Personne ne croyait à l'ouverture d'un procès, et encore moins à une condamnation. C'était une mauvaise blague comme la province russe sait en inventer, certes assez inédite, déplaisante, mais les autorités moscovites y mettraient un terme. Elles y seraient contraintes, la diplomatie française était à pied d'œuvre. Cela cesserait. Mireille était contente de pouvoir le dire aux oreilles qui nous écoutaient peut-être. Qu'elles le sachent.

Le procès n'aurait pas lieu.

D'autres mots couraient dans les couloirs de l'ambassade, on entendait le classique « pas de fumée sans feu ». Ce n'était que bavardage isolé, me rassura Mireille, elle regretta immédiatement d'avoir lâché cette sentence sotte. Le kompromat est une mécanique grossière et subtile. La manipulation a beau être criante, un fond de vilenie s'accroche à votre peau. Le prestidigitateur fabrique et lance sa poudre par poignées, il sait pouvoir compter sur quelques faux sages et vrais imbéciles qui répéteront toujours d'un air entendu : « Pas de fumée sans feu. »

La brume de poussière était retombée pourtant. Ma sœur Bérénice, qui ferraillait depuis la France, me l'assura. Nous communiquions grâce à une application sécurisée. Fini la candeur, les messages étaient indétectables, tous chiffrés, détruits après lecture. J'utilisais un téléphone enregistré au nom du cabinet d'avocats. Ce stratagème permettait de contourner les règles du contrôle judiciaire. J'étais autorisé à recevoir ou émettre des appels en présence de Natalia ou de Vladimir. Si l'appareil était découvert lors d'une fouille, il ne m'appartenait pas. On pouvait invoquer un oubli. Je commençais à organiser une vie clandestine.

On bataillait ferme pour moi. Famille, collègues et amis s'étaient réunis en comité de soutien. Bérénice me conta un premier rendez-vous pittoresque au Quai d'Orsay. Une procession extravagante de dix fonctionnaires avait surgi. Les chaises avaient crissé, tous s'étaient assis dans un même mouvement face à ma sœur, mon père et deux amis venus plaider ma cause. La justice russe était indépendante, expliqua la conseillère politique placée au centre, et souveraine, elle fonctionnait bon an mal an, compléta son collègue du bureau de la protection des détenus, les innocents finissaient toujours par être libérés, il fallait rester calme, conseillait la conseillère, la Russie se montrait de nos jours très soucieuse du droit des mineurs, cela pouvait occasionner des excès désolants, se désola une juriste du bureau de la protection de l'enfance. « Et je m'excuse, s'excusa un petit homme pâlot, on ne peut pas intervenir dans les différends d'ordre privé », le bureau de la protection consulaire tenait à le faire savoir. Mes amis s'étonnèrent, Bérénice protesta, ils interrogèrent. Les secrétaires prirent des notes. L'ambassadeur, glissa mon père, parlait quant à lui de négociations. La conseillère en chef se mit à sermonner : l'affaire était sensible. Il y eut un silence, la stagiaire en observation se moucha. Et on était mobilisé, reprit-elle, on ne pouvait pas tout dire, et si de vraies irrégularités apparaissaient, on interviendrait, et il ne fallait pas trop en demander, on verrait, on ne pouvait pas exiger une libération, il fallait rester sérieux, poli, mesuré. « Vous devriez vous réjouir d'une chose au moins, conclut-elle promptement, toutes les familles n'ont pas le privilège de discuter avec Son Excellence Monsieur l'Ambassadeur ! »

Puis, les dix petits soldats avaient rejoint leurs bureaux obscurs, chacun avait rédigé sa note pour les oubliettes.

Je fus chanceux. Mes alliés firent nombre, ils s'organisèrent. Un nouveau ministre des Affaires étrangères fut nommé. Il avait été maire de la ville de Nantes, mon ami Thierry le connaissait. Il l'appela. Dès lors, mes précieux défenseurs en France furent entendus. Plus personne ne pouvait biaiser ni feindre d'ignorer la situation, plus personne ne se cachait. Les diplomates exigèrent le silence. Ils promettaient un résultat : le procès n'aurait pas lieu.

Margot réapparut. Notre conversation téléphonique dura sept heures, une nuit entière. J'ai oublié ce que nous nous sommes dit, mais j'ai conservé dans le ventre le souvenir d'une tenaille, j'ai gardé à l'oreille sa voix douloureuse et la mienne en colère. Je possède un enregistrement de cette conversation, je tente de l'écouter. « Je suis à Londres, commence-t-elle, c'est une nouvelle vie. » Elle me reproche ma froideur, je ne lui ai pas souhaité son anniversaire. Elle poursuit avec une liste de griefs. Je l'ai blessée. Je n'ai jamais su l'aimer. Elle me fait une déclaration d'amour, me parle de son histoire avec un banquier : un homme exigeant, très sélectif, bon goût, généreux, attentionné. Il crie parfois mais s'excuse juste après. « Il commande au bar sans me demander ce que je veux, c'est un peu bizarre, mais c'est comme ça, on s'occupe bien de moi. » Elle se félicite dans un rire que je sois vivant, puis sa voix tremble, elle ne se le pardonnerait pas, elle pleure, elle m'aime, elle s'emmêle, propose de venir me voir incognito. Elle se reproche ses jalousies irréfrénables, sa fuite, me dit que j'ai toujours manqué de perspicacité. Je suis un grand nounours et l'amour est un chien.

Chaque histoire a une durée de vie, la nôtre est morte et ne veut pas mourir, je m'écoute sombrer dans une litanie piteuse. « Je suis pour l'euthanasie, coupe Margot brutalement, pour les chats comme pour les chiens. » Je ne comprenais pas. « Le couple, l'amour, ça peut durer dix ans, quinze ans parfois, il va mourir avant nous, on le sait, mais on vit quand même joyeusement avec lui. Quand il disparaît, on en trouve un autre. Je suis pour l'euthanasie. » Ce furent ses mots, de ceux que les amants parfois se lancent quand ils se savent condamnés. Ils étaient nécessaires et insensés.

Margot dormait mal. L'amour est un chien. « Tu n'en es pas un », me dit-elle. Elle avait sauvé sa peau, m'avait laissé seul, et elle ne pouvait poursuivre. Elle préparait avec un avocat une plainte contre le comité d'enquête. Trois jours plus tard, je découvris un texte de douze pages. Elle y jetait sa férocité et toute son intelligence, elle retournait la violence contre la violence avec le talent chirurgical que je lui connaissais. Elle donnait chaque détail de son interrogatoire, les intimidations, les menaces qui avaient pesé sur elle, elle dénonçait les faux élaborés par l'enquête, la manipulation de la parole de Diane. Elle disait comment les illusionnistes jouaient de la panique, de la jalousie et de la duperie. Elle citait les noms, les mots, les circonstances. Margot se sentait coupable et victime. Cette attaque la mettait en danger et la délivrait. Elle rejoignait l'avant-garde de mes alliés.

Le procès n'aurait pas lieu.

Le comité d'enquête vacilla. Pierre Richard fut évincé et éloigné de la ville. Son remplaçant se nommait Skotinine.

Il me serre la main, me jauge et m'explique que je suis l'unique Français à connaître la prison d'Irkoutsk. Au début, je comprends mal son rictus. Il se comporte en bon camarade, toujours le mot pour rire, souvent un petit compliment. Il est missionné. Il tente d'adoucir le jeu avant de me pousser au fond du trou. Il pratique admirablement. Un jour, il annonce que mon extradition l'enchanterait, il ne s'y opposerait pas, cette affaire empoisonne la police. Il est sincère probablement. Un autre jour, il me demande si je suis écrivain, c'est une rumeur qu'il a entendue. Il flatte et se renseigne gauchement, déclare que des gens célèbres ont écrit en prison, il me questionne sur d'apparentes bagatelles. C'est insidieux, il fouine. Il vient du FSB, je l'apprends par mes avocats. L'enquête se poursuit, les papiers s'empilent. Mon tête-à-tête avec Skotinine dure des mois.

À chaque convocation au commissariat, à chaque audience de libération conditionnelle, Ilya m'escorte en voiture. Le reste du temps, il me surveille sur écran, observe mes déplacements lors des sorties autorisées. Il vérifie que le bracelet électronique fonctionne correctement. Il fume avec décontraction, prend soin de ses chemises comme de la frange qui coupe son front juste au-dessus des sourcils. Nous sympathisons. Il m'interroge sur la vie en Europe. Il en est certain, je finirai par être relâché, le procès n'aura pas lieu. Il me parle longuement de ses passions, des équipes de foot européennes, des voitures allemandes, me fait promettre une fois libre d'accepter une partie de chasse avec ses amis. J'abonde toujours dans son sens, la chasse devient notre commune passion ; il a tué un ours l'année dernière. Je fais des recherches sur l'équipe de Manchester United, sur le FC Barcelone et la Juventus de Turin. Je sais parler désormais des BMW de la série M. J'aime leur dynamisme puissant, à l'intérieur comme à l'extérieur, j'aime leur agilité de compétitrice, l'ADN sportif indéniable de ces voitures est fascinant. Pour Ilya, je suis cet homme qui a piloté une BMW M4 coupé, ma préférée. Je l'ai même testée sur un circuit, quelle adrénaline, mon cher Ilya, dès que l'on serre le volant d'une BMW M4 coupé, tu es extatique et moi aussi, quelles sensations d'abattre le 0 à 100 km/h en quatre petites secondes, Ilya, cette voiture est tout en muscle, tout en grâce avec ses lignes galbées, elle possède même des rétroviseurs à l'aérodynamique optimisée, quel pied, vraiment, je te souhaite d'avoir la chance, comme moi, de conduire un jour une BMW M4 coupé.

Nous nous rapprochons. Ilya s'étonne qu'il n'existe pas de mot en français pour désigner les vermines que nous croisons le long du marché, ceux qu'il appelle les *Tchourki*. Je tente de traduire pour lui faire plaisir. On pourrait dire bicots du Caucase et bougnoules d'Asie centrale. « Mon quartier est en voie de bougnoulisation, se lamente Ilya, et ce pays va mal, on emmerde des gens bien comme toi Vania, tout ça pour le fric ! Ils sont quelques-uns à s'engraisser comme ça, on laisse les vrais bandits dehors et les *Tchourki* tout saloper, ce pays est d'une dégueulasserie ! » J'opine gravement et avec un léger contretemps. J'entretiens les meilleures relations avec mon chauffeur comme avec Sofia, sa collègue qui le relaie (jamais au volant, mais derrière l'ordinateur, pour me pister). Elle vient contrôler l'appartement. J'aime converser avec elle, elle me parle de la crise, de son cousin parti s'installer en Angleterre et souvent de ses enfants.

Diane grandissait. J'enregistrais des vidéos, je les envoyais à Bérénice ou à Margot qui les lui montraient. Que comprenait-elle de cette histoire ? J'avais disparu depuis une éternité, elle m'oubliait. J'étais ce petit bonhomme qui gesticulait sur un écran, avec des grimaces pour faire croire que la vie n'était pas si mégère après tout. Margot me rapporta cette scène : Diane court et chute sur le pavé. Elle se relève, elle pleure. Elle tourne son visage vers celui des adultes alentour, les larmes se figent et on entend cette question : « Où est mon papa ? »

L'enquête se poursuivit. Le dossier final allait constituer treize tomes. Pendant plus d'un an, coincé entre mes quatre murs, j'ai épluché une prose laborieuse. La besogne était absurde, cet empilement de milliers de pages n'avait aucun sens. Pas un seul témoin pour m'accuser, les éléments réunis formaient une construction tantôt loufoque, tantôt farfelue. « Cette ordonnance, on la dirait sortie d'un cul plutôt que de la bouche du chef de l'enquête ! lançait Vladimir lorsque la lecture l'exaspérait. Les jargouilleurs de tels tortillages, on devrait les pendre ! » Mes avocats s'inquiétaient, rien n'arrêtait la machine. Skotinine était plus roublard encore que son prédécesseur. Il avait à son service une armée de tâcherons spécialisés dans le bricolage juridique. Natalia retournait sans varier la même question : « Mais qui donc veut ta tête et ta peau ? Qui s'agite ainsi ? »

Certains jours, je me sentais étrangement libre. Je lus la *Recherche* de Proust. Je pris mon temps, j'achetai des madeleines, j'en confectionnai et je donnai raison à Marcel, la pâtisserie était *grassement sensuelle.* Je me nourris au fouillis joyeux des *Vies et doctrines des philosophes illustres,* je goûtai à *Perceval ou le Conte du Graal,* je relus mon maître Boulgakov et de gros volumes touffus, c'était un luxe.

J'ai regardé une quantité phénoménale de films et de séries, il m'est arrivé de passer douze heures d'affilée devant l'écran. J'ai avalé les quatre-vingt-six épisodes des *Soprano* en sept jours, les deux premières saisons de *Twin Peaks* en quatre jours, je me suis hypnotisé deux fois avec les soixante-deux épisodes de *Breaking Bad*. J'ai plongé dans *Game of Thrones*. Il me fallait rire et pleurer, m'abasourdir encore, alors j'ai vu ou revu des comédies soviétiques, les films de Leonid Gaïdaï, le coup de maître de Mikhaïl Kozakov, les délicatesses de Nanni Moretti, d'Agnès Varda, les mécaniques bien huilées de Francis Veber, l'œuvre complète des frères Coen, d'Emir Kusturica ou de David Lynch.

Durant une nuit entière, j'ai joué de la guitare en chantant des complaintes qui étaient des hurlements de loup. J'épuisais mon puits de tristesse. Au petit matin, j'étais vide et satisfait. La nuit suivante, alors que je recommençais, un voisin est descendu. Il compatissait sincèrement mais souhaitait dormir, il me conseilla un cocktail de somnifères et d'antidépresseurs. J'optai pour l'alcool, le blanc sec avait ma préférence. Une envie plus raide pouvait surgir. La vodka ne m'intéressait plus, j'attaquai au whisky et au cognac, puis je cherchai sur YouTube des comiques capables de me faire rire. Mon hilarité n'avait plus de limite.

Depuis ma fenêtre et mon balcon, j'observais la vie : l'immeuble brunâtre qui me faisait face, la parade matinale des voitures devant l'école de musique, le ballet nocturne des clients qui fréquentaient le bordel du troisième étage, l'apparition sur le trottoir des familles et des poussettes vers 17 heures, les chiens en laisse vers 18 heures, le vieux qui chaque jour achetait rituellement son litre de bière entre 18 h 18 et 18 h 26, il gagnait ensuite le banc délabré à l'angle de la rue, lampait à petits coups jusqu'à 19 heures, accompagné d'un sachet de graines de tournesol dont il crachotait les coques selon une cadence métronomique.

Le 1er septembre, le pavé appartenait aux enfants. Le jour de la rentrée des classes, les garçons arboraient des costumes soignés, les filles des robes ornées de dentelle, avec des tresses triomphales et du tulle blanc pour magnifier les coiffures. Il y avait des fleurs, des ballons, des rires.

Le 31 décembre, à minuit, je trinquai avec moi-même en observant mes voisins tirer des feux d'artifice depuis les balcons. Le grand panneau publicitaire qui coiffait le bâtiment brunâtre attira mon œil. Un type en costume-cravate tenait, au bout d'une laisse, un gigantesque ballon modelé en forme de chien. Un slogan sortait de la gueule de l'animal, il s'adressait à moi. Il promettait en lettres d'or le gonflement rapide de mon compte bancaire. Le lendemain, il y eut un tremblement de terre, un mouvement léger venu des profondeurs du lac. Le phénomène était rare, je le ressentais pour la première fois. Le Baïkal me saluait, il venait secouer ma torpeur. J'écoutais la radio, une émission d'Adèle. Elle m'aidait à sortir du néant.

Je m'intéressais à peine aux paroles de ses invités, en général philosophes. La voix était avide mais clémente, de l'espièglerie aux entournures, on percevait une strate enfantine sous les inflexions impérieuses, et je n'attendais qu'une chose, que l'invité se taise enfin, qu'il me laisse avec les souffles voluptuaires d'Adèle. Je ne sais plus si elle a comparé la philosophie à la boxe, ou si c'est l'invité qui y fit allusion. Après le séisme léger, j'ai décidé qu'il me fallait boxer. Je me fis livrer un lourd sac de frappe. Je l'ai fixé au plafond et j'ai commencé mes entraînements en suivant les conseils d'un YouTubeur spécialisé. Le sac me sauva.

Je cognais méthodiquement lorsque Alexandre se présenta devant ma porte. Son visage était tendu, je le perçus à travers le judas. Huit mois avaient passé depuis ma sortie de prison. Il me prit dans ses bras, s'excusa de n'être pas venu plus tôt, s'excusa pour ceux qui jamais ne viendraient. Je lui glissai à l'oreille une consigne de prudence. Nous échangeâmes des vœux pour la nouvelle année, puis quelques froides banalités pour les micros tout en menant sur papier une conversation fiévreuse. De petites notes glissaient sur la table de moi à lui, de lui à moi, et lorsque les écritures demandaient un temps plus long, celui qui avait les mains libres lançait des attaques contre le sac de frappe, ponctuées de considérations byzantines sur l'art pugilistique. Ce fut sa seule visite à mon domicile. Dès lors, je me suis professionnalisé. J'ai utilisé les outils adaptés et je me suis formé en ligne. J'appris à repérer les filatures, à donner le change. Je mis en place une boîte aux lettres invisible pour organiser nos rencontres. Nous nous croisions lors de mes sorties, dans les rayons d'un supermarché, dans l'arrière-boutique de Goulnara, la vendeuse de fruits installée en bas de chez moi. Je me mis à noyer les observateurs potentiels sous une masse d'informations parasites : je donnais des rendez-vous à des amis, chez moi ou dans des restaurants à proximité, je bavardais à n'en plus finir. Je laissais tourner la radio, des films. Quand j'étais suivi, j'entrais dans des bars et conversais nonchalamment avec des inconnus, j'envoyais de longs SMS sans chiffrement pour mobiliser les traducteurs de l'ombre. Je laissais voir mon calme, mes espoirs chimériques et l'acceptation du procès à venir. J'occupais les hommes tapis dans les bureaux obscurs, je saturais le téléphone de messages anecdotiques. Je renforçais ma citadelle intérieure. Quelques mois passèrent encore, l'étau se desserra. J'acquis une certitude : mes allées et venues n'étaient plus épiées.

Je préparais mon évasion. Alexandre seul le savait.

Alexandre est un camarade solide, un frère d'armes. Il avait autour de lui des gens pour le renseigner. Une source le mit en garde : le FSB avait pointé son nez et ses oreilles, nul ne pouvait l'ignorer, nul ne pouvait affirmer qui j'étais, agent occulte de l'État français ou pas, la prudence commandait de se tenir à l'écart. « Et l'amitié ? » objecta Alexandre. Il ignora les avertissements. Jamais il ne me lâcha. Il m'éclaira. L'affaire avait été à l'origine un coup hasardeux. Par zèle et par ambition, un chefaillon avait cru profitable d'offrir ma tête et de faire un exemple. J'étais trop visible, agaçant, trop audible, proche du maire, trop libre, j'étais un mégalo, ma mise au pas ferait avancer les carrières de l'ombre. C'était le calcul. Ne jamais sous-estimer la bêtise et le désœuvrement du FSB dans les lointaines provinces, ces gens étaient de robustes ahuris, insistait Alexandre, nuisibles et sots. Les instigateurs avaient rapidement été dépassés, puis contestés. Les atermoiements, les luttes au sein des services avaient permis ma sortie de taule. Moscou avait désormais la main sur la procédure. Ce n'était pas une bonne nouvelle. Les choses étaient allées trop loin. J'avais dénoncé publiquement une machination, des violences, la fabrication de faux. Mettre fin à la bourde du chefaillon, c'était désavouer le système. Les autorités fédérales n'avaient d'autre choix que de l'exploiter et de pousser jusqu'au bout sa logique.

« Mon cher Yoann, tu dois bien comprendre, c'est désormais une prise d'otage. Les vrais bandits – ceux du Kremlin – ont pris les commandes. Il y aura des tractations. On va vouloir t'échanger. Tu seras lourdement condamné, les enchères vont monter. Ils veulent t'envoyer dans un camp de travail à régime sévère, voilà leur plan. Il faut rester calme, mais lucide. Je suis à tes côtés. Dis-moi ce que je peux faire.

Alexandre. »

J'informai ma sœur Bérénice : le procès s'ouvrirait. Une réunion eut lieu au Quai d'Orsay. Parmi mes fidèles en France, quelques-uns voulaient rompre avec la stratégie du silence. Les diplomates imposèrent son maintien. Le ministre fut rassurant. L'ambassadeur annonça un jour la victoire. C'était une question de semaines. Il était fier, ses interventions avaient été déterminantes. L'enquête se conclurait par un non-lieu. Ses interlocuteurs russes lui avaient apporté des garanties. J'allais bientôt pouvoir prendre un avion, on me tirerait du bourbier.

Le procès n'aurait pas lieu.

Alexandre était convaincu de l'inverse. Tout portait à croire que la machine ne s'arrêterait plus. Il m'écrivit un jour : « L'ambassadeur méconnaît les roublards en face de lui. Qu'il apprenne pour commencer à parler leur langue et à identifier les bons interlocuteurs ! »

Trois jours plus tard, Skotinine réceptionne une ordonnance en provenance de Moscou. J'imagine son large sourire. Je peux sentir son excitation lorsqu'il ouvre l'enveloppe.

Le comité d'enquête fédéral ordonnait l'ouverture du procès.

L'information [illegible] le procès [illegible]
[illegible] en France, [illegible]
[illegible]

Les plus [illegible]
[illegible]

Le [illegible]

XX

Le procès

Dans les années 1820, Alexandre Griboïedov écrit une comédie en vers intitulée Le Malheur d'avoir trop d'esprit. *La mémoire collective en retient une réplique de trois mots qui jamais ne cessa d'être pertinente. Face aux prisons qui se remplissent, face à l'arbitraire toujours unanime, une seule question et trois petits mots :*

« Mais quels juges ? »

Une minute…

Deux…

Trois…

Quatre…

Le téléphone raccordé au bracelet électronique claironna.

« Allô !
— Yoann ?
— Bonjour Sofia !
— Vous êtes chez vous ?
— Oui, comme vous le voyez.
— Vous avez touché à votre bracelet électronique ?
— Non… Un problème ?
— L'alarme a sonné. Vous n'apparaissez plus sur nos écrans. Le bracelet est à votre cheville ?
— Oui, bien sûr.
— Nous arrivons, ne bougez pas. »

J'avais recouvert mon bracelet électronique de papier aluminium. Ce stratagème permet de couper tout signal, comme si on avait arraché le dispositif. Quatre petites minutes passèrent avant que l'on m'appelât. Les surveillants arrivèrent en bas de l'immeuble en huit minutes. À peine croyable. Je compris qu'ils avaient un bureau à quelques encablures. Je fus désappointé. Leur diligence rendrait ma fuite ardue. Je fis disparaître l'aluminium, j'ouvris la porte. « Bizarre », dit Sofia en scrutant ma cheville, son appareil de contrôle puis mes yeux. « Le bracelet semble connecté. » Elle fit le tour de l'appartement, elle flairait la fourberie. Ilya sortit son attirail : « Je vais le remplacer, ça arrive, la batterie doit être faiblarde. Ce nouveau matos est merdique, il faut faire un rapport. » Je restai flegmatique.

J'attendis un mois avant de lancer un second test à l'aluminium. Je choisis un jour férié : la fête des Femmes.

Le 8 mars, comme chaque année, les hommes couraient les fleuristes. Épouses, amoureuses, filles, sœurs, grand-mères, cousines, collègues, amies, toutes les femmes devaient recevoir des bouquets, je les observais depuis mon balcon porter avec joie leurs roses, leurs pivoines et leurs tulipes. Durant plus d'une heure, le téléphone resta muet. Ilya finit par appeler. Il pesta contre ces satanées batteries. Il était seul à assurer la surveillance, il ne vint changer mon bracelet qu'en fin d'après-midi.

Six heures s'étaient écoulées. Amplement suffisant pour tailler la route et sortir des radars. La faille existait.

Le procès s'ouvrit au mois de juin. La débandade diplomatique révoltait mes proches. Dans la coulisse, l'ambassadeur penaud rencontra mon père, il expliqua s'être fait « rouler dans la farine ». Son téléphone ne répondit plus. Il fut écarté des discussions qui reprirent entre les deux ministres des Affaires étrangères. On m'en communiqua les résultats : je serais condamné. Si j'acceptais le jugement, renonçant à tous les appels et par là me reconnaissant coupable, je pourrais être transféré en France, après quelques mois. La peine serait transcrite dans le droit français, on ferait tout pour l'alléger. C'était une promesse du ministre. Selon les calculs de son cabinet, je ne passerais pas plus de deux années derrière les barreaux, peut-être trois dans l'hypothèse d'un scénario défavorable. On m'aiderait, l'essentiel était de sortir de Russie. Tout se passerait bien.

« La seule certitude, m'avertit Alexandre, c'est le camp de travail. » Ma crainte était ailleurs. La plus grande colère montait avec cette image : Diane rendant visite à son père au parloir puant d'une prison parisienne. Quelle explication lui donnerais-je ? On m'avait piétiné, et je n'y pouvais rien ? On pouvait abdiquer, et l'honneur n'était rien ? Je n'avais plus le choix. Il me faudrait sortir par force d'un pays où l'on me tenait par la force.

Plaiderez-vous coupable ou innocent ? J'avais préparé une réponse ce 22 juin lorsque la question arriva.

« Je plaiderai en qualité de victime. Je suis victime d'une machination, et vous le savez. L'affaire qui a déclenché ce procès a été entièrement fabriquée avec la participation active des autorités de police. Vous ne pouvez l'ignorer. Dans un pays où justice ne serait pas un vain mot, j'aurais pu me constituer partie civile et les falsificateurs, les policiers qui ont maltraité une enfant de cinq ans, battu et menacé un homme, intimidé sa femme, ces crapules-là seraient assises sur le banc des accusés aujourd'hui. Dans un pays où la justice ne serait pas farce cruelle, ma fille âgée de six ans ne serait pas représentée par un fonctionnaire qui ne l'a jamais rencontrée. N'y voyez rien de personnel, mesdames les juges. Vous appartenez à un système détestable fait pour broyer les hommes, les femmes et les enfants, un système au service des puissants et des mafieux, un système qui ronge la Russie de l'intérieur. Pardonnez-moi, je ne jouerai pas selon les règles du rôle qui m'est assigné. Je suis ici pour accuser, non pour me défendre… »

Ma bravade eut l'effet attendu, je me conciliai dans l'instant le mépris des trois juges auxquelles je faisais face. La doyenne ne parvenait pas à mouvoir ses petits yeux éberlués. La plus jeune soupira d'ennui en tournant de longues boucles dorées autour de son index. La présidente, au centre, fit la moue, elle m'interrompit : « Répondez simplement à la question. Coupable ou innocent ? »

Vladimir voulut prendre la parole. Je l'en empêchai, je repris : « Ma fille Diane a confié à sa mère récemment qu'elle souhaitait devenir juge. Elle a dit : "Quand je serai juge, c'est moi qui déciderai, je mettrai les policiers mauvais en prison et on m'écoutera !" Je ferai honneur à sa jeune vocation. Je suis ici pour accuser, non pour me défendre. »

On raconte que, lorsque les foudres de l'opprobre et de l'arbitraire s'abattent sur un homme, il reconnaît ses amis. C'est vrai. On raconte aussi qu'ils sont nombreux à se débiner, on en trouve même qui tirent quelque profit sur le corps de la bête effondrée. Ceux-là se révélèrent quantité infime. Ce fut ma chance. À Irkoutsk, Youri le premier constitua un rempart. Quelques heures après mon arrestation, il se mettait en quête des meilleurs avocats. Le président de l'Alliance française avait à perdre, et pas seulement son emploi ou sa réputation, il n'esquiva jamais. Il força les portes pour me rendre visite à l'hôpital psychiatrique, puis il vint chez moi, il se moqua des intimidations et des effarouchés autour de lui. Il demeura loyal. Avec une simplicité qui n'était pas sans énigme, Youri me dit un matin, alors qu'il venait me porter les myrtilles de sa datcha : « L'affaire Yoann B. à Irkoutsk, crois-moi, les diplomates vont la garder en mémoire… Quelle expérience, il te faudra un jour l'écrire ! »

Tout le monde exigeait un livre.

Mes camarades de cellule le réclamèrent comme ils réclamaient la justice. Certains voulaient y figurer, d'autres insistaient sur la nécessaire contre-attaque. Pourquoi pas un pamphlet accusatoire ? Les gardiens, les enquêteurs en parlaient comme d'une évidence. « Et ces mémoires, on en est où ? » se renseignaient Pierre Richard puis Skotinine, dans un bariolage de sarcasme et d'inquiétude. Avocats, collègues et amis avaient tous un argument qui m'engageait à écrire. L'ambassadeur, plus tard, m'inviterait à songer à « une sorte de bouquin pour y voir clair sur la Russie ». Un vice-consul en visite, après que je lui eus conté les derniers développements, s'enthousiasma : « Écrivez s'il vous plaît un roman, il le faut, je serai le premier à l'acheter. » Alexandre plaisantait : « Après ta fuite, ça fera un genre de *Comte de Monte-Cristo.* »

Au commencement, les chroniques locales me décrivaient comme le parangon du débauché à abattre. J'étais l'Europe décadente et ses abominations. Des commentaires en ligne détaillaient les tortures qu'il serait bon de me voir appliquer. J'avais des amis, de nouveaux apparurent, on me défendit. Des médias d'opposition intervinrent. Les attaques devinrent au fil des semaines de moins en moins plausibles, presque inaudibles. Les manipulations étaient grossières, facilement démontables. Au début du procès, elles évoluèrent. Plusieurs thèses se mêlèrent pour former un conte plaisant : j'étais un agent du renseignement français qui payait non seulement ses actions hostiles, mais aussi ses aventures car, amant connu de deux femmes de notables au moins, je subissais le courroux de cocus outragés – un article laissait deviner leur identité. L'empilement des absurdités jouerait en ma faveur, songeai-je. Une fois encore, Alexandre me dessilla : « L'histoire qu'ils ont montée ne tient pas debout, ils le savent, alors ils en ont trouvé une autre, et ils en profitent pour affaiblir d'autres cibles. C'est toujours le même bourbier, et plus c'est confus, plus tu es coupable. Peu importe de quoi. Ils entassent la paperasserie juridique pour construire un maquis que bientôt plus personne ne sera en mesure de déchiffrer. Les illusionnistes se camouflent comme ils peuvent, et ils préparent la condamnation qui arrive ! »

Le procès devait durer plusieurs semaines, il fut sans surprise. Je connaissais d'avance la méchante pièce. La justice russe affiche des résultats brillants. Avec un taux de condamnation supérieur à 99 %, tout est écrit longtemps avant le verdict. Le procureur à la mine réjouie se contentait de quelques phrases laconiques lorsque son rôle l'exigeait. Skotinine et Pierre Richard furent convoqués. Ils détaillèrent leur enquête, déroulèrent d'amples sourires eux aussi. Le procès se tenait à huis clos, on était à son aise. Il arriva pourtant que la présidente s'assombrît après l'une de mes séditions déclamatoires ; c'était un nuage passager. La joyeuse bande touchait au but. La bête était harassée, on s'apprêtait à lui porter le coup final.

Les témoins défilèrent. Pas un seul ne m'accusait, mais pour faire vivre le spectacle on avait les experts – les psychologues, psychiatres et pédiatres, les experts en informatique, experts des réseaux téléphoniques, experts de l'Internet, et même les spécialistes en histoire de l'art. Une jeune bécasse se présenta à la barre pour réciter une analyse d'image. Elle se mit à dégoiser sur les hommes du Moyen Âge, sur leur morale inférieure qui, selon elle, autorisait la représentation d'enfants nus. Je me fis un plaisir de prendre en défaut l'experte, je tournai en ridicule sa docte bêtise. Bien sûr, j'étais le seul bouffon véritable, et mes saynètes n'intéressaient personne. Je ruais, j'ironisais, je martelais pour rien.

Margot comparut par vidéoconférence, elle dirigea de nouveau contre l'enquête des salves sèches et assassines. Le témoin suivant fut sa mère, la blague était excellente. Mesdames, mesdemoiselles, messieurs, approchez, ne ratez pas la grande scène de belle-maman ! Le procureur trépignait d'une joie impatiente. La salle était une étuve, tout le monde ruisselait lorsque surgit sur écran le visage bouffi d'une hyène. Elle sortit un petit carnet de notes, elle lut de sa voix nasillarde et suraiguë. Son poing droit était fermé, elle l'agitait dans l'air avec vigueur, elle me fit l'effet d'un bourreau qui enfoncerait des clous à main nue, braillant en slavon un appel à la décapitation. Elle annonça un propos liminaire chronologique. Elle commencerait par la question des langes. En sa qualité de médecin, n'ayant jamais exercé mais dotée de solides compétences cliniques, elle pouvait l'affirmer, un père qui prenait un plaisir manifeste à changer sa fille présentait un grave dérangement, elle insistait, elle savait reconnaître les signes de la perversité, elle avait repéré les premiers chez l'accusé – les couches –, et il y en avait d'autres, nombreux, inquiétants, irréfutables. Très respectueusement, elle se proposait de développer. L'exposé dura plus de deux heures. Les juges en sortirent avec des visages plus accablés que le mien. Inna, qui travaillait à l'Alliance française, se présenta bravement, elle aussi, pour dire son texte. Elle venait tirer des bénéfices, sans doute, mais aussi se venger de je ne sais quoi, elle avait cet œil mauvais des femmes que la vue du gibet excite. La vipère aux cheveux roux amusa les juges et le procureur dès son entrée. Elle parla de morale, la sienne, et de la protection des petites filles, et surtout de certaines rumeurs dont elle souhaitait se faire l'écho. Je bouillais. Le représentant du service de la protection de l'enfance prit la parole au nom des intérêts de Diane. Je refrénai ma colère. Pas de faiblesse devant l'adversaire. Alors, une mélancolie immense s'abattit sur moi et, un court instant, ce fut perceptible, sur la salle d'audience aussi.

Ma citadelle intérieure était minée par ces séances sans fin. Dans le sabir du guignol éternel, on me reprochait des « actes à caractère antisocial, ayant pour but de s'opposer à la société et de dédaigner les normes morales universellement admises », je risquais dix à quinze ans dans un camp de travail. La vraie source de mon intranquillité était ailleurs. Une hyène ou une vipère avait le pouvoir de m'affecter pendant plusieurs jours. J'aurais dû répliquer différemment, songeai-je, un questionnement inépuisable commençait. Je me laissais assujettir, j'en avais honte, et j'étais plus honteux encore lorsque je réalisais que ma plongée dans les abîmes se résumait à une sidération enfantine : pourquoi n'étais-je pas aimé de tous, et surtout de toutes ?

Je renonçais à mes perplexités de petit garçon et la citadelle se reconstituait. Je n'étais pas seul. J'avais avec moi des combattants qui témoigneraient. Certes, les muets et les craintifs étaient nombreux, mais lorsque les juges voulaient établir l'inventaire de mes vices, le chœur de mes amis se levait. Depuis le pays des Cosaques, les trois sœurs se démultipliaient, elles couvraient le tribunal de lettres de soutien. Un après-midi, Marta entra dans la salle d'audience. Répondant à une convocation du tribunal, elle était venue de Moscou pour en découdre. Les juges tentèrent en vain de l'intimider. Oui, nous nous étions aimés, elle n'entendait ni le cacher ni s'en excuser, j'étais un amant délicat, elle n'entendait pas donner les détails, un père attentif, elle pouvait en témoigner, et oui, c'était bien elle sur cette photo, à demi nue et radieuse aux côtés de Margot, une photo simple et belle, n'est-ce pas ? Personne n'était dupe du huis clos malpropre qui se jouait ici entre conspirateurs, tout se saurait, prévint-elle, il était inutile de compter sur sa discrétion. Elle toisa le procureur. Avant de partir, elle lâcha sur moi ses yeux fiers mêlés d'opale et de réséda, comme indécis soudain, mélancoliques, toujours gourmands. Son sourire effaça tous les autres. J'entendis alors quatre mains sur un piano, Mozart bien sûr.

Je gagnai la confiance de mes deux gardiens. Nous nous fréquentions depuis un an. Ils prenaient des nouvelles du procès, Ilya surtout qui m'escortait à chaque audience. Il espérait sincèrement que je m'en sortirais. Entre nous existait cette chose étrange qui parfois se noue entre un détenu et ses geôliers, des amabilités, une intimité, on croirait peu s'en faut à de l'affection, cela pourrait être de l'amitié. Ils me racontaient leur quotidien, la fatigue, les week-ends. Je prenais des nouvelles de la famille. Leur vigilance s'amenuisa. Le dimanche, j'étais désormais en promenade toute la journée. J'avais l'accord tacite d'Ilya, seul devant les écrans ce jour-là. Je n'abusais pas des marges de liberté qu'il me laissait conquérir, je ne m'éloignais jamais, j'avertissais de chacune de mes sorties. J'étais le captif idéal, un futur partenaire de chasse, le pilote humble et admirable de la BMW M4 coupé. Lorsqu'un dimanche je décidai de renouveler le test de l'aluminium, le résultat fut inespéré : aucune réaction. Le dimanche suivant : même succès.

En France, mes défenseurs décidèrent de rompre le silence. Leur action était vaine, je serais exemplairement condamné. Ils en étaient conscients. Ils ne m'abandonnaient pas. Sans l'empêcher, le Quai d'Orsay parvenait à circonscrire le bruissement médiatique. Comme les diplomates, les journalistes ne voulaient ni ne pouvaient comprendre. Pas le temps, pas les moyens. Et puis, à quoi bon ? Personne ne cherchait à enquêter. L'affaire était trop brumeuse, trop lointaine, on aurait aimé un croustillant plus accessible. Une soirée fut organisée. Mes amis se réunirent, rassemblèrent les troupes et constituèrent quelques bataillons nouveaux. Mon camarade Caelebs était présent, avec Julia qui des journées entières avait tenté de saisir puis de traduire la syntaxe délirante de l'accusation. Thierry et Éric étaient à la manœuvre politique, il y avait ma famille, mon frère qui s'affairait avec Bérénice, Julien, Solwenn, Olivier et tous les autres. Philippe lut un texte : « Autrefois, en Union soviétique, ceux que l'on voulait enfermer, on les faisait passer pour des fous. Aujourd'hui, on les dit pédophiles. Cela suffit à décourager tous ceux qui voudraient se porter à leur secours. Mais qui donc est vraiment dupe d'une pareille rhétorique ? » Mes amis avaient exposé publiquement les rouages de la machination. Le « pas de fumée sans feu » était renvoyé à son statut d'inutile ânerie. Mon procès se révélait pour ce qu'il était : une lourde mascarade. J'avais d'admirables défenseurs, ils m'assuraient sur mes jambes.

C'est assez. Voilà plus d'un an que je vis avec un bracelet autour de la cheville. Il faut fuir. Il est temps.

Ces derniers mois, j'ai échafaudé deux plans. Le premier : je traverse la frontière mongole, la plus proche. Je passe par les montagnes, un guide m'ouvre la route. J'ai étudié les cartes, je suis en bonne condition physique. En moins de quarante-huit heures, je serai de l'autre côté. Le second est plus périlleux en apparence, plus inventif aussi et peut-être plus solide : je traverse la Sibérie, je me fonds dans le décor. Mes poursuivants ne chercheront pas d'emblée vers l'ouest. J'évite les zones de contrôle, j'atteins Moscou par la route en cinq à dix jours. De là, je prépare le franchissement de la frontière occidentale. Trois personnes connaissent mes intentions : Alexandre, sa complice qui me cornaquera durant les premières heures, et ma sœur Bérénice – je l'avertirai de la direction au moment de m'y engager.

Pour certaines missions, les officiers du renseignement opèrent « sous légende ». Durant des mois, parfois des années, ils vivent en usant d'une identité fausse, construite dans le moindre détail. La légende est une enveloppe fragile. Elle est protectrice si on adopte avec rigueur quelques principes. J'ai lu et vu tout ce qui était accessible sur le sujet. Je suis paré autant que je puis l'être. Je connais le terrain, les stratégies. J'ai mémorisé quantité d'informations, je me suis équipé. J'ai plusieurs scénarios, j'ai détaillé une feuille de route heure par heure. J'aime ce que je suis en train de faire. Je m'applique.

Alexandre a risqué sa peau pour moi. Sans lui, la fuite aurait été plus ardue. Alors, bien sûr, au moment de parler de mon compère, je romance.

Je le grime en vieux sage sibérien, je modifie ses traits. Je transforme sa voix, son âge, peut-être son sexe. Alexandre a plusieurs visages. Je colle sur l'ensemble un masque de carton-pâte. Le mélange a pris, il peut lui-même le sentir ; il est perplexe ; c'est collant et croûteux. Impossible de le retirer. La fusion avec les chairs est parfaite. Ce carnaval l'amuse comme l'amuse la sensation de ses doigts qui passent sur un crâne que je lui ai donné chauve. Vous ne mettrez pas la main sur Alexandre, messieurs, aucun risque. Le voilà avec sa dégaine de gentleman de la taïga. Il porte un complet droit à deux boutons, élégant, c'est notre dernier rendez-vous. Nous sommes assis sur un banc isolé, près de la place des Décembristes. Nous ne nous reverrons plus. Il aurait voulu me dégotter des faux papiers. Trop dangereux, le risque était grand de se faire repérer. Il me tend la photocopie d'un passeport suisse avec ma photo habilement insérée. Pas vraiment un sésame. Mieux que rien. Je deviens dans l'instant citoyen de Genève. Je m'appelle Landov.

Il se lève, fait glisser ses mains sur ses vêtements. Il traverse la rue. Il ne se retourne pas.

XXI

Sur la grand-route

Dans un texte sur le monde du crime :

« L'attention des gardiens est toujours moins grande que celle du détenu, nous le savons par Stendhal, qui dit dans *La Chartreuse de Parme* : "Le geôlier pense moins à ses clés que le prisonnier à s'enfuir." »

Des étrangers se parlent par la grâce de la littérature. Varlam Chalamov eut bizarrement besoin de son collègue Proust, de son collègue Stendhal, et moi de Chalamov qui me parla de Stendhal.

Kilomètre 0. Un matin de septembre. Un dimanche. L'automne est déjà là, on le sent à peine. Landov n'a pas dormi. Son sac est prêt. Il présente au monde un visage dispos. Il est 7 heures.

Il lance une émission radio sur son téléphone, on entend une voix prénommée Adèle : « Bonjour à toutes, et bonjour à tous ! Aimez-vous les histoires ? Les histoires qu'on vous racontait le soir sur l'oreiller ou au coin du lit, les histoires à dormir debout ou à ne plus vouloir fermer les yeux… Le livre dont nous parlons aujourd'hui est un roman d'aventure, mais une aventure au sens fort du terme, au sens philosophique que Jankélévitch lui donne : "L'aventure, c'est le surgissement de l'avenir, pour le meilleur et pour le pire." Que la fête inattendue commence ! »

Landov est tendu, ses gestes sont minutieux. Il attrape un rouleau de papier argenté. Il se penche sur le bracelet qui enserre sa cheville gauche. Il le recouvre d'aluminium, il s'applique. Il s'assoit. Il attend quatre minutes. Il se lève, il jette un œil sur sa liste d'instructions. Il ne réfléchit pas. Il exécute les étapes inscrites sur papier. Personne dehors. Il tire les rideaux, il allume la lumière. Il enfile son sac à dos. Il glisse dans sa poche un navire en papier de couleur bleue. Il s'engage dans les escaliers.

Dans l'appartement vide, une lettre de deux pages trône en évidence sur la table du salon. Elle s'adresse aux autorités judiciaires et au ministre des Affaires étrangères de la Fédération de Russie. Elle se veut remplie d'esprit et d'un peu de fiel. La dernière phrase dit : « Selon le scénario bien connu, vous voilà en devoir de me poursuivre et moi de n'être pas rattrapé. » Un GPS a été oublié dans un coin de la chambre. Dans quelques heures, un enquêteur le ramassera, il l'allumera. Il découvrira un itinéraire enregistré, des balises, la frontière mongole. Son œil sera attiré par *Mounkou Sardyk* – le « Dénudé Éternel » –, point culminant des monts Saïan, à 3 491 mètres d'altitude, et il lira le nom d'un village près du lac Khövsgöl.

Le ciel est très haut, d'humeur nuageuse. Landov prend la direction de la gare routière. Le vent du matin lui fait du bien. Il marche sans être suivi, il s'en assure. Il monte dans un minibus qui doit partir en direction du Saïan oriental. Il est 7 h 24. Il achète son billet, s'assoit parmi les passagers. Il dissimule son téléphone sous un siège. Il sort du minibus quelques minutes avant le départ, prétextant un besoin urgent. Le téléphone s'évade sans lui. Bientôt, des policiers partiront sur la trace du leurre.

Landov achète des cigarettes, il en fume une, monte dans un taxi. Il pense aux montagnes qu'il ne verra pas. Un chauffeur taiseux le dépose dans une petite rue déserte, à quelques pas de la statue du général Koltchak. Il est 7 h 57. Le rendez-vous est à 8 heures. Un chien glapit. À 8 h 09, le monde est devenu intolérable. Landov se maudit et maudit Alexandre pour sa trahison, il voit passer un chat inconnu, ce n'est pas Béhémoth, celui-là porte la guigne, des sirènes hurlent au loin, il hésite, faut-il vider les lieux ? « Ah, je suis un pauvre naïf ! » entend-on résonner dans le crâne de Landov, et encore : « Ignoble Judas ! Ordure ! Salaud d'Alexandre ! » Un agent s'approche puis s'éloigne sans un regard. « Mais qu'on en finisse ! » À 8 h 11, une camionnette blanche s'arrête à sa hauteur. Il vérifie la plaque d'immatriculation. Le monde est redevenu aimable. De grands yeux bleus se tournent vers lui.

« Landov ?
— Bonjour Ksenia.
— Monte. »

Elle est blonde, cache des tresses savantes sous sa casquette, elle porte une tenue de chantier. Ils se rencontrent pour la première fois. Ils parleront peu. Tout a été préparé dans les moindres détails, chacun connaît sa partition. Dans le crâne du fugitif, une voix de nouveau : « Honte à toi ! Douter d'Alexandre fut indigne. »

Kilomètre 79. La camionnette s'arrête dans un chemin abrité par de grands mélèzes. Ksenia déplie une couverture en aluminium. Landov s'y glisse. À l'intérieur, il peut couper son bracelet sans risquer l'émission d'un dernier signal. La précaution est inutile, il le sait, mais sa comparse doit être tranquillisée. Elle est sauvage et précise. Lui est rassurant et maîtrisé. Ils pourraient se connaître depuis toujours, ils jouent note contre note. La pince déchiquette le métal et le plastique. Landov est libre, il caresse sa cheville. Il passera le reste de la journée à l'arrière du véhicule, dissimulé dans un carton, recouvert de sable, de sacs de plâtre et d'outils. La camionnette redémarre. Il s'endort.

La chaleur arrive. Ksenia transpire, ses mains adhèrent au volant craquelé. Les premières heures sont décisives, elle cogite. Si l'alerte est donnée, des barrages apparaîtront. Quitter la ville fut aisé, mais les poursuivants peuvent agir dans toute la région, restent au moins sept cents kilomètres à abattre pour en sortir. Il n'existe qu'une route dans cette direction, une longue ligne droite dans la taïga. Jusqu'ici la voie est libre. Aucun signe alarmant. Ksenia penche la tête vers le ciel, elle vérifie : aucun hélico. Les empotés ne chercheront pas à l'ouest, elle se le répète comme une prière. La seule menace serait un contrôle de police inopiné, des flics curieux qui iraient remuer le sable. Peu probable. Surtout un dimanche. Elle déposera son colis à Krasnoïarsk, dans quinze heures environ, mille kilomètres de route. Là-bas, elle dormira un peu avant de repartir au petit matin. Demain soir, elle sera chez elle, et mardi au bureau, comme d'habitude après son congé du lundi. Son téléphone aura passé le week-end avec Alexandre, ils se seront promenés ensemble. Mardi soir, elle dînera avec ses parents, avec Piotr, ils parleront du mariage. Elle sera un peu fatiguée, heureuse du devoir accompli. Personne ne saura rien de son échappée. Aux salauds tapis dans l'ombre, l'action de l'ombre seule peut être opposée. Ksenia agit pour la justice, pour Alexandre son mentor, et parce qu'elle croit que la vraie vie est une aventure excessive, un rugueux merveilleux.

Bien que je l'aie à peine maquillée, personne ne la retrouvera. Inutile, messieurs, vous cherchez en vain. Je ne la connaissais pas et, comme Alexandre, j'ignore si je la reverrai un jour. Les années passeront. Nous resterons liés par le secret et par ces mots. Ils les liront, ces lignes sont pour eux.

La camionnette a été fréquentée assidûment par deux chiens et des cadavres ramenés de la chasse. Une fragrance animale poignante s'agglutine autour de Landov, s'enroule autour de ses jambes, monte jusqu'à sa poitrine et lui voile le visage. Il sue à grosses gouttes sous le sable de son terrier, il grignote des barres de céréales, il boit un peu d'eau. Il touche de temps à autre sa cheville. Il sent la présence fantomatique du bracelet, comme un membre qu'on lui aurait amputé. Un trou dans la carrosserie laisse voir des fragments de paysage. Les premières teintes d'automne sont là. Ksenia fait galoper sa machine, elle double camion après camion ; la plaine despotique est liberté. Bouleaux, stations d'essence, restaurants routiers défilent. On croise la voie ferrée, celle du Transsibérien. Le temps devient idéal : il pleut. Ksenia est satisfaite, le moteur refroidit. De vastes tronçons de route sont en travaux, il faut ralentir, elle peste.

Kilomètre 755. Il est 19 heures. La camionnette s'immobilise. Elle a quitté la région d'Irkoutsk. Landov peut sortir de son terrier. Il se lève, son corps est perclus, il chancelle, s'assoit. Les deux rejoignent un restaurant presque désert. Dans la grande salle au carrelage en échiquier, un téléviseur ânonne avec peine. Les comparses engloutissent quelques crêpes, ils sirotent un thé noir. Ils ont de beaux petits visages fatigués. Elle bâille, il sourit. Ils se comprennent sans mots, ils aiment ce monde. La camionnette repart dans l'obscurité.

La fin du trajet est douce, il pleut. Landov a pris place à l'avant, la chaleur est moelleuse. Ksenia envoie la musique. Les élégies de Boulat Okoudjava bercent les voyageurs, on entend une prière :

Tant que la terre tourne et que le jour demeure,
À chacun, donne donc ce qu'il n'a pas, Seigneur :
Donne au sage une tête, et un cheval au couard,
L'argent au bienheureux… Et n'oublie pas ma part.

La dernière heure est consacrée à l'œuvre du groupe Aquarium et, comme souvent sur les longues routes, une chanson se présente pour dire l'état du cœur, l'état de l'âme et de l'esprit :

Ô mer glorieuse, ô Baïkal sacré !

On écoute les *Pensées d'un fugitif au Baïkal.* Boris Grebenchtchikov chante seul sans afféterie, avec la bonté quiète des braves, sans les chœurs habituels, avec des basses profondes et l'assentiment qui emporte tout :

Longtemps j'ai traîné des chaînes pesantes,
J'errai vers Akatouï et ses ravins,
Un camarade épaula ma tangente,
Je pris la liberté, la vie revint.

Les yeux des deux clandestins se croisent, ils éclatent de rire.

Kilomètre 1 063. Un peu avant 1 heure du matin, ils sont à Krasnoïarsk, troisième ville de Sibérie. 1 066 934 habitants. 12 °C. Il y a un vent très léger, une fraîcheur agréable, on respire.

Ksenia se renseigne dans un kiosque de nuit, dans un bar puis dans un autre. Landov se contente de hochements de tête, d'un bonjour ou d'un merci – pour l'heure, ne laisser aucune trace, ne pas se trahir par l'accent. Elle trouve un loueur, celui qu'elle cherchait, peu regardant sur la paperasse. Il inscrit sur une feuille les données d'un passeport russe qu'elle lui tend, ce n'est pas le sien, elle l'a volé, la photo ne lui ressemble pas.

L'homme s'en moque, il empoche le loyer pour la semaine, donne les clés et retourne se coucher. Les deux complices s'effondrent sur le canapé-lit.

À 7 heures, Ksenia se lève pour reprendre la route. Landov ouvre difficilement les yeux. Elle lui avoue qu'elle n'a jamais connu angoisse aussi enfiévrée que lors des premières heures sur la route. Il la prend dans ses bras, murmure un merci. Elle ne l'oubliera pas. Il pensera souvent à elle. Il observe les nattes fleur de soufre s'évaporant dans les escaliers.

La planque est située au neuvième étage d'un immeuble qui en compte vingt, dans le quartier le plus peuplé de la ville. Des tours, rien que des tours plantées dru. Les accès sont sécurisés et, depuis ses fenêtres, Landov peut tous les observer. Personne ne le débusquera ici. À moins d'un kilomètre, il découvre un centre commercial gigantesque. Il compte 51 magasins de vêtements, 22 de chaussures, 13 enseignes vendant parfums et cosmétiques. Les 31 restaurants servent une nourriture rapide aux saveurs caoutchouteuses : burgers et sushis poisseux, mornes pizzas… Le lieu est parfait, on y est invisible parmi des milliers d'autres invisibles. On peut se connecter à un réseau wi-fi. Une vague soupe musicale résonne dans les galeries, le même programme se répète immuablement toutes les heures.

Landov reste quatre jours enfermé dans l'appartement, il a des provisions, il suit son plan : bouger peu et observer. À l'étage supérieur, toute la journée, une femme exaspérée hurle sur une petite fille. Un soir, quelqu'un frappe à la porte, le fugitif s'imagine perdu. Il s'arme d'un long couteau. Un prospectus publicitaire glisse sous la porte, le pas du représentant commercial s'éloigne. Il frappe à la porte voisine. Le cinquième jour, Landov sort de son trou et rejoint le centre commercial. Il se connecte. Les articles sur sa disparition pullulent. Un avis de recherche fédéral a été émis. C'est sans surprise, mais son cœur s'emballe quelques minutes. Comme convenu, il dépose un message sur une boîte sécurisée. Alexandre répond : il semble inquiet, craintif pour la première fois, l'équipe qui devait venir de Moscou préfère attendre que l'affaire soit oubliée. Landov dormira peu cette nuit-là. Au petit matin, il a pris une décision : le chemin le plus sûr est celui qu'il parcourra seul. Il doit entrer en mouvement avant de se faire repérer. Il dispose d'un téléphone neuf, de deux cartes SIM anonymes, d'une réserve de roubles et d'euros. Restent un peu plus de quatre mille kilomètres. La partie est jouable. Le citoyen de Genève ouvre un compte sur un site de covoiturage, et un autre sur une plateforme de location de logements. BlaBlaCar et Airbnb sont des pourvoyeurs de costumes et d'identités sur mesure, on peut nourrir avec eux la légende du voyageur suisse, se fondre dans un paysage et contourner la police. Un téléphone utilisé avec science est une cape d'invisibilité. Le fugitif est prêt. Pire : il brûle de faire ce qu'il redoute.

Un dernier shoot de Russie. Une grande claque administrée à soi-même, la foudre des grandes joies et la douleur asphyxiante qu'elle désenchaîne, puisse-t-elle me perdre, m'instruire et me ravir, se dit Landov, comme la première. Il change de tête, une coiffeuse le teint et le transforme. Elle lui souffle sur le front pour écarter les cheveux fraîchement coupés, il tressaille, cette femme est une artiste. Elle distille maintenant sur sa nuque de petites bouffées tièdes et odorantes. Il s'abandonne à cette brise charnelle aux arômes de café mêlés de chocolat. Les vents seront favorables. Le lendemain, il part pour Novossibirsk, en compagnie d'un directeur commercial qui goûte à tous les bavardages, à l'exception de ceux qui touchent à son travail. Durant le long trajet, ils évoquent la beauté des montagnes suisses, les paysages sibériens, les rochers poignants de Stolby, Genève, le ski, ils causent vin rouge et de la difficulté d'être père quand on est séparé de son enfant, ils partagent cette expérience, ils fraternisent, conviennent que Gogol avait raison en son temps déjà, il y a deux problèmes en Russie : les demeurés et la chaussée, les chemins et les crétins, ils se promettent de rester en contact, car on arrive incessamment, ils sont émus par ces douze heures passées dans l'amitié. Adieu et bonne chance !

Le covoiturage, quelle invention sublime.

Kilomètre 1 850. Il est 19 h 30, ils sont à Novossibirsk. Troisième ville de Russie, la plus importante à l'est de l'Oural. 1 584 138 habitants. 19 °C. Il fait bon, la lumière est douce, le soleil s'éteint.

Le directeur commercial rejoint son hôtel. Landov feint de prendre la direction du sien. Tout le jour, il a travaillé. Pour son conducteur, il contrefaisait la joie de visiter bientôt la capitale du district fédéral sibérien, mais en douce, il organisait sur écran la suite du voyage. Il mène sa cavale et il tient sa légende. Il angoisse maintenant, ne sait où aller, il attend des réponses. Le téléphone tintinnabule. Une BMW X4 noir métallisé. Direction : Omsk. Rendez-vous à minuit, place Lénine. Il y est justement. Il a quatre heures devant lui. Landov se dirige vers un pub qu'il connaît, c'était dans une autre vie. Il s'installe au bar, s'y restaure, arrange consciencieusement ses prochains trajets. Il vérifie les fuseaux horaires, il calcule. Vers 22 heures, le lieu s'anime. À 22 h 10, le chef d'une bande de fêtards costumés lui tend une bière. À 22 h 14, l'affaire est entendue, il commande une bouteille de vodka et arrose la troupe. Avant 23 heures, on danse sur la piste, sur les tables, dans les éclats de rire et les bris de verre. À 23 h 35, Landov enlace une noble hétaïre à la peau de lait, elle l'embrasse, il lui dit : « Comme c'est délicieux ! Santé ! » À 23 h 55, il annonce qu'il quitte les lieux, elle lui fait promettre de revenir, il reviendra, il s'excuse en s'éloignant, il va simplement chercher un camarade, il est dehors déjà, elle lui crie qu'il ressemble à Cendrillon en train de fuir aux douze coups de minuit.

Landov rejoint la BMW X4 noir métallisé. Le nouveau conducteur fume à côté de sa voiture rutilante, une large cicatrice coupe son visage de crapule. Il a trente et un ans. À l'avant, sa mère est teinte d'un roux incandescent, sans nuance. Elle engueulera le fils toutes les deux heures, sans faillir, inventant à chaque fois un nouveau motif. Landov se cale à l'arrière, à côté d'une jeune fille nerveuse aux cheveux verts, aux ongles longs et peints en rose. Il somnole longtemps, puis s'endort. Il rêve. Il se voit en poisson, il nage, il tente d'échapper aux phoques qui veulent l'attraper. Il doit plonger toujours plus profond dans les ténèbres. Au milieu de la nuit, une voix caverneuse le réveille. Il sursaute, son cerveau hébété n'est capable de rien. La police de la route vérifie les papiers du véhicule, ceux du chauffeur. Une lampe promène son faisceau éblouissant à l'arrière. Le poisson Landov n'a pas le loisir de s'inquiéter ni de comprendre, la voiture repart. Il peut s'enfoncer de nouveau dans les abysses.

Kilomètre 2 480. Omsk. 1 178 100 habitants. La deuxième plus grande ville à l'est de l'Oural. Il est 9 h 30. 15 °C. Il y a comme un brouillard que le soleil perce difficilement, peut-être la pollution.

La fille aux ongles roses règle le prix du voyage et quitte le navire sans un mot. La BMW doit être revendue à Iekaterinbourg, Landov l'a compris. Le balafré va conduire encore mille kilomètres. Il fait souvent le voyage jusque dans l'Oural, vingt heures, trente heures au volant, plus parfois, il en a l'habitude. Quelques pauses, du café et tout se passe merveilleusement. La combine paye bien. Mille à trois mille euros par voiture. Landov saisit l'occasion, il poussera avec eux jusqu'à Iekaterinbourg. La mère et le fils s'en étonnent à peine. Un nouveau passager embarque : un militaire en permission. La journée sera rude. L'homme pose mille questions, comme s'il testait la légende du Suisse :

« Combien d'habitants à Genève ?

— Deux cent mille environ.

— Exact, c'est ce que dit Wikipédia.

— Et tu as une photo de ta fille ? Montre !

— Non, pas avec moi.

— Tu rigoles ? Tu la caches ? Pourquoi ?

— Mais non, on m'a volé mon téléphone hier. Un moment d'inattention… C'est la merde ! J'ai tout perdu. Je viens d'en racheter un.

— Putain de couille ! Ce pays…

— …

— Montre-moi ton Facebook alors ! C'est quoi ton nom ? Je vais t'ajouter à mes amis.

— Je ne suis pas sur Facebook.

— Quoi ?!

— …

— Sur Instagram alors ?

— Ma vie privée reste privée !

— Et comment tu communiques avec tes amis ?

— En chair et en os !

— Mouais…

— Et j'utilise WhatsApp ou Telegram.

— Moi aussi !

— Très bien, donne-moi ton numéro alors.

— D'ac, mais t'es bizarre le Suisse, qu'est-ce que tu branles sur cette route ?... »

Le balafré s'immisce : « Mais fous-lui donc la paix, grand connard ! C'est l'un des nôtres. Un romantique des steppes qui trace son chemin ! » Tout le monde rit.

« Ces Arabes qui débarquent tous en Europe, quelle calamité, vous prenez des mesures au moins à Genève ? » interroge la mère. Le fils : « C'est vrai que les pédés se marient chez vous ? » Le militaire : « Que des enfants voient les pédales s'embrasser dans la rue, c'est un problème ! » La mère : « Mais non ! On peut toujours les en empêcher, les foutre en taule ou les corriger, pour leur bien et celui de tous, le pire, c'est les migrants... Heureusement, ici, on a réussi à conserver un peu de pureté. » Le militaire, d'humeur badine, s'esclaffe : « Nègres, bougnoules et pédés, il faudrait les marier ! Ça serait une solution !... » La mère s'offusque : « Pas drôle ! Tu as vu ces macaques qui attaquent les blondes en Allemagne ? Des violeurs en bande, c'est une infestation ! Et les Européennes devraient se laisser tripoter ?! Et engrosser aussi ?! Par des primates ! Merde à Dieu ! Faut pas croire que tous les animaux migrateurs rejoignent facilement la civilisation... »

On demande à Landov son avis, il élude. « Tu portes une barbe, tu n'es pas pédé, alors pourquoi les défendre ? » s'indigne le militaire. La mère attaque : « Et les migrants, ils entrent par force dans ta maison, et tu les laisses prendre ton pain, ta femme et ton travail ? » Les passions verbales tonnent de plus belle. La scène se clôt avec un débat sur l'existence d'une race reptilienne qui contrôlerait la planète. Le balafré insulte sa mère, lui dit qu'elle est d'une sombre bêtise, d'une crédulité de gallinacé, elle insiste, elle a vu des vidéos probantes, beaucoup de chefs d'État sont en fait de gros lézards sous un camouflage de peau humaine. Le militaire estime que l'hypothèse doit être étudiée. Landov acquiesce.

Kilomètre 3 434. Iekaterinbourg. 1 444 439 habitants. La quatrième ville de Russie. Il est 20 h 30. 19 °C. Le pavé a la tiédeur des beaux jours, une brise apaise le monde.

Les passagers de la BMW ont vécu la dernière heure dans une hilarité complice. Ils s'embrassent, se souhaitent le meilleur. Le militaire invite le Suisse, juste un verre, il esquive. Landov gagne à la hâte l'appartement réservé en ligne. Il respire. La propriétaire lui conseille un restaurant, Fratelli, le meilleur italien de la ville.

Au 62 de la rue Sacco-et-Vanzetti, on installe le touriste à une grande table ronde. Un quartet propose une musique d'ascenseur embarrassante. L'huile d'olive dans laquelle il trempe un morceau de pain est exceptionnelle, intense et boisée, avec une étonnante touche de vanille. Une bouteille de montevertine arrive, tout en légèreté, comme la serveuse, songe le Suisse, aux arômes de violette, de terre humide, de tabac et d'herbe fraîchement coupée. La burrata à la truffe contribue à une relaxation bienheureuse, le velouté d'asperges vertes rassérène, on le médite, puis on fait fondre en soi le classique risotto aux cèpes, passage obligatoire avant le chatouillis licencieux des desserts au citron. « Ton ivresse est une bêtise », dit Landov à Landov qui décide de rentrer à pied. Il admire une église très blanche et, dans l'or mielleux des cloches, il reconnaît les petits verres de grappa invecchiata qu'il vient d'avaler. Il déchiffre un panneau : « Église sur le sang versé en l'honneur de tous les saints resplendissants dans la Sainte Russie. » Au début du XXe siècle, on trouvait à cet emplacement une grande maison. C'est là, dans une cave, que les bolcheviks fusillèrent le dernier tsar, Nicolas II, avec femme, enfants et personnel de maison, le 17 juillet 1918.

Kilomètre 4 419. Kazan. 1 231 878 habitants. La capitale de la république du Tatarstan. Il est 23 heures. 14 °C. La ville est détrempée, le ciel bave une encre noire.

L'église, le tsar sont loin. Landov vient d'avaler encore mille kilomètres dans la voiture minuscule d'un couple de médecins. Durant le trajet, elle a distribué de petits concombres, des fruits et du chocolat, elle a donné lecture de poèmes, a chanté, s'est souvent dandinée sur les musiques de sa jeunesse. Son mari les distillait en commentant chaque morceau avec gourmandise. Landov s'est délecté, il a filmé quelques scènes, s'est écrié « Hourra l'Oural ! » lorsque les monts sont apparus, a bavardé avec un camarade à l'arrière, un ancien prisonnier reconnaissable à ses tatouages, des bêtises de jeunesse, se désole-t-il. L'homme est doux, reconverti dans l'élevage canin, il se prénomme Azat. Au petit matin, à 5 heures, un nouveau chauffeur mènera Landov jusqu'à Moscou. En attendant, il est attablé dans un café avec le repenti à la longue barbe, ils fument un narguilé en buvant une décoction de plantes et d'airelles. Ils sont seuls. Dans quelques minutes, la situation va dégénérer. Un homme entre en compagnie d'une femme qu'il est impossible de ne pas voir. Les hommes ont tous des cervelles reptiliennes, alors elle offre sa poitrine, exagère sa cambrure, sa robe vermeille fait le reste. Le petit être qui l'accompagne porte un survêtement assorti à la robe, avec trois bandes blanches sur les épaules. Une ivresse simple et mauvaise monte en lui, les gestes sont brusques, la parole est haute, belliqueuse. Azat le toise et monte en décibels : il pensait que le lieu était tranquille et la clientèle distinguée. La teigne saisit l'occasion.

« Un souci les gars ?

— Oui. Je passe un moment de détente avec mon ami, et tu viens nous troubler. C'est un souci.

— Quoi ?

— Tu as très bien compris, parle moins fort, va t'asseoir plus loin !

— Tu m'insultes et me couillonnes putain de bite, j'y crois pas... Tu m'offenses chez moi, enculé de couillon !… Ce bar couillument paisible, putain de couillonnade, c'est maaaa grosse couille de bar ! Merde, putain de chatte ! Mais dégagez les pédales, dehors avec vos putains de cons couillus ! »

Landov se lève, fait signe à Azat de garder le silence. Pas le moment de donner dans le concours de virilité. Il prend son accent de contrition, fait l'éloge du lieu, annonce qu'ils vont filer sur-le-champ, ils ne veulent pas de problème, ils vont payer et déguerpir. Ils demandent l'addition, ils demandent pardon, s'excusent platement, désolés, vraiment, nous nous excusons. La teigne s'éloigne, l'air satisfait. Il donne un ordre à la serveuse en robe noire, il rejoint la robe vermeille. Landov pose un billet sur la table, Azat le lui rend. Il le remplace par le sien. Il descend aux toilettes. Ensuite, ils partiront. Le Suisse hésite, il pourrait attendre dehors, mais il se rassoit. Les esprits se sont apaisés, son génie intérieur lui dit : « Tu as agi comme il convenait. » Dans son dos, il ne voit pas la teigne s'approcher, avec en main le petit chalumeau qui sert à enflammer le charbon des narguilés. Landov tourne la tête, il esquive. Le métal chauffé à blanc frôle sa joue et s'écrase sur l'épaule droite. La chemise est transpercée, la chair brûle. Landov hurle, repousse l'assaillant, chaises et tables se renversent. La teigne se relève. Landov se relève. Son cœur coléreux vient de s'allumer. Il frappe sec. Le premier coup est candide, c'est Perceval qui presque par inadvertance transperce de son javelot le crâne du chevalier Vermeil. Le deuxième coup est décidé, c'est Quasimodo qui précipite Frollo du haut des tours de Notre-Dame. Le troisième est comme les suivants, voluptuaire. C'est la violence, ce moment où l'on perd la tête en tranchant celle d'un autre. On devient l'intraitable Judith de Béthulie décapitant le général Holopherne, on libère une ville et un orgasme, on jubile, on jouit comme une petite fille vengeresse, on devient Arya Stark lorsque sa lame s'enfonce dans les chairs de ses ennemis ; elle essuie son épée sur le cadavre, et durant cette seconde, nous sommes aussi le sourire repu de Sansa Stark, sa sœur, nous sommes son pas léger lorsque, tournant le dos à la cage où croupit son bourreau, elle entend des cris d'épouvante mêlés aux aboiements des chiens en train de dévorer.

Landov laisse derrière lui une robe vermeille hurlante, une robe noire mutique, Azat toujours assis sur sa cuvette et un corps dans une flaque de sang – le visage détruit n'a plus d'expression, la bouche est une béance, les yeux fixent le plafond. Sur le carrelage brun, une dent rougie tourne sur elle-même.

Il court sur le trottoir humide avec son sac sur l'épaule gauche, il perd l'équilibre, tombe. Il lui faut se laver, il faut reprendre consistance. Il court, il cherche. Mais quoi ? Là : une pharmacie ouverte dans une rue isolée. On l'autorise à utiliser un lavabo. La chance est avec lui. Le visage est intact. Les traces de sang s'effacent, seule demeure une égratignure à peine visible sur le front. Pour l'épaule brûlée, la pharmacienne conseille un baume appelé Le Sauveur. Elle aide Landov à poser un pansement. Il pourrait porter plainte pour agression. La blessure est vilaine. Souhaite-t-il qu'on appelle la police ? Merci, un taxi suffira. Il tente de faire disparaître la teinte rouge de sa chaussure droite. Il se change, jette la chemise carbonisée dans une poubelle, ajuste sa casquette, l'aigle bicéphale brille sous la lumière jaune. On entend une voix :

Je m'appelle Landov, le diable est avec moi, vous n'aurez pas ma peau.

Il disparaît dans la nuit. Dans son sillage, on voit courir un gros chat noir.

Kilomètre 5 245. Moscou. 18 heures. 21 °C. Plus de douze millions de fourmis humaines s'agitent sur les trottoirs, dans les rues, dans les intérieurs.

Le visage revêche d'une Mercedes GLC coupé entre dans la capitale. Un homme malingre la conduit. À ses côtés, le passager avant somnole sous sa casquette, il évite ainsi de devoir parler. Son épaule droite lui cuit, il sent monter comme un début de fièvre. Ou alors c'est l'exaltation des derniers jours qui décline et se transforme, c'est un bouillonnement qui retombe, celui senti il y a une heure peut-être, à l'entrée de la ville, lorsque la Mercedes fut stoppée par trois policiers. Ils ont vérifié l'identité du conducteur, son permis, l'immatriculation, l'assurance, puis ont remarqué un beatnik affalé sur la banquette arrière. Il donnait l'impression de se cacher. Ils l'ont apostrophé. Landov a maintenu un regard droit, ignorant les flics. Il a maudit *in petto* le clochard céleste, ses cheveux crasseux et sa philosophie frelatée, il a maudit le conducteur, la petite croix orthodoxe qui balançait à son cou et la charité chrétienne qui l'avait poussé à embarquer ce loqueteux fier de ses loques. Lui, le fugitif, avait mystifié son monde, ses poursuivants, il avait semé le FSB, s'était fondu dans le paysage, avait avalé ses cinq mille kilomètres de bitume mauvais sans broncher, sans chanceler, il avait supporté la cuisson, démoli consciencieusement une crapule, et tout ça pour perdre la partie aux portes de Moscou, trahi par ce déguenillé sans âge qui allait provoquer une inspection générale des passeports et l'arrachement brutal du masque de Landov ?

Le conducteur décida d'engueuler les flics du haut de sa Mercedes GLC coupé : les papiers du véhicule étaient en règle, que voulaient-ils ? Un pot-de-vin ? Dites-le, messieurs, parlez clair, parlez corruption ! La semonce fut salutaire. La voiture repartit après grommellements et un bref juron.

Landov est à Moscou, lui ou sa défroque carnavalesque, on ne sait pas. Le masque et le costume pourraient avoir fondu sur la peau. Le fugitif n'a donné aucun signe de vie depuis dix jours. À l'ambassade de France, rue Bolchaïa-Yakimanka, un téléphone vibre. Une main tremble, des messages s'échangent sur une application chiffrée.

Mireille : Soulagée de te voir réapparaître. Tu vas bien ?

Landov : Bien. Je suis à Moscou.

Mireille : Comment puis-je t'aider ?

Landov : Invite l'ambassadeur dans la chambre sourde. Je vois trois scénarios :

1) Une entrée discrète et rapide dans l'ambassade.

2) Un RDV dans un endroit tranquille, vous m'envoyez quelqu'un, on discute.

3) Ce message n'a jamais existé, je poursuis mon chemin.

Mireille : Je te tiens au courant.

Vingt minutes plus tard.

Mireille : Option 1. On t'attend à partir de maintenant. La grille sur le côté, tu vois ?

Landov : Dans dix minutes.

XXII

La prison dorée

Dans un roman, Ludmila Oulitskaïa sort d'une malle cette lettre :

« Bonjour, ma gentille petite fille !

La porte vient de se refermer sur moi, et je reste seul avec ma solitude et mes pensées. Objectif : que cette arrestation se transforme en un passe-temps intéressant. Je vais tout écrire, tout, car tu liras ceci quand tout déjà appartiendra au passé ; le souvenir lui-même sera sans doute enrobé d'un peu de poésie. »

Il n'y a rien dans le monde qui n'ait son moment décisif.

Je le vis, je le pris. Pour m'enferrer ensuite dans une ambassade. Pourquoi ? Par aveuglement ? Je connaissais pourtant les fonctionnaires en charge, leurs aptitudes, et je savais ma valeur d'usage. J'étais parfaitement inutilisable, inutile et même dangereux désormais pour leurs carrières. Que m'était-il permis d'espérer en poussant la grille ?

Mon épaule brûlée m'incita-t-elle à m'abriter dans une cage ? Était-ce mon instinct de bête blessée ? Possible. J'ai une autre hypothèse : le tropisme puissant des prisons. Je m'y suis jeté par goût. J'aime les murs d'enceinte, les hautes tours, on s'y adonne à la solitude, ce luxe. On peut lire, écrire en paix. C'est l'histoire que je commençais à me raconter lorsque je pris conscience du piège dans lequel j'avais glissé.

J'avais bondi hors de la voiture en toute candeur. Des gendarmes nerveux attendaient derrière la grille, ils se déployèrent sur le trottoir. Mireille ouvrit le portail et me fit entrer. Nous traversâmes les sas de sécurité, un long couloir. Elle me conduisit dans un petit studio à proximité des cuisines, en face de la résidence de l'ambassadeur. Il était là, assis, il m'attendait, avec à ses côtés le premier conseiller qui demeura silencieux, prenant note des bribes de mon récit. On frappa à la porte, je m'interrompis. L'intendant déposa une bouteille de vin rouge sur la table. L'ambassadeur remercia, nous servit. Il avala une petite gorgée.

« Écoutez, vous nous mettez dans une belle merde… Des histoires comme celle-ci, on sait quand elles commencent, on ne sait pas quand elles finissent. Vous êtes entré, d'accord. Mais impossible de dire quand vous sortirez. Dans un mois, un an, dix ans… Voilà. J'ai appelé le ministre. Il est à New York pour l'assemblée générale des Nations unies. Je l'ai convaincu d'informer les Russes. Sans attendre. Vous comprenez, je ne veux pas de problèmes. Et ils le savaient déjà, c'est sûr. L'ambassade est surveillée. Ils l'auraient su très vite. Bref, les Russes sont informés. Maintenant, on va voir si on peut négocier. Ils sont furieux. Ça risque de coûter cher… Vous n'allez pas vous faire que des amis au Quai d'Orsay… Il va falloir être discret, nous allons vous planquer. Tout ça pourrait nous péter à la gueule. »

J'acquiesçai courtoisement. J'étais abasourdi. Je m'étais désenchaîné, et me voilà de nouveau plongeant dans une bouillasse impeccable.

Un précepte guide les hommes du Quai d'Orsay : « En toutes circonstances, penser d'abord à se couvrir. » C'est une maxime qui se partage à voix haute ou basse, avec des variations, elle pénètre les corps et les esprits. Je tiens sa formulation la plus juste d'un personnage falot, rigolard, amer d'avoir écumé les cabinets sans obtenir les promotions qu'il convoitait. Je le croisai un jour au hasard d'une réunion moscovite, il énonçait dans un couloir les trois priorités des diplomates : « *Cover your ass* est la première, se servir est la deuxième, et ensuite nous servons l'État, parfois, quand nous sommes en capacité. » La protection réflexe des arrière-trains était une clé de lecture géopolitique, assurait-il. Mon arrivée à l'ambassade déclencha le réflexe : l'affolement gagna le maître des lieux, la sidération se mêla à la fable de la toute-puissance du renseignement russe.

Dans le brouillard des circonstances, une ambassade avait averti de la présence d'un ressortissant en fuite moins d'une heure après son arrivée. Les analystes du FSB savourèrent. Je connais leurs conclusions, je dirai plus tard comment. Ils déduisirent qu'ils étaient en présence d'hommes paniqués et irréfléchis. La surveillance du bâtiment n'aurait pas permis d'identifier l'hôte spécial au milieu du flux quotidien des visiteurs, des employés et des résidents. Même avec des moyens extraordinaires, cela aurait pu prendre des semaines, des mois. Inspirés par la crainte, les irréfléchis étaient donc incompétents de surcroît. La négociation à venir s'ouvrait sous d'heureux auspices.

Sous-estimer les forces du joueur auquel on fait face nous expose au plus grand danger. Les surestimer conduit aux défaites les plus piteuses.

À New York, un ministre hésitant s'approche d'un autre qui écrase une cigarette. Ils ont le même âge et rien en commun. Le Français sollicite un entretien privé. Le Russe l'entraîne dans une petite salle, ils ont avec eux deux interprètes. Ils s'assoient. Je sais ce qu'ils se disent.

« Je vous écoute, cher collègue.

— Je souhaite vous délivrer une information concernant l'affaire Yoann B.

— Ah oui… Aurait-il été arrêté par les Mongols ? Stoppé net par un ours dans les montagnes ? Je n'ai pas été avisé de la découverte d'un cadavre.

— Il est à Moscou, l'ambassadeur vient de me le faire savoir.

— Vous vous moquez ?

— Non, malheureusement. Il s'est réfugié dans l'enceinte de notre ambassade. Nous ne pouvions pas le laisser dehors, vous comprenez. Je puis vous assurer que nous regrettons cette situation.

— Vous me dites qu'il a traversé la Russie ?

— Je crois, oui.

— Vous vous foutez de moi ! Mais qui est cet homme enfin pour s'être échappé de la sorte ?

— Je puis vous assurer qu'il n'y a aucune duperie, rien qui soit lié au renseignement français. Nous regrettons cette situation.

— Quel bordel ! Si l'histoire est ébruitée…

— Nous le comprenons. Nous suggérons d'ouvrir une négociation discrète visant le retour en France de notre compatriote.

— Fort bien. Nous allons réfléchir.

— Merci.

— Il y aura des contreparties.

— Naturellement.

— Je dois informer mes services. Que les choses soient claires : le jour où les médias révèlent où se trouve votre homme, toute discussion secrète deviendra impossible, nous irons vers une confrontation publique.

— Nous en sommes conscients. »

Je séjournai un an dans la prison dorée. Je régnais sur une chambre de quinze mètres carrés avec salle de bains. J'y étais à mon aise. Je disposais d'une connexion Internet, de livres et de deux fenêtres : l'une trop exposée aux regards était masquée par un rideau, l'autre m'apportait un peu de lumière. L'ambassadeur me fit présent d'une robe de chambre.

Les premiers jours, je constatai que ma peau brûlée ne se régénérait pas. J'observai la blessure dans le miroir, de la taille d'une pièce de monnaie, mais plus profonde que ce que j'avais d'abord imaginé. Je dus m'en ouvrir à Mireille, contant l'histoire peu plausible d'un accident domestique. Elle ne posa aucune question, m'apporta de quoi me soigner. La plaie se referma. Aujourd'hui, c'est une sotte cicatrice en forme d'astérisque, une bouche en cœur insensée, mon expression sans doute lorsque l'acier incrusta ma chair. Quelquefois je me dis que j'ai été gradé, je porte sur l'épaule une jolie petite étoile rouge. Je l'ai méritée.

La scène ne dura qu'une poignée de secondes, une minute peut-être, la minute où ma peau fut cuite puis sauvée. Il m'arrive de la revoir en esprit. J'avance vers la teigne comme sur mon sac d'entraînement. Combinaison classique : deux directs et un coup circulaire. Ma droite effleure une mèche de cheveux, ma gauche s'enfonce lourdement dans son œil, et d'un crochet je reviens lui fracasser le visage. Je sens le cartilage mollasson de son nez éclater sous mon poing. Ses jambes s'emmêlent, il trébuche. J'en profite. Je le massacre à grands coups de pied. Je vise la tête. Une incisive saute. J'essuie ma chaussure ensanglantée sur un corps inerte.

J'étais plus dangereux que lui, plus dangereux que quiconque dans cette ville. J'ignore s'il respirait quand je suis parti.

Alors, je regarde avec angoisse les nouvelles en provenance de Kazan. J'épluche les journaux en ligne, les sites traitant de l'actualité locale. Mon ADN et mes empreintes sont dans les fichiers de la police fédérale. S'il est mort, je serai identifié. Meurtrier…

Je n'ai aucun remords. Je crains d'être découvert, rien d'autre. Mon cas s'aggraverait. Qui pour me soutenir après ça ? Un jour, n'y tenant plus, je contacte Azat. Il est heureux de m'entendre, sa voix est rassurante : « Aucun cadavre à déplorer, t'inquiète, ce connard est en vie ! » Remontant l'escalier, il avait trouvé la flaque rouge, la tête, il avait filé au milieu des hurlements. La police l'identifia le lendemain. Il ne fut pas réellement inquiété. La serveuse le mettait hors de cause. On m'avait recherché dans le quartier. Azat avait avancé que j'étais allemand, je m'appelais Niemand. Un coup des Boches ! Il n'en savait pas plus, ne connaissait pas mon numéro de téléphone. Les flics lui conseillèrent de se mettre au vert, Niemand devait être un mafieux et la teigne était impliquée dans quantité d'affaires douteuses. Il était sorti de l'hôpital. Tous les témoins le désignaient aussi comme agresseur. Sa plainte n'était pas prise au sérieux.

Classée.

De temps à autre, je prends des nouvelles de la teigne, j'ai déniché son compte Facebook, il y est très actif. Il s'est bien remis. Il déménagea, fut emprisonné, eut un fils, sa femme le quitta. J'ai la sensation de veiller sur cette vie qui buta contre la mienne. Hier, il publiait un message de componction, expliquant que la colère était responsable de ses malheurs et de ceux qu'il avait infligés aux autres. Je nous imagine réconciliés autour d'une théière et d'un calumet de la paix. Alors que je relis ces lignes, j'apprends qu'il est mort, peu ou prou au moment où je les écrivais. Noyé. J'ignore s'il y eut quelqu'un pour lui enfoncer la tête dans l'eau. Mes mots peut-être ont voulu éteindre sa douleur.

Ma chambre à l'ambassade fut un lieu de sérénité. Les premières semaines, les diplomates manifestèrent quelque espoir. Ils avaient une monnaie d'échange, un truand retenu quelque part sur la Côte d'Azur. Bientôt, il n'en fut plus question. Ces rosses de Russes étaient coriaces, entendis-je, et une élection présidentielle se préparait en France. Chacun devait être attentif à ne point trop bouger, il s'agissait de se caser en douceur. L'ambassadeur envisageait un dernier poste en Chine. L'Administration s'y opposait, observait humblement qu'il était à deux ans de la retraite, la place ambitionnée était stratégique de surcroît. Au début du XXIe siècle, seul comptait en la matière le cachet du monarque présidentiel. Pour un camarade de promotion, pour un ami qui vous invitait chez lui à passer les vacances, on trouvait toujours le temps, on signait un décret de nomination avant de quitter la place.

Seules quelques personnes sont informées de ma présence. Je suis un petit marquis tenu au secret, on me livre mes repas. Dans l'embrasure des rideaux, je capte les lumières et les échos des réceptions, de l'autre côté de la cour. Ce soir, un ministre est en visite, le cuisinier passe avec l'intendant me déposer une glace au basilic sur un lit d'agrumes flambés au cognac. L'amitié est vite scellée entre nous. Ils viennent souvent me retrouver après leur service. Bientôt, j'accède à la cuisine. Je mitonne, je teste mes créations en bonne compagnie. Je suis fier de mes aubergines cuites à la vapeur, marinées avec du thym, de la coriandre, de l'huile et du citron. Je les associe avec du concombre et des cubes de poire à peine confits. Le sésame grillé vient sublimer l'ensemble. Il n'existe aucune souffrance que les joies culinaires partagées ne puissent affaisser pendant une heure ou deux.

Le vice-consul me rend visite le vendredi. C'est un rituel. Il sait que le cuisinier me livre des desserts en quantité avant le week-end, je partage avec lui. Il craint que je fasse une folie, que je saute le mur d'enceinte pour me jeter dans les bras de la police. Aujourd'hui, il revient de la morgue, presque la routine : le corps d'un Français à reconnaître, une histoire sans grand mystère, la jeunesse dorée en goguette, les folles nuits de la capitale, vingt-deux ans, drogué à son insu, dévalisé, puis largué quelque part dans la banlieue moscovite. Mort de froid. En me quittant, il répète son mantra habituel : « Sagesse et patience, hein ? »

Je sors dans la cour après minuit, quand tout le monde dort. Je fais quelques pas, je fume. Je salue les caméras de surveillance, le préposé derrière les écrans, et je salue le gendarme qui fait sa ronde. Il ne répond jamais. Il respecte la consigne, Mireille me l'apprend. Aucun contact avec moi, les ordres sont les ordres. Je m'interroge : serais-je un fantôme ? Mes pas pourtant impriment la neige.

À l'ambassade, le temps est hors de ses gonds.

Une dame blanche hante la résidence. L'intendant l'a rencontrée, il n'est pas le seul, il me conte l'histoire avec gravité. Elle rôde la nuit, le jour, traverse les miroirs, les portes et les fenêtres, elle se laisse voir mais ne parle pas. Igoumnov, le propriétaire de la maison au XIXe siècle, serait responsable du phénomène. Il entretenait une danseuse, il la surprit un jour dans les bras d'un officier de cavalerie. Après avoir jeté dehors l'importun, sa première idée fut d'emmurer vivante celle qu'il aimait. On peut douter de son amour. Lors de mes promenades nocturnes, j'appelais souvent la dame blanche. Jamais elle ne vint, peut-être à cause de Béhémoth qui me traitait de fou, me faisait taire, sautant sur mon épaule et s'amusant à ébouriffer ma chevelure.

À l'ambassade, je me perds et me fragmente.

Les bouteilles s'entassent. Mireille me rejoint souvent le soir, elle complète les livraisons de mes deux acolytes. Je dispose d'une belle cave désormais : des vins, de la vieille prune, du cognac, un rhum d'exception en provenance de la Barbade, mon whisky écossais préféré. Je fais venir une guitare, des livres. Je m'en tire à bon compte avec la vie. Je suis un Platon en robe de chambre à l'ivresse paresseuse.

Une fois par mois, le dimanche, l'ambassadeur m'invitait pour un apéritif discret. Je vérifiais que la voie était libre et je traversais la cour pour rejoindre la résidence. Il descendait m'ouvrir, me serrait la main selon son habitude, en détournant la tête, comme pour esquiver un regard, un coup, une odeur, je n'ai jamais su. Si on oubliait ce mouvement réflexe, nos entrevues étaient agréables. Le petit salon, avec dorures et tapisseries flamandes, était douillet, nous fumions un peu, le whisky était bon. Il y ajoutait un trait d'eau, je servais un Campari à son épouse, un glaçon ? oui, puis il m'expliquait que la négociation était compliquée. « Soyez rassuré, vous nous donnez beaucoup de boulot, on s'occupe de vous, on s'en occupe bien, on a le même objectif que vous… Enfin, mon objectif à moi, c'est de vous renvoyer d'où vous venez et de ne jamais plus entendre parler de Yoann B. ! Je plaisante hein, n'allez pas croire… Pas de méprise… » Je riais avec tenue. Nous pouvions parler des élections, de ses projets, de la météo. Il était migraineux, il maudissait le climat de Moscou avec ses brusques changements de pression. Il se laissait aller à quelques confidences, le malheur d'être un prince entouré d'hypocrites, il se faisait sensible, bienveillant, il devenait lyrique lorsqu'il se lançait sur les droits de l'homme, il sondait mon moral, me proposait sa collection de DVD. L'épouse soutenait l'action du mari, elle me prêta son coussin de méditation. Parfois, il s'inquiétait de ce que je dirais un jour, il se resservait alors un whisky et m'invitait à faire de même. C'était l'heure de la leçon : « Un diplomate ne ment jamais, tenez, par exemple, quand au point presse un journaliste m'interroge sur votre disparition, je réponds simplement : "Nous sommes en contact permanent avec la famille et pleinement mobilisés." C'est une phrase très utile qui n'engage à rien. »

Un dimanche d'apéritif, alors que j'avais quitté le salon, traversé la petite salle à manger en enfilade, pris les escaliers, un couloir puis un autre, je me perdis. Impossible de trouver les toilettes. Je passai devant un petit cabinet, un ordinateur était allumé. L'ambassadeur n'avait pas fermé la session. J'ouvris sa boîte e-mail. Je fis une rapide recherche, j'envoyai sur mon adresse les messages dans lesquels mon nom apparaissait. Je pris soin d'effacer toute trace d'intervention avant de retrouver mon fauteuil et mon whisky.

Dans ma chambre, j'épluche la correspondance dérobée. Je découvre les messages qui s'échangeaient quelques jours avant ma fuite d'Irkoutsk. L'ambassadeur sonne le tocsin. Il ne comprend plus, ne sait plus ce que fomentent les Russes. « Je me suis fait rouler dans la farine, écrit-il, Yoann B. sera condamné. » Le péril est grand : un comité de soutien encoléré va se faire entendre, à grand fracas, c'est possible, des personnalités pourraient attaquer la diplomatie française, le gouvernement, l'État. Vite, couvrons les postérieurs ! Chacun apporte sa pierre, Mireille, consul et vice-consul, conseillers divers, tous assemblent leur force pour fabriquer les quatre pages d'une rhétorique méticuleuse intitulée « Contre-argumentaire ». J'étais aux portes d'un camp de travail, ces gens n'avaient qu'un objectif : construire un rempart et les écrans de fumée qui protégeraient leurs carrières. Ils se battraient pied à pied. Certains proposaient d'utiliser les rumeurs propagées par le FSB dans la presse locale, les histoires d'oligarques cocufiés, pourquoi pas ? Toutes les diversions étaient les bienvenues, même les plus absurdes. Rien ne devait perturber le bon déroulé des nominations et des promotions. Ils étaient raisonnablement optimistes. Le silence finirait par ensevelir Yoann B.

Je dors peu cette nuit-là. Au petit matin, je prends place sur le coussin de méditation. Rien ne sert de haïr, de pleurer, de rire. Je poursuis mon instruction, voilà tout. Pour une fois, Béhémoth à mes pieds garde le silence. Il reprend la parole à la fin de la journée, lorsque consul et vice-consul me rendent ensemble une visite de courtoisie. Les deux ont été désignés pour me porter des nouvelles d'Irkoutsk. Ils sont embarrassés, m'apprennent que les gradés, là-bas, ne décolèrent pas. Ma fuite est un camouflet, les têtes tombent dans la police, au FSB aussi, on le devine. Et les juges se sont prononcées, je suis condamné par contumace : quinze ans de camp à régime sévère. « Vous vous en doutiez, bien sûr, mais cela vous affecte-t-il ? » Je reste silencieux, le vice-consul croit bon d'intervenir : « Sagesse et patience, hein ? »

Durant des mois, je tourne dans ma cage dorée sans plus quitter ma robe de chambre. Je fuis le sommeil et je lis jusqu'à l'épuisement. Je suis lié comme jamais à quelques proches par la grâce des applications chiffrées, j'échange chaque jour avec Margot, avec Bérénice, je les rassure. Je suis debout petite maman, point d'inquiétude. Courber le dos, baisser la tête, les princes et les roitelets, tout cela n'est rien. J'attends mon heure. Je plie, et ne romps pas. Mon frère m'annonce la naissance d'une enfant, j'aime converser avec lui, nous trinquons, la distance est peu de chose. J'avale une eau-de-vie bienveillante, la prune m'envahit, je la sens presque croquante sous la dent, elle baigne mon cerveau d'une chaleur douce qui tourne au bouillon d'acide. Bienvenue petite fille !

Par moments, je sombre. J'entends des voix, des rires, et je doute de ma réalité. Par exemple, ce soir, fumant dans la cour, je bute contre une dalle disjointe. Je manque de tomber. Dans l'instant surgit le cri de Diane lorsqu'elle me vit perdre l'équilibre sur les pavés assez mal équarris d'une cour d'école, à Irkoutsk, un matin de septembre.

C'est la rentrée des classes. Parents, grands-parents et enfants sont réunis devant une estrade encombrée, tous sont en tenue d'apparat, les fleurs voisinent avec les ballons de baudruche. Les filles ont toutes du tulle blanc dans les cheveux, les petits garçons sont tous cravatés – à l'exception d'une poignée d'originaux qui préfèrent le nœud papillon. Parmi les adultes, on repère un vétéran garni de médailles, des pères mal fagotés, des costumes trop grands, et surtout une marée de femmes de tous âges rivalisant sur talons. Les discours des professeurs, de la directrice d'école sont interminables, pourtant je suis touché déjà par la sincérité qui perce à travers la rhétorique pompeuse. Je baigne dans l'Union soviétique et ses provinces triomphantes, avec derrière elles peut-être l'âme russe – la formule me déplaît, je l'emploie avec réticence –, mais quelqu'un ou quelque chose en moi ne peut s'y tromper qui sent ce qui demeure sous ce rituel construit du temps des pires goulags. L'humanité est fraternelle, belle et ingénue, certaine que la bonté est force collective, que l'amour est simple, toujours victorieux et enfantin comme le savoir. La sono crachote, les micros sont mal réglés, ce n'est rien. Je suis bouleversé par les danses, par les chants qui sont joie et tendresse pures, offerts par des enfants qui y mettent toute leur âme – c'est ainsi qu'ils ont appris. La foule s'agite, s'écarte, c'est le moment : l'élève le plus âgé de l'école est en onzième classe, il a dix-sept ou dix-huit ans, il traverse la cour, portant sur son épaule la plus jeune, âgée de cinq ans. Elle agite une petite cloche. La première sonnerie vient de retentir. Tous sont émus et je suis le premier d'entre eux, une larme roule sur mon visage. Je recule, mon talon rencontre un pavé. Diane crie de me voir exécuter des sauts désordonnés, pourtant comiques, elle a senti mon trouble, et c'est ce même cri qu'elle pousse devant les brutes cagoulées, un matin de février. Je l'entends maintenant dans la cour de l'ambassade, alors que je viens de trébucher sur cette maudite pierre. Me voyant abattu et vacillant, Mireille, qui fumait avec moi une cigarette, me soutient. Elle me dit que je devrais marcher un peu plus longuement le soir, mon corps s'affaiblit, mes jambes me portent mal. Nous nous attablons, elle me sert un verre de vin, je l'avale tandis que son bras pousse une cuillère contre son assiette. Le son aigu assaille ma cervelle et je suis transporté dans le Transsibérien, l'illusion est parfaite, j'entends le marteau d'un employé qui tape sur la roue du train, juste en dessous de nous, Diane sursaute, elle se blottit contre moi, ses mains m'agrippent, sa tête se pose sur mon ventre. Je suis pris d'un spasme, la mémoire de la chair est si douloureuse que je recrache le vin. Mireille s'alarme, elle me tend une serviette qui a la même raideur que celle que j'avais pour essuyer un filet de sang, au coin de mes lèvres, dans les bureaux du comité d'enquête, et le moment remonte, avec tous les autres en enfilade, j'entends dans le couloir un accent qui m'achève : « Où est mon papa ? Où est mon papa ? »

Je sentis que je n'avais plus ni pensée, ni force, ni aucune existence.

XXIII

Un fantôme disparaît

Remède à la mélancolie par gros temps : choisir un de ces airs joyeux entonnés par les rouges pendant la guerre civile. Chanter en y mettant tout son cœur :

« Ah, petite pomme, avec myrtille des bois,
Approche un peu, je vais crever ton œil, bourgeois,
Ton petit œil va crever, et l'autre rester
Pour voir, petit merdeux, devant qui s'incliner. »

Toc. Toc. Toc.

Ce n'étaient pas les quatre coups précautionneux de Mireille, les deux coups rapides du consul, ni les trois coups hésitants de l'intendant ou du cuisinier. La frappe était sèche, très claire mais contenue – il faut pour l'exécuter non moins qu'une formation –, trois coups bien détachés, ceux que depuis des mois j'attendais. Un homme aux épaules vastes fit son entrée, il me demanda pour commencer d'éteindre téléphone et ordinateur. Il ferma les rideaux.

Le premier soir, nous fîmes connaissance. Il souhaitait éclaircir quelques points, étudier avec moi l'environnement, mais surtout conclure en préambule un pacte de discrétion. J'assentis. Il me jaugea encore un peu, puis il énonça enfin le mot : exfiltration. Si j'acceptais le risque, si je respectais les consignes et un silence absolu, je quitterais les lieux dans quelques jours, quelques semaines tout au plus, cornaqué par deux agents de la DGSE. Il existait plusieurs scénarios. Je serais informé de celui retenu au moment de le jouer.

« Êtes-vous en bonne condition physique ?

— Je crois, oui.

— Capable de marcher une journée entière sur des terrains accidentés ?

— Je suis endurant.

— Un trek, vous voyez ? Plusieurs jours… Vous avez déjà fait ça ?

— Oui.

— Très bien, c'est un scénario. Il y en a d'autres, moins exigeants, la route ou les airs. Il faudra être en forme, faites un peu d'exercice en nous attendant, d'accord ?

— Je vais me préparer.

— Parfait. Je reviens demain soir avec un collègue, on a un ou deux trucs à faire encore. Des questions ? »

Puis, ma porte se referma sans bruit.

Toc. Toc. Toc.

Deux hommes entrent, ils sont faits de la même cuirasse, ils déposent chacun une valise sur mon lit. Ce soir, on passe aux essayages. Ils sortent des vêtements, des perruques, des accessoires, un appareil photo. Le carnaval, me dis-je, de nouveau. Nous plaisantons. Je suis appliqué. Nous nous arrêtons sur une chevelure poivre et sel, avec des lentilles marron rehaussées d'une paire de lunettes anthracite. « Le style est bon », se félicite le premier. Il ajoute de la laque, me coiffe, recule d'un pas en se caressant le menton avec une moue d'esthète : « Parfait ! » Le second m'installe dos au mur, sur fond blanc. Il braque sur moi ses lampes, procède à d'interminables réglages. Il cherche le cliché sans ombre. Le voilà. Ils pourront fabriquer un passeport. Mon personnage a besoin maintenant d'une profession. Quelque chose d'assez proche et d'assez éloigné de moi : je serai metteur en scène, en quête d'acteurs russes. Reste à m'inventer une signature. Voici la recette : conserver le premier trait, celui que vous dessinez habituellement, puis ajouter un motif nouveau, simple et indéchiffrable. Il faut du savoir-faire pour incarner un autre que soi. Le geste initial surgit quelquefois sans contrôle, par étourderie, sous la pression des événements. Le cerveau alors doit se reprendre, une fraction de seconde lui suffit, il ordonne à la main de filer vers l'être de fiction. Je noircis plusieurs pages de mes gribouillis, le poignet finit par être sûr. Je trace une longue ligne sinueuse, quelques caractères sibyllins et la majuscule L. Le personnage apparaît.

Les deux m'avertissent : je serai sous surveillance. Si je ne respecte pas le secret, l'opération sera annulée. Confiance et silence. Ils s'éclipsent. « Ne vous inquiétez pas. On est là pour aller jusqu'au bout. » Une dernière facétie : « Si on n'arrive pas à régler un problème, au pire, on le fait disparaître. Ce serait dommage… »

Ma porte se referme sans bruit.

Les deux semaines suivantes furent calmes. Je suivais mon programme de remise en forme. Plus une goutte d'alcool. Je reçus un message chiffré : les préparatifs allaient leur train, je devais me tenir prêt. Un mois passa. En France, un nouveau président fut élu. Je l'avais entendu dans des logorrhées tantôt hurlantes, tantôt chevrotantes, ne disant rien le plus souvent, à peine un lieu commun qui s'évanouissait dans la fumée des temps d'agonie. Personne alors ne semblait s'en inquiéter. Un deuxième, puis un troisième mois filèrent. Les messages chiffrés répétaient le mot *patience*, se faisaient de plus en plus laconiques, je décelai de la gêne. Je compris.

Rien à faire.

Le temps s'est arrêté.

Il faut se calmer.

J'allume la radio en cuisinant un thon rouge, je l'associe à de la citronnelle. Adèle et le philosophe du jour ont fini, c'est l'heure du journal. Il est question des coups tordus des services russes, les héritiers du KGB n'hésitent pas, explique le commentateur, ils emploient des techniques éprouvées, le kompromat par exemple. J'entends mon nom, je tends l'oreille : « Le directeur de l'Alliance française d'Irkoutsk a lui été visé parce qu'il aurait eu des relations intimes avec la femme d'un oligarque local. » Béhémoth rit aux éclats. Ce chat m'exaspère parfois.

En attendant, il ne se passe rien.

À la fin de l'été, l'ambassadeur partit pour la Chine. Les courtisans qui avaient tiré leur épingle du jeu s'envolèrent pour d'autres destinations, les autres rentrèrent en France dépités. La nouvelle ambassadrice dut être avisée de ma présence, j'imagine, comme de celle de la dame blanche. Elle ne croyait pas aux fantômes. Je n'eus pas l'occasion de trinquer avec elle. Je devins un spectre accompli, un ectoplasme aux contours irréels que plus personne ne voyait. On me livrait encore de la nourriture une fois par semaine, par superstition sans doute.

Deux heures du matin. Je croise un nouveau gendarme dans la cour. Il fume comme moi une cigarette.

« Vous êtes le studio A ?

— Oui.

— D'accord. »

Je songe soudain que j'ai tout perdu dans ma fuite. Presque tout. J'ai conservé mes cahiers de prison vert opaline. Le reste de mes mots m'a été arraché. Le comité d'enquête d'Irkoutsk détient la totalité de ma vie numérique, mes photos, mes textes sont emprisonnés quelque part dans une salle sordide, ou plus vraisemblablement détruits aujourd'hui.

Mes petits papiers ont été anéantis pareillement. De toute ma vie, je n'ai tenu assidûment un journal que durant mes soixante et onze jours de taule, et à l'hôpital psychiatrique aussi, mais depuis toujours, j'écrivais sur des bouts de carton, de nappes déchirées, de tickets de métro, je notais des bribes sur des carnets, des portraits, des papillonnages, des éclats, des rimes tristes, des récits licencieux, des aphorismes, tous les mots importants que la mémoire laisse filer doucement, et toutes ces sensations qu'elle conserve sans les mots. L'ensemble avait fini par remplir une grosse valise entreposée sous mon lit. Quelques jours après ma dégringolade dans les geôles de Sibérie, craignant une nouvelle perquisition, des amis bouleversés s'introduisirent dans mon appartement. C'était un champ de bataille, tout avait été retourné. Margot avait fui avec Diane. Ils décidèrent de faire disparaître la valise et son fatras indéchiffrable, s'imaginant qu'un flic manipulateur y trouverait de quoi me compromettre. Mes petits papiers furent noyés dans une baignoire, la pâte fut malaxée en plusieurs grosses boules jetées aux ordures. Ces riens minuscules n'intéressaient que moi, j'ai tort de m'y attacher. Je ne parviens pas à me défaire de cette peine ridicule, c'est une mutilation.

« Les manuscrits ne se noient pas, pas plus qu'ils ne brûlent », me console Béhémoth. Il me ressert une vieille prune.

Le jour de la fête du 14 Juillet, l'intendant m'avait alerté, on parlait de moi dans les couloirs de l'ambassade, à voix basse et autant que de la dame blanche. Près d'un an avait passé, ma présence intra-muros était un secret éventé. La situation devenait périlleuse. Les Russes avaient averti : si l'affaire était rendue publique, le FSB ferait le siège de la résidence. Plus aucune évasion possible. Je serais condamné à une vie d'errance en robe de chambre, l'éternité avec un gros chat noir rigoleur sur l'épaule et accrochée à mon bras une dame blanche mutique.

Il y eut une autre alerte. Bérénice et Margot m'apprirent qu'un journaliste était sur ma trace. Tristan W. l'opiniâtre se foutait des avertissements du Quai d'Orsay, il enquêtait. Il avait fait le voyage jusqu'à Irkoutsk, s'était faufilé partout et avait même lancé publiquement mon nom au visage des présidents russe et français, à Versailles, lors d'une conférence de presse. S'il avait été en position, il aurait parlé kompromat et coups tordus avec le maître du Kremlin. Il avait mis au jour la mécanique de dévastation déclenchée contre moi, scruté ses rouages grossiers et virtuoses, il savait où je logeais. Il gardait le secret. J'entrai en contact avec lui, nous échangeâmes des messages chiffrés. Il souhaitait enregistrer ma parole et diffuser un long reportage télévisé. C'était courir à ma perte. Lui, au contraire, pensait que le silence m'avait enfermé. J'acceptai, mais j'imposai une date de diffusion. Depuis des semaines, j'apprenais à lire les cartes satellite, j'explorais les forêts, les reliefs, les lacs et les cours d'eau. J'étudiais les chemins de la contrebande, l'habitat des ours, je repérais les villages isolés, les lieux touristiques, les traces laissées par les gardes-frontières.

C'est assez de procrastination, assez d'affliction, assez de guignol philosophique. C'est assez des arlequins diplomatiques, assez des clowneries ministérielles, assez de la tambouille ambassadrice. Assez. Le moment passe devant moi. Il faut l'attraper par les cheveux, c'est ce soir. Qu'ils lancent leurs chiens après moi, je ne les crains pas. S'il me plaît, je suis un chien et je suis un fantôme. Qu'ils m'enferment pour quinze ans, qu'ils mordent, qu'ils me flinguent. Il m'importe peu d'être brisé si l'honneur l'exige. Landov reprend du service, je remets le voyage en route.

XXIV

La frontière

Avez-vous écouté La Chasse aux loups *du barde Vladimir Vyssotski ? La chanson devint culte dans les années 1970, on dit que le KGB supporta mal. C'est l'histoire d'une traque. La bête sent ses tendons craquer, il y a du sang sur la neige et, accrochées aux arbres, de longues cordes garnies de petits drapeaux rouges. D'habitude, les loups n'osent pas franchir cette frontière chimérique à l'odeur humaine. Ils se figent devant l'obstacle et sont abattus. Cette fois-ci, la bête acculée se fait violence. Pour la première fois, elle franchit la frontière sous les cris des chasseurs :*

« J'ai couru loin de toute obéissance
aux drapeaux – soif de vie est plus brûlante !
J'entendis dans mon dos, quelle jouissance,
les gueules stupéfaites et hurlantes. »

« C'est moi ! Moi qui donne le signal », insiste Béhémoth juché sur l'épaule de Landov.

« Évasion ! »

Le mois de novembre est clément. L'homme traverse la cour vêtu d'un costume soigné. Il porte une belle moustache de grognard, de petites lunettes anthracite, un bonnet. Il passe les portiques de sécurité, nous ne saurons pas comment. Il est 18 heures, la nuit est tombée. Une foule dense et rapide se presse vers le métro, vers les bus et les tramways. Landov exulte, il n'a pas vu autant de fourmis humaines depuis longtemps, c'est plus saisissant encore qu'un ciel de sortie de taule. Le trottoir est immense, les lumières de la ville affectueuses. Il respire comme pour la première fois, son cœur brûle. Un taxi l'attend. Il envoie un message à sa sœur, il lui écrit qu'il tente le diable, bientôt il sera libre. Il l'est déjà. La voiture s'arrête devant l'une des neuf gares de Moscou, le téléphone est abandonné sous le siège. C'est devenu une habitude, Landov disparaît dans la nuit.

À 19 h 30, on sait qu'il remonte la rue Bolchaïa-Sadovaïa. Des semaines plus tard, on décortiquera les images captées par les caméras. Il porte un petit sac en plastique. Dans le sac : trois téléphones qu'il vient d'acheter et quelques cartes SIM. On le voit entrer au n° 10. Tout à l'heure, on le verra sortir d'un café au 302 bis. Il ne sera pas seul.

Landov approche du café minuscule, là-bas une femme sera assise, il le sait par la grâce des réseaux sociaux. Un événement était annoncé, une lecture de poèmes, et sur Facebook elle a indiqué qu'elle y participerait. Il aperçoit à travers la vitre la chevelure écureuil qu'il espérait, il pousse la porte, deux billes mêlées d'opale et de réséda se lèvent vers lui. Les yeux de Marta s'ouvrent très grand, elle croit rêver, ceux de Landov sont fous. Ils se contemplent, sans mots, les mains se rencontrent.

On ne saura pas ce qu'ils se disent.

On devine la scène qui se joue au n° 10 de la rue Bolchaïa-Sadovaïa, dans l'appartement 50. On peut, si on le souhaite, imaginer le visage de Landov lorsqu'il fait descendre une jupe plissée le long des jambes de Marta, une culotte tombera, et le visage plongera entre les jambes. Elles sont maintenant posées sur le lit. Elles s'ouvrent. Une langue parcourt les moindres replis offerts, c'est une pulpe moelleuse, c'est vaste quoique gracile, il y a un petit bijou palpitant à picorer, c'est fondant et délicat, avec un goût de riz parfumé aux notes de sucre – il en avait été étonné la première fois. À l'évidence, Marta impérieusement réclame qu'il entre en elle. Il obtempérera. Elle le flatte. Il sera enveloppé, selon son désir, elle sera possédée. Les fesses tressaillent sous les cajoleries. Des boucles rousses caressent le front de l'amant, les seins frottent contre ses poils, elle lui chuchote ce qu'elle lui a souvent chuchoté, il y a longtemps, presque une éternité : « Regarde-moi dans les yeux. » Elle voit son sourire vrai, l'entrelacs des corps emporte tout, les masques se décomposent dans une sueur d'absolu.

Elle insiste, Marta est décidée. Elle l'accompagnera aux abords de la frontière. En fin de matinée, elle se rend comme d'ordinaire au travail, avec dans son manteau un téléphone additionnel. Landov passe la journée dans les rues de Moscou, il s'équipe, la forêt l'appelle. Chaque regard posé sur lui frappe d'angoisse sa poitrine, son cœur gèle, chaque geste est appliqué. La vidéosurveillance le retrouve assis sur un banc, alors que le soir tombe sur l'étang du Patriarche. Une barque légère glisse sur l'eau qui devient noire, on entend le clapotis des rames et les rires d'une femme. Là-haut, la lune est blanche, les contours sont joliment dessinés. Landov se lève, il prend la direction du n° 10 de la rue Bolchaïa-Sadovaïa. Il dormira seul.

Le lendemain est un samedi. Landov retrouve Marta à 8 heures. À 8 h 20, des images les montrent sortant de la station de métro Kropotkine. À 8 h 25, ils sont devant la cathédrale du Christ-Sauveur, ils entrent dans une voiture. On sait que le voyage a été réservé sur l'application BlaBlaCar. À 8 h 30, ils quittent Moscou. Il n'y aura aucun contrôle sur la route. Le 4 novembre est férié, c'est la fête de l'Unité nationale.

Pskov. 208 145 habitants. La ville où abdiqua le dernier empereur de Russie, Nicolas II, le 2 mars 1917. Il est 18 heures. 4 °C. La frontière estonienne est à quarante kilomètres. Marta monte seule dans un taxi, elle ouvre la route. Landov la suit à quelques kilomètres de distance. Ils arrivent l'un après l'autre dans une maison d'hôtes, une chambre est réservée. Chacun tient son rôle.

Seul dans le grand salon, un trio de Pétersbourgeois les invite à sa table. Paulina joue de la guitare. On porte des toasts, on dresse des plans pour le lendemain, une balade en forêt tous ensemble, cueillette de champignons, on aurait aimé chasser, mais il est interdit de porter une arme dans le secteur. Le silence se fait, Paulina chante. La voix prend l'espace, les corps, c'est à peine un souffle qui dit les amours impossibles, dans le calme, l'acceptation de tout. Les regards se croisent, se perdent, il y a comme une palpitation dans l'air.

Les deux complices sortent du sauna bienfaisant vers 23 heures. Ils rejoignent leur chambre. La maison dort. Landov est un corps de glace. Ses mains sont gelées, une boule prend son ventre, le poison diffuse. Marta constate. Elle murmure les douceurs qui électrisent, elle apaise : « Mon petit soleil… Mon âme… Mon gentil garçon… » À force de caresses, la glace s'en va, alors elle dit une réplique de cinéma, elle l'a préparée : « Je vais te faire l'amour comme si c'était la dernière fois. » Il est minuit, elle se découvre. Ils rient.

À 2 heures, Landov envoie un message à Bérénice, un simple plan, le nom d'un village. Il s'enfonce dans la forêt. La frontière est à douze kilomètres, peut-être moins. Il est libre et féroce, maître de défier ceux qui le tiennent enfermé depuis bientôt trois ans, maître de jouer sa vie, et maître d'obéir quand l'honneur commande. Il discerne à peine le ciel dans les intervalles des branches. La nuit qui l'enveloppe est bienveillante, la masse végétale fait un cocon. Il trouve un premier sentier, il avait vu juste. Bénies soient les cartes satellite ! Il est rasséréné. Un oiseau dérange le feuillage, une phrase jaillit alors inopinément, Landov chuchote dans le noir : « Eh ! bonjour, Monsieur du Corbeau ! »

Aucune réponse. Tout se passe à merveille, se répète-t-il, à merveille. Le GPS fonctionne, il le serre dans sa main droite. Dans la gauche, il tient un poignard avec une discrète lampe de poche incrustée dans le manche. Il se met à courir, il court comme le lièvre de la fable et dans sa tête quelqu'un chante.

Il s'est documenté. Les ours sont rares dans la région. Les risques tiennent aux hommes. Le tracé de la frontière fait l'objet d'un désaccord entre la Russie et l'Estonie. Les gardes n'hésiteront ni à lâcher les chiens d'attaque, ni à tirer.

Longtemps, tout s'accomplit avec la facilité que l'on éprouve dans les rêves ou, si l'on veut, dans cette forme supérieure de rêve qu'est la littérature. Bientôt, le sentier se transforme, se perd, Landov progresse maintenant dans un taillis touffu, il s'égare, revient sur ses pas, il aurait besoin d'une machette plus que d'un couteau, la broussaille le ralentit. Plus vite ! La frontière doit être franchie avant le lever du jour. Il s'adosse contre un arbre, avale une gorgée d'eau, grignote une barre de céréales. Personne pour entendre ses imprécations. Le chemin n'est pourtant pas loin. Là, Landov, juste devant toi.

Il court sous la futaie, il suit une avenue de grands arbres formant avec leurs cimes comme un arc de triomphe. Son instinct de bête sent maintenant une présence dans les ténèbres. Les fourrés épais se mettent à remuer, à sa droite et à sa gauche. Il s'immobilise. Il rentre la tête, s'agenouille et dresse les oreilles. Il braque sa lumière chétive sur les buissons. Le silence. Il reprend sa course, ça bouge de nouveau, à sa droite, puis à sa gauche, ça souffle, ça gronde, il accélère, les branches craquent, il est traqué. Il s'arrête net. Un animal mythologique surgit devant lui sur le sentier. Le loup gris fait halte, tourne la tête pour le voir. Ses yeux phosphorescents interrogent. Il bâille, puis il file.

Landov se dit qu'il se promène dans un conte russe. Le loup ne l'a pas pris sur son dos, mais c'est tout comme, il est porté par une joie folle, par une bête, mais la bête c'est moi, songe le fugitif. Il pourrait lui venir soudain des crocs, une fourrure blanc-gris et de petites oreilles pointues, il n'en serait pas étonné. Il est à deux kilomètres du but quand le sol sous ses pattes se transforme. Le tapis moelleux devient tourbe spongieuse. Une grande masse lugubre lui fait face. Son regard hébété fixe l'écran du GPS. Il a mal lu les images. Là, sur sa droite, il comprend, c'est un canal. Il ne peut plus rebrousser chemin. Il s'engouffre dans le marais. Durant deux heures, il cherche une issue, l'eau fait une liqueur noirâtre et glacée qui monte jusqu'à la taille. Le GPS cesse de fonctionner. Son pied se bloque dans un enchevêtrement de racines. Les mains pataugent, le poignard lui échappe. Impossible de se dégager. Le monde est une mélasse écœurante. Landov entend le cri d'une petite fille de cinq ans. Dans quelques semaines, elle en aura huit. Il sort de sa poche les miettes humides d'un bateau sculpté dans le papier. Il halète, il hurle. Les yeux sont agrandis par la rage et par l'effroi.

Puis arrive la paix, le gel, et le Baïkal. Plus rien ne bouge dans le marécage. C'est long, peut-être pas. On ignore si Landov imagine sa défroque de chair et d'os pourrissant dans la liqueur noire. Il se tient à sa place, immobile au milieu des plantes du diable. Il constate soudain qu'il n'a plus froid.

Il retire ses gants détrempés. Il attrape autre chose. C'est envoyé par-delà les siècles. Sa voix broyée articule des mots :

Frères humains qui après nous vivez,
N'ayez les cœurs contre nous endurcis,
Car, si pitié de nous pauvres avez,
Dieu en aura plus tôt de vous merci.

Après que les trois dizains et l'envoi final ont été dits, il croque un carré de chocolat. Il se démène, il vasouille et enfin s'extirpe du marais. Lorsqu'il en sort, il n'est pas seul. Trois ombres le suivent à la queue leu leu. Il y a François Villon avec dans la main un poignard, Jean de La Fontaine assis sur un loup, et un gros chat noir qui fait la gueule. Béhémoth bondit et s'agriffe à l'épaule gauche du fugitif.

Le paysage vire à l'improbable. Un vaste amoncellement de bouleaux effondrés se présente. Landov escalade. Il glisse, se relève, poursuit. Il faudrait pour l'arrêter une sauvagerie plus grande que celle qui l'habite, la mort. Il sort sa boussole et prend la direction de l'ouest. Durant trente minutes, les plus longues, il avance à découvert parmi les herbes hautes. Son cœur cogne violemment. Il atteint un mirador en bois. Personne là-haut, il ne s'attarde pas. La rivière apparaît, comme attendu, derrière une rangée de mélèzes. Il se jette dans l'eau claire. De l'autre côté, un panneau indique la frontière estonienne. Quelque chose l'étreint et le submerge.

Il regarde une dernière fois la Russie.

XXV

Épilogue : où Diane apparaît

Vladimir Nabokov dans un entretien donné en français :
« Le seul lien que je vois entre l'artiste et l'espion consiste, il me semble, en ce que tous deux observent les choses et les gens, et savent l'importance du détail. Le détail : tout est là. »

« Yoann B. est avec nous sur ce plateau, bonsoir ! Merci de nous accorder cette interview en exclusivité. Vous avez fui la Russie, vous êtes rentré en France hier soir, vous allez nous raconter toute cette histoire incroyable… »

Il y avait des caméras mais plus de surveillants. Le reportage fut diffusé comme prévu dans l'émission *Envoyé spécial*. Tristan W. était radieux. À la fin, Élise L. me posa quelques questions.

La lumière sur moi vient de haut. Elle est très blanche. Autour, c'est très noir. Ce pourrait être le lac. Je serais un poisson. Des phoques graciles aux visages ahuris nageraient autour de moi, ils ne chercheraient pas à m'avaler. Ils plongeraient plus profond pour chercher les golomyankas, ces délicieuses petites horreurs translucides qui ne sont que graisse blanchâtre, grosse gueule, corps sans écailles. Des bêtes si grassouillettes qu'elles fondent en quelques heures au soleil après qu'une tempête les a jetées sur la terre ferme, si cannibales qu'elles gobent facilement leurs petits, si parfaites que chaque jour il en naît autant qu'il en meurt. On dit qu'elles sont plus nombreuses dans le Baïkal que tous les autres vivants réunis.

Je songeai, avec tristesse, que plus jamais je ne mangerais de golomyanka fumée.

Il faut maintenant répondre à Élise L. Que dire ? Que seul importe le moment de beauté où la littérature rend la vie plus intéressante que la littérature ? Que j'ai traversé une liqueur noirâtre, avec dans la main le poignard de François Villon et dans mon sillage un gros chat nommé Béhémoth, lequel n'est jamais très loin de moi, regardez bien, vous devriez le voir, là, sur mon épaule gauche, c'est un pitre attentionné, il ne s'assoit jamais sur la cicatrice, celle que je gagnai chez les Tatars, où je bus une infusion puis démolis un visage, toutefois comprenez, c'était après les geôles, après la nef des fous, dans l'instant je pensais être Perceval, Quasimodo, Judith de Béthulie et les sœurs Stark, mais je divague, pardonnez-moi, je simplifie, parlons plutôt du Baïkal, le syndrome du Baïkal, vous voyez ?

Je m'en tins à quelques mots audibles. Ce dont on ne peut parler, il faut l'écrire.

Après l'interview, nous restâmes un peu sous la lumière. Micros et caméras étaient coupés. Je remerciai Tristan W. Il avait consacré des mois à compulser les pages loufoques du dossier d'accusation, à remonter les pistes et à faire affleurer quelques vérités. À lui, comme à mes fidèles défenseurs, je devais de n'avoir pas été broyé complètement par la mécanique abjecte du kompromat. La chance avait été avec moi. Élise L. ressemblait curieusement à la directrice de l'hôpital psychiatrique que j'avais connue, c'était la même malice scrupuleuse inscrite dans le regard, le même écarquillement de paupières, les mêmes inflexions. Elle terrorisait les patrons voyous, disait la légende, ils tremblaient de la voir débarquer un jour dans leurs bureaux avec cadreur, preneur de son et liasses de documents accablants. On racontait que des responsables politiques entendaient sa voix dans leurs cauchemars. Baigné de lumière, son visage me fit l'effet d'une divinité protectrice, guerrière sans doute, mais douée du pouvoir d'apaiser. J'hésitai un instant à requérir son aide. Elle aurait su m'envoyer des rêves heureux, assurer mon sommeil, comme le faisait Svetlana Kirilovna sur le seuil d'une porte au royaume des fous.

« Vous savez, me dit-elle, on s'interroge toujours, vous pourriez être un officier du renseignement, on ne peut s'empêcher d'y penser, il y a des éléments quand même dans l'enquête…

— Ce serait un coup de maître des services français, reprend Tristan l'opiniâtre avec des yeux brillants, personne n'aurait rien compris, une manœuvre de toute beauté ! »

L'histoire ainsi contée était séduisante, mais ce n'était pas la mienne. Je ne joue pas avec les hypothèses romanesques. Nous rigolâmes, cette réponse bien sûr ne suffirait jamais. « Comment expliquer alors cet acharnement des services russes ? » insiste Élise L.

Comment devient-on une bête fugitive, gratifiée d'une notice rouge Interpol et traquée dans cent quatre-vingt-quatorze pays ?

On trouve les éclaircissements les plus complets dans un film des frères Coen, je crois. À la fin de *Burn After Reading*, les agents de la CIA ont fait disparaître deux cadavres, plongé un homme dans le coma et expédié un autre en Amérique du Sud. Ils sont incapables de dire pourquoi. Les benêts ont enchaîné les décisions insensées sans jamais rien comprendre de la mécanique cruelle qu'ils alimentaient. Il n'y avait pourtant aucun enjeu, sinon celui des carrières et des opérations de surveillance farfelues. La comédie est allée à son terme, le spectateur se délecte, le dialogue final arrive. Deux responsables du renseignement parachèvent l'œuvre :

« Putain, nom de Dieu !
— Oui…
— Qu'avons-nous appris de tout ça ?
— Je ne sais pas, chef.
— Moi non plus, putain ! J'imagine que nous savons maintenant qu'il ne faudra plus jamais refaire ça.
— Oui, chef.
— Mais je serais infoutu de dire ce qu'on a fait.

— Oui, chef, c'est… difficile à dire…
— Putain, nom de Dieu ! »

Marta fut arrêtée quelques mois plus tard. Je m'y attendais. Elle avait choisi de prendre avec elle son téléphone personnel près de la frontière, elle ne pouvait pas n'être pas détectée. Les enquêteurs lui parlèrent d'emblée d'une conférence de presse que j'avais donnée à mon retour. Mes déclarations avaient été traduites et scrutées. J'avais adressé un message au FSB, ils l'avaient repéré : si les hommes de l'ombre souhaitaient que tout s'achevât dans le silence, comme moi, il fallait laisser mes amis en paix ; j'agirais pour les protéger, je ne me tairais pas si l'un d'entre eux était inquiété. Ils avaient entendu. Marta pouvait être tranquille, personne ne l'attaquerait. Ils avaient besoin simplement de comprendre, de s'assurer que les services français n'étaient pas derrière mon évasion, car qui étais-je au juste ? Éclairons ensemble quelques points dans le calme et la confiance mutuelle, voulez-vous ? Ils n'approuvaient pas leurs collègues d'Irkoutsk, responsables du présent foutoir, eux étaient d'un niveau bien supérieur, ils étaient *les gentils*. Marta était libre, bien entendu. Vous pouvez coopérer de votre plein gré… ou partir en prison, on trouve toujours des motifs. Ce serait dommage.

Margot avait le tort d'avoir atterri à Moscou le jour de ma fuite. C'était un hasard, elle ignorait mes plans. Le hasard n'existe pas, elle fut interrogée. Les plaisants du FSB, me dit-elle, patouillaient dans le bourbier à contrecœur, ébaubis par la fantastique machinerie qui leur avait glissé entre les mains. Ils semblaient tout droit sortis d'une farce, elle me conseilla un film pour m'en faire une idée. Après que j'eus donné les indications qui les tiraient d'embarras, les enquêteurs présentèrent à Margot les images de ma sortie de l'ambassade. Elle m'authentifia, ils furent satisfaits. Elle se moqua au téléphone, j'étais ridicule avec ma moustache.

Par le truchement de deux ambassadrices, je menai ainsi un dialogue en étrange pays. Je donnai aux agents du FSB les détails de ma fuite, le point de passage à la frontière, tous éléments qui nourriraient de consciencieux rapports. En retour, ils feraient preuve de mansuétude, la justice ne s'intéresserait à personne d'autre que moi. Quant à ma première cavalcade, je ne leur en dirais rien. Ils n'insistèrent pas.

Marta m'apprit qu'une question obsédait les plus hauts gradés, c'était stupéfiant : « Savez-vous s'il projette d'écrire un livre ? » Ils ne cessaient d'y revenir, j'en fus rempli de joie. Ces hommes étaient donc lettrés, ils craignaient l'empire des mots.

Le FSB me rendit un fier service. Après la séquestration et la noyade de mes archives, j'étais libre, désencombré des mots anciens, de leur parade inutile, j'étais lavé pour de bon.

Dans la cellule 645, on me livra un jour des cahiers d'écolier vert opaline. J'en attrapai un, j'inscrivis sur la couverture ce titre : *Dans les geôles de Sibérie*.

Il faut en finir. Diane m'appelle. Elle sait que j'écris autre chose qu'une histoire d'écrivain occupé à écrire. Je n'invente rien, elle comprend, mais elle a une requête. Je lui ai demandé l'autorisation de dire son prénom, elle a bien réfléchi, voilà son idée : elle aimerait pour le livre s'appeler Diane. C'est simple et beau. Elle a lu une histoire récemment, il y avait une Diane pleine d'assurance, forte, qui ne s'en laissait conter par personne, elle transperçait ses ennemis, courait les forêts et vivait auprès des animaux sauvages.

Les mythologies et les noms sont la propriété de tous, chacun navigue comme il peut dans son odyssée indéchiffrable. On se récite des fables, on rejoue des vies sibyllines, les nôtres et celles des autres, et chaque phrase est une lance de Télèphe, elle ouvre une blessure, sa rouille ensuite fait une médication qui la referme. On ruse en somme. S'il y a mille mots, il y aura mille ruses.

Diane me tient avec force dans son regard, et dans ce moment je crois que le mien aussi la porte. Quand les mots viennent à manquer, il y a la mémoire de la peau, elle pose sa tête sur mon ventre, comme elle le faisait jadis, comme elle le fit au premier jour. Elle tâte mon visage, il y manque un peu de barbe, dans ses souvenirs il y en avait plus. Elle observe avec attention les traces laissées par le masque de Landov. Elle chasse Béhémoth de mon épaule. Elle pense parfois au Baïkal, il faudra en parler. Ne pas oublier.

On pourrait commencer par ça, Diane, qu'en penses-tu ? Il y aurait un lac grand comme un pays. On l'appellerait Baïkal.

DU MÊME AUTEUR

Aux Éditions Stock

DANS LES GEÔLES DE SIBÉRIE, 2020 (Folio nº 6922)

Traduction

JOURNAL DE PRISON, d'Igor Gouberman, *Éditions Joca Seria*, 2020

Composition Nord Compo.
Impression Maury Imprimeur
45330 Malesherbes
le 15 mars 2021.
Dépôt légal : mars 2021
Numéro d'imprimeur : 252870

ISBN 978-2-07-290711-1 / Imprimé en France.

370314